Tanja Wagner

8 NIGHTS - Jeremy

Tanja Wagner

8 NIGHTS

Jeremy

Erotik – Thriller

Bibliografische Information der Deutschen Nationalbibliothek:
Die Deutsche Nationalbibliothek verzeichnet diese Publikation in der
Deutschen Nationalbibliografie; detaillierte bibliografische Daten sind im
Internet über http://dnb.dnb.de abrufbar.

Herstellung und Verlag: BoD – Books on Demand, Norderstedt

ISBN: 978-3-7534-9105-9

Dämonische Frauen haben blutrote Lippen,
die das Auge fesseln, um den Betrachter in sexuell
erregte Trance zu versetzen.

Die Lippen dieser Frau hingegen waren das Tor zur
Hölle.

Und ich werde von nun an ihr Teufel sein …

Ungefähr so fühlte es sich für mich an, von meinem Kidnapper genommen zu werden ...

Ich wusste, dass ich mich in einer äußerst bedrohlichen Situation befand, und, dass er gefährlich war. Dennoch reagierten all meine Sinne auf seine festen, nicht den geringsten Widerstand zulassenden, Berührungen.

Plötzlich schien es, als ob alle Vernunft, mein Verstand, aber auch die tiefe Angst in mir geflohen wären.

Das dunkle Verlangen in meiner Seele erwachte, während das letzte bisschen Gegenwehr hilflos in dem tiefen Meer seiner hellblauen Augen ertrank.

Mein Körper, der auf einen Mann reagierte, der sich in dieser Nacht einfach nahm, was er wollte, brannte vor Leidenschaft.

Die vielen gegensätzlichen Emotionen in mir sind bis heute nicht richtig in Worte zu fassen.

Nie zuvor in meinem Leben hatte mich jemand so vereinnahmt, so skrupellos benutzt, und gleichzeitig so sehr begehrt, wie Mr. Adams.

Es war, als würde ich meinen Peiniger mit weit geöffneten Schenkeln förmlich darum bitten, es mir mit all seiner Härte zu geben ... gnadenlos! Solange, bis meine Schamlippen brannten, mein Becken sich krampfhaft zusammenzog, und er mich unter seinen harten Stößen schreiend zu solch einem intensiven Höhepunkt brachte, den ich nie vergessen werde.

Swan Lake,

Emiliana

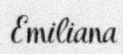

Mir kam die Zeit ohne dich wie eine Ewigkeit vor ...
Jeremy hatte gefühlt keine andere Wahl mehr, heute war das kleine Miststück fällig.
Sein Griff umfasste von hinten ihren Oberkörper und mit einer Hand hielt er ihr den Mund zu.
Als er in ihrem ängstlichen Blick Gefügigkeit ausmachen konnte, ließ er sie ein klein wenig mehr zu Atem gelangen.
„Bitte ...", flehte Emiliana. „Bitte Jeremy, lass mich gehen."
Mit dem Finger strich er zärtlich eine Haarsträhne hinter ihr Ohr. „Warum sollte ich das tun? Jetzt, wo ich dich nach so langer Zeit endlich wiedersehe."
„Bitte, ich weiß, das Leben ist nicht immer ...", wollte sie sich erklären, doch da waren seine Lippen auch schon ganz nahe an ihrem Ohr.
Warmer Atem streifte ihre Wangen. „Das Leben, nein, besser gesagt, du meine geliebte Lia, hast mich gefickt!"
Jeremy fühlte deutlich, wie sich der Puls beschleunigte während er den Duft ihrer Haut in sich aufnahm.
Sein Glied zuckte heftig als er mit rauer Stimme klarstellte: „Und jetzt fick ich dich!"

An diesem Morgen überprüfte Jeremy seinen Look bereits zum fünften Mal im Spiegel des Kleiderschrankes. Wieder zog er an seiner Krawatte, nur um festzustellen, dass sich der Knoten nicht verändern würde.

Verändert hatte sich einiges in seinem Leben und heute stand die Hauptverhandlung im New York County Supreme Court bevor.

Jeremy wusste, dass ihm im Falle einer Verurteilung bis zu zwanzig Jahren Freiheitsentzug drohten, und das, obwohl er nicht das Geringste getan hatte - mal abgesehen von seinem Job.

Während er sein Jackett glattzog hörte er Sara rufen: „Schatz, bist du soweit? Joel ist da!"

Die einzigen Menschen, die ihm in dieser Zeit geblieben waren, werden ihn auch heute in den Gerichtssaal begleiten.

Zwar hatte Sara eine Weile bei ihren Eltern gewohnt, doch als sie von der plötzlichen Wende in dem Fall, die vorerst strickt unter Ausschluss der Öffentlichkeit gehalten wurde, erfahren hatte, kam sie schneller zurück, als Jeremy bis Drei zählen konnte.

Höchstwahrscheinlich fehlten ihr die Freiheit und der Luxus, die ihr sein Haus sowie sein Umgang mit ihr boten.

Joel hingegen hatte von Anfang an konstant an seiner Seite gestanden. Sich sogar regelrecht für die Vorkommnisse interessiert, die in dem Haus auf Staten Island vor sich gingen.

Einmal meinte jener sogar zu Jeremy: „Ich glaube dir, dass du unschuldig bist. Und selbst wenn du all das getan hättest, was dir vorgeworfen wird, bin ich überzeugt, diese kleine Schlampe hatte es verdient."

Jeremy ist sich sicher, dass er in den vergangenen Tagen im Charakter seines Chefs definitiv auch eine ganz andere Seite kennenlernen durfte. Ob er wollte, oder nicht.

Seufzend wandte er sich vom Spiegel ab. „Bin gleich da."

Nach einer halben Stunde passierte er zusammen mit seinem Anwalt die wartenden Reporter, die sich dicht gedrängt auf den Steintreppen in Position gebracht hatten, und kurz darauf öffneten sich auch schon die massiven Türen in das Gerichtsgebäude.

Mit einem dankendem Kopfnicken begrüßte er Mrs. Fletcher, die sich noch immer mit der zuständigen Richterin unterhielt.

Dieser Frau, in dem mintgrünen Kostüm, der faltigen Haut und dem für ihr Alter viel zu übertriebenem Make-up, verdankte er die Wendung in diesem Prozess.

Jeremy staunte nicht schlecht, als sich sein Anwalt meldete, da es eine verdammt gute Neuigkeit gab.

Er erinnerte sich noch genauestens an diesen Nachmittag, denn da war er stockbesoffen vor dem Blumenbeet im Garten gesessen und hatte jeder Blume die Blüten einzeln ausgerissen.

Die Fußfessel hinderte ihn am Überqueren dieser Beete, doch am liebsten wäre Jeremy an diesem Tag zu seinem Wagen gelaufen, hätte den Motor gestartet, und sich im Anschluss mit Vollgas an den nächstbesten Baum gelenkt.

Tja, daraus wurde nichts, denn das Leben hatte scheinbar andere Pläne mit ihm.

Nachdem Jeremy alles in sich aufgenommen hatte, was der Rechtsverdreher, denn nichts anderes war ein Anwalt in seinen Augen, ihm erklärt hatte, brauchte er auch schon den nächsten Drink.

Wenn er es richtig verstanden hatte, dann hatte sich Mrs. Fletcher, die Hausbesitzerin von Staten Island, bei den Cops gemeldet und darum gebeten, Jeremy ein Videoband zu übergeben.

Auf diesem ist eindeutig sichtbar, dass nicht er die ihm vorgeworfenen Taten begangen hatte.

Allerdings gab es auch sehr verstörende Szenen zu sehen, die für die Ermittler einfach nicht schlüssig waren.

Jeremy wusste genau, wovon sein Anwalt da sprach, denn er konnte selbst kaum glauben, was er alles mitgemacht hatte, nur um mit dieser Psychofrau Sex haben zu können. Schlimm genug, dass er beinahe täglich an das Geschehene denken musste, und um einiges schlimmer, dass er es sich kurz darauf ziemlich heftig besorgte. Sogar mitten in der Nacht träumte er sich nach Staten Island zurück. Und auch wenn er an manchen Abenden mit Sara wie gewohnt und in all ihrer gesitteten ehelichen Verpflichtungsmanier den Geschlechtsverkehr vollzog, so hatte er danach meist noch genügend Saft übrig, um ihn sich gedanklich für das kleine Miststück aufzusparen.

Lange Rede, kurzer Sinn:

Die Fletchers hatten sich nach all den Strapazen in letzter Sekunde dazu entschlossen, die Aufnahmen, die das Ehepaar aus Gründen der Fremdscham einige Zeit bei sich in dem kleinen Büroraum mit der Glasvitrine aufbewahrte, doch noch zur Entlastung des Angeklagten vorzubringen. Dies erklärte im Nachhinein auch, warum die gute Frau seither nie wieder bei Emiliana in der Floristeria vorbeigeschaut hatte.

Egal wie, Jeremy stand nur noch wenige Tage von einem Freispruch entfernt.

Seine Frau war zu ihm zurückgekehrt, auch wenn er nicht wollte, dass sie das Band zu Gesicht bekam, und seinem Job wird er somit bald schon wieder wie gewohnt nachgehen können.

Die Presse, die sich ohnehin auf alle Fälle rund um das New Yorker Leben und die Verbrechen scharrt, wird schnell zahlreiche neue Storys zum Verbreiten finden und alles läuft wieder wie gewohnt.

Nun ja fast, denn die wichtigste Frage wurde an Jeremy erst nach dem Freispruch von der Richterin gestellt.

„Wollen Sie Anzeige gegen Miss Emiliana Brooks erstatten?"

In seinen Ohren rauschte es gewaltig, als er zum zweiten Mal ihren vollständigen Namen zu hören bekam.

Das erste Mal hörte er diesen von Joel, denn dieser stellte unentwegt Nachforschungen an. Dabei stieß der Gute auch auf den tragischen Verlauf der Familiengeschichte der Brooks. Die Großmutter ist die einzige nachweislich lebende Verwandte in diesem Fall. Keine Eltern, keine Geschwister, und kein Mann.

Letzteres zauberte Jeremy umgehend ein Lächelnd auf das Gesicht. So breit, das es auch Joel nicht entgangen war.

Umso erstaunter war der Bezirksleiter von Marshall-Enterprises, als Jeremy die Bitte an ihn richtete, der alten Mrs. Brooks das Haus zurückzugeben.

Joel sollte alles Notwendige bei den Banken veranlassen. Bei Mrs. Brooks selbst bestand Jeremy darauf, dass diese Frau ihr restliches Leben denken sollte, dass ihr Mann zu Lebzeiten alles geregelt hatte und es sich schlichtweg um ein Versehen handelte.

Ein Versehen ..., dass er nicht selbst bei dieser Aussage lachte, doch anders ging es nun mal nicht.

Er überwies den geforderten Betrag an Joel und dieser kümmerte sich wie besprochen um das Geschäft.

Dass dieser dafür eine kleine Gegenleistung wollte, war abzusehen, denn schließlich war Joel in dieser Branche ein knallharter Geschäftspartner.

Er ist es gewohnt, dass er nichts tut, ohne nicht auch einen gewissen Vorteil für sich dabei herauszuschlagen.

Joel Tale wollte das Band sehen – er sah es!

Jetzt blickte Jeremy in die Augen aller Anwesenden und er wusste, dass ihm gar keine andere Wahl blieb.

Er wandte sich mit klopfendem Herzen an die Richterin. „Ja, ich möchte Anzeige erstatten."

Das Geräusch des Hammers, der auf die kleine Holzform schnellte, ließ ihn innerlich zusammenzucken.

„Die Verhandlung ist geschlossen!"

Jeremy Adams durfte an der Seite seines Anwalts, seines Chefs und der Frau, der das Haus auf Staten Island gehört, das Gerichtsgebäude nach nur einer Stunde als freier Mann wieder verlassen.

Joel straffte die Schultern, als er vor Jeremys Wunschadresse den Wagen zum Stillstand brachte. „Und? Wirst du es durchziehen?"

Ein Hund bellte und im Augenwinkel konnte Jeremy die alte Mrs. Brooks ausmachen, und wie diese bereits mit verschränkten Armen in der Eingangstür des Hauses lehnte, um ihre Enkelin in Empfang nehmen zu können. Diese kam auch pünktlich auf die Minute in ihrem neuen Kleinwagen um die Ecke gefahren.

Alles wirkte in diesem Augenblick vollkommen irreal, doch Jeremy wusste, dass es die Realität war. Seine Wirklichkeit in der er nun einmal unumstritten lebte.

Jetzt zog er die Augenbrauen nach oben. Dann nickte er.

Die Gesichtszüge von Joel verhärteten sich. „Ganz sicher?"

Wieder nickte Jeremy.

Diese Bestätigung verursachte, dass ein beinahe widerwärtiges Grinsen Joels Gesicht umspielte. Sogar die Oberlippe und der Kiefer wurden dabei um einiges mehr betont.

Als Jeremy die Beifahrertür öffnete, lehnte sich Joel ein Stück weit über die Kupplung. „Vergiss nicht, was du mir versprochen hast. Deal ist Deal!"

Jeremy sah jetzt direkt in die erwartungsvollen Augen seines Vorgesetzten. „Wie könnte ich das je vergessen?"

Joel startete den Wagen. „Denk an meine Worte, und vor allem mach bloß keine Fehler!"

Jeremys Körper geriet leicht aus dem Gleichgewicht, während Joel den Wagen anrollen ließ.

Ein glänzender Schlüssel wechselte den Besitzer.

Darauf schwang die Autotür zu und schnitt dabei sogar das vertraute Geräusch des laufenden Radiosenders ab.

Jeremy stand für den Augenblick mutterseelenallein auf der Straße. Selbst wenn er sich jetzt für einen Rückzieher entscheiden würde, wüsste er, dass es dafür bereits viel zu spät war. Er griff nach den MacGyver ähnlichen Utensilien in seinem Jackett und war entgegen seiner gewohnten Audi Luxusklasse, enorm dankbar für die Tatsache, dass sich Emiliana im Grunde nur dieses ältere Model mit Kurbelscheiben zulegen konnte.

Es war einfach für Jeremy mit einem dünnen Stab und der Schlaufe an dessen Ende am Isoliergummi der Tür vorbeizukommen und mit zwei bis drei Drehungen das Fenster aufzukurbeln. Die gesamte Prozedur dauerte nicht länger als dreißig Sekunden.

Anschließend verschloss er den Wagen von Innen und versteckte sich rasch zwischen der Rückbank und den vorderen Sitzen.

Irgendetwas sagte ihm unaufhörlich, dass Emiliana nachdem sie erfährt, dass er freigesprochen wurde, das Weite suchen würde und das konnte er in gar keinem Fall riskieren.

Als sich die Autotür schneller als gedacht öffnete schlug ihm das Herz bis zum Hals.

Die Hitze seines Körpers stieg, während sich der Innerraum des Fahrzeugs mit dem süßen Duft ihres Jill Sander Parfum vermischte.

Berauscht von ihrer Anwesenheit und der plötzlichen Nähe schloss Jeremy die Augen.
Der Motor wurde gestartet.
Bald schon wirst du wieder in meinen Armen liegen ...

Ein kräftiger Schluck und der Whiskey lief ihm die Kehle hinunter.

Seine Augen hafteten starr auf dem nachtschwarzen Wasser, des am Tage eher mintgrün wirkenden Swan Lake.

Einzig die helle Stegbeleuchtung eines nahegelegenen Anwesens ließ die Dunkelheit zu dieser späten Stunde etwas weniger bedrohlich wirken.

Das Gefühl, welches sich plötzlich in Jeremys Schritt breit machte, ließ ihn leicht aufstöhnen.

Keine Sekunde länger würde er mehr warten, um endlich Rache an dem kleinen Luder, dass sich schlafend unter Deck des durchaus luxurösen Hausbootes befand, zu nehmen.

Purer Wahnsinn oder tiefe Besessenheit?

Warum es ihn zu solch derartigen Handlungen trieb, konnte sich Jeremy selbst nicht beantworten.

Alles was er wusste, war, dass er der Spielmacher in dieser Nacht sein und Lia nach seinen Regeln spielen wird.

Ob sie es wollte oder nicht.

Wo bin ich?

Emiliana schlug die Augen auf, doch ihr Orientierungssinn schien nicht vorhanden zu sein.

Als sie sich umsah, stellte sie fest, dass sie sich in einem großzügigen, jedoch überschaubaren Raum befand, dessen Wände sowie das Mobiliar in goldenen und schwarzen Farben gehalten wurde.

Brennende Kerzen verliehen ihm einen gewissen Charme und die Atmosphäre um sie herum war überwältigend. Wäre sie nicht mit Händen und Füßen an ein großes Bett gefesselt, dann hätte Emiliana sich sicherlich über all diese traumhaften Details freuen können.

Nicht aber heute Nacht.

Langsam kehrten auch die Erinnerungen zurück. Ihr Job, ihre Granny, der Freispruch, ihre Flucht und ... JEREMY!

Mit rasendem Herzen begann sie an den Seilen zu zerren und heftig mit den Füßen zu strampeln.

Plötzlich vernahmen ihre Ohren das Klirren eines Glases. Gefolgt von dem Einschenken einer Flüssigkeit.

Jeremy stand mitten im Raum.

Nachdem er sein Glas an der leuchtenden Minibar gefüllt hatte, wendete er sich grinsend an Emiliana. „Was soll das werden? Ich meine, du solltest doch am besten wissen, dass man nicht so leicht loskommt, wenn die Fesseln mit Bedacht angebracht wurden."

Sein Tonfall war ruhig.

Emiliana beobachtete seine Lippen, während er trank. Nach dem Absetzen umrundete seine Daumenkuppe den Rand des Glases. „Die Betäubung hat schneller nachgelassen als ich dachte, aber das soll mir recht sein."

Emilianas Magen verkrampfte.

Jeremy hatte sie betäubt und dann hierher verschleppt.

Wo zum Teufel ist dieser Ort? Und was hat er vor?

Natürlich war sie nicht so naiv, dass sie nicht wusste, dass es sich um Rache handeln würde.

In seinen Worten konnte sie sogar eine gewisse sexuelle Erregtheit ausmachen. Es ihm jedoch so als Antwort hinzufahren, wäre wohl eher kontraproduktiv, weshalb Emiliana sagte: „Was ist? Hattest du in letzten Monaten etwa keine schöne Zeit?"

Sein Blick senkte sich auf ihre hautenge Jeans herab. Das Outfit passte so gar nicht zu dem, was er aus dem Haus der Fletchers in Erinnerung hatte, doch Jeremy wusste schließlich, was sich darunter verbarg.

Als er den Mund öffnete um sich lustvoll über die untere Lippe zu lecken, erkannte auch Emiliana, dass ihr schwarzer Feinstrickpullover sich ein wenig verschoben hatte und somit die Sicht auf ihren Bauchnabel preisgab. Voller Empörung schrie sie: „Du elender Mistkerl! Lass mich sofort hier raus!"

Plötzlich fühlte sie seine Hand fest um ihren Kiefer und er sah ihr direkt in die rehbraunen Augen. „Hör auf zu schreien!"

Als Emiliana ihre Lippen spitzte um etwas zu erwidern, beanspruchte Jeremy ohne Vorwarnung ihren Mund. Seine Zunge drang so tief in sie ein, dass sie das Gefühl hatte, als würde jeglicher Sauerstoff mit dieser Aktion aus ihrem Körper gesogen.

Der Geschmack und das folgende Wirbeln der Spitzen überwältigte sie ungewollt.

Emiliana spürte, wie sich ihr Unterleib mehr und mehr zusammenzog.

Wenn ich jetzt nicht höllisch aufpasse, dann ist mein Höschen bereits durchnässt, ehe Jeremy sich von mir genommen hatte, was er wollte.

Allein das Wissen, dass sie es war, die er in diesem Augenblick mehr als alles andere auf der Welt wollte, bescherte ihr einen wohligen Schauder am ganzen Körper. Schließlich erinnerte auch sie sich nur allzu gut an das Geschehen auf Staten Island.

Es war der höchste sexuelle Genuss, den sie je in ihrem Leben erfahren hatte.

Umso mehr tat es ihr natürlich leid, dass sie Jeremy letztendlich all die Strapazen mit den Cops und der Anklage antun musste.

Was wäre mir denn ansonsten anderes übrig geblieben?

Genau das wird sie ihm jetzt auch sagen.

Einen Versuch ist es allemal wert.

Nachdem Jeremy sich erbarmte seine Lippen zu lösen, damit Emiliana wieder frei atmen konnte, hob sie den Kopf. „Jeremy, hör zu, es tut mir leid. Ich wusste nicht mehr was ich tun sollte. Wegen meiner Granny, und … ach egal, du verstehst das einfach nicht."

Er zog den Kopf zurück.

Sein Blick wurde kalt. „Ich verstehe es also nicht? Na, dann wird es Zeit, dass du verstehst, was du mir angetan hast. Vielleicht bin ich dann bereit, deine Entschuldigung anzunehmen. Aber auch nur vielleicht …"

„Bitte Jeremy …"

Er löste Emilianas Beinfesseln, zog ihr die Sneaker aus, öffnete ihre Jeans, riss sie ihr ruckartig herunter und warf sie auf den Boden.

Mit aller Kraft trat sie mit den Beinen aus, doch der feste Griff seiner Hände um ihre Knöchel wusste dies schnell zu unterbinden.

Seine Stimme klang rau. „Ich werde dir die Hände lösen und ich hoffe, in deinem eigenen Interesse, dass du ruhig bleibst. Hast du das verstanden, Lia?"

Emiliana nickte, wenn auch zögerlich.

„Braves Mädchen", kam es über seine Lippen, während Jeremy sich über sie beugte.

Die Schnüre lösten sich, hinterließen jedoch ein brennendes Gefühl an ihren Handgelenken.

Plötzlich schoss Emiliana in die Höhe, schwang sich vom Bett, und lief zu einer von zwei Türen, die dieses Zimmer aufwies - es musste einen Fluchtweg geben.

Die erste führte in ein Badezimmer, weshalb Emiliana sofort kehrt machte und hektisch auf die andere zulief. Beim Drehen des Knaufs sprang diese auch sofort auf.

Gott sei Dank! Jetzt muss ich nur noch ...

Weiter kam sie in ihrem Denken nicht, denn ein Arm umfasste von hinten ihren Bauch und im nächsten Moment wurde sie zurück auf das Bett geworfen.

Das weiche Satin rutschte unter ihrem zierlichen Körper hin und her, während sie versuchte, sich an das Kopfende zu retten.

Jeremys Rücken war ihr zugewandt, als er sich dafür entschied, die Tür vorsichtshalber zu verschließen.

Sicher ist sicher. Und wenn die kleine Wildkatze mit mir spielen will, dann bitte. Lass uns spielen!

Am Ende des Bettes knöpfte Jeremy nun seine Jeans auf. Als er sich dieser entledigt hatte, zog er sein Shirt über den Kopf.

Die Brustmuskeln zuckten vor Spannung und Erregung. So sehr Emiliana dieser Anblick gefiel, so sehr machte sich die Gewissheit breit, dass er sie gleich nehmen würde.

Gewollt oder ungewollt ... und wie hart? Oh, mein Gott!

Jetzt spürte sie seine Hände erneut um ihre Knöchel. Emiliana krallte sich in den Kopfkissen fest, doch es half nichts.

Stück für Stück wurde ihr Körper näher an Jeremy herangezogen. Solange, bis er sich genau über ihr befand.

Seine Finger streichelten über ihre Oberschenkel, ehe er nach dem Bund ihres Höschens griff, um es ihr bis in die Kniekehlen herunterzuziehen.

Emilianas Mund öffnete sich, doch ihr eigentlicher Protest verebbte, als sich zwei seiner Finger zwischen ihre Schamlippen drängten.

Mit der anderen Hand fuhr er unter ihren Pullover.

Nachdem Jeremy das erste Körbchen des BHs nach unten gedrückt hatte, strich er mit den Fingerspitzen über die bereits hart gewordene Knospe.

„Du bist geil auf mich, stimmt´s? Genau wie auf Staten Island", kam es schweratmend über seine Lippen.

Zeitgleich versenkte er seine Finger in ihrem feuchten Eingang.

Emilianas Körper verkrampfte kurzzeitig, was Jeremy auflachen ließ. „Wenn du dich gleich genauso zur Wehr setzt, während mein Schwanz dich ausfüllt, dann könnte es ziemlich schmerzhaft für dich werden. Du hast die Wahl. Entspann dich."

Das ist definitiv zu viel! Was glaubt der Kerl eigentlich? Nicht mit mir!

Mit den Fäusten schlug Emiliana auf seine Brust ein. Wäre Jeremy nicht rechtzeitig zurückgewichen, dann hätte er wohl auch ein blaues Auge davongetragen.

Sie war regelrecht hysterisch.

Ihr Körper verdrehte sich unter ihm, was seine Finger aus ihrer Spalte gleiten ließ.

Ihm blieb nichts anderes übrig, als ihre Taille grob zu packen, um sie einigermaßen ruhigstellen zu können. Jedoch ohne Erfolg, denn das kleine Biest hatte einen extrem starken Willen und sie war bis zu einem gewissen Grad absolut davon überzeugt, dass sie ihm auf irgendeine Weise entkommen könne.

Diese Aktion, die beinahe einem Kampf glich, führte dazu, dass ihr das Höschen komplett über die Beine rutschte.

Jeremy fühlte wie sich seine Hoden immer enger zusammenzogen, je mehr sie sich ihm widersetzte.

Er beschloss seine Shorts herunterzudrücken und sich zwischen ihre Beine zu pressen. Die empfindliche Eichel streifte dabei ihre angeschwollene Perle.

Anschließend schnappte er sich ihre Handgelenke und zog diese mit nur einer Hand weit über ihren Kopf.

Ihr Körper begann unter seinem Gewicht zu zittern, und sie begann erneut zu schreien. „Warte! Stopp! Bitte Jeremy!"

Ist das ihr Ernst? Ich meine auf Staten Island hatte sie mich sogar sprichwörtlich an die Wand genagelt, nur um es mit mir hemmungslos Treiben zu können und jetzt fleht diese verruchte Göre unter mir um meine Gnade?

Das Wissen, dass er es in gar keinem Fall mit einer unschuldigen Jungfrau zu tun hatte, ließ ihn sein Vorhaben fortführen.

Wieder wehrte sie sich heftig unter ihm.

Dabei war sie wunderschön anzusehen. Die Strähnen ihrer langen dunklen Haare verteilten sich wild über dem Satin und ihre braunen Augen nahmen den goldenen Schimmer des Inventars um sie herum an.

Ich will sie! Und zwar jetzt!

„Hör mir verdammt noch mal zu! Ich werde das nur einmal sagen. Verstanden?"

Die harten Worte, die wie der Befehl eines Drillinstructors klangen, ließen Emiliana in eine Schockstarre verfallen. Sie hielt inne.

„Gut so!"

Während er das aussprach spürte sie seinen harten Schwanz gefährlich nahe an ihrem Eingang.

„Ich werde beenden, was ich begonnen habe. Es liegt an dir, ob du mich dabei genießen möchtest oder ob es für dich zu einem Höllenritt wird. "

Im Grunde konnte Jeremy kaum glauben, was er da sagte, doch auch in den vergangenen Wochen redete er sich immer wieder ein, dass einzig und allein Emiliana für diese drastische Veränderung in seinem Leben die Schuld trug. Selbst die im Licht glitzernden Tränen, die ihr sanft über die Wangen liefen, konnten ihn nun nicht mehr aufhalten.

Kraftvoll drückte er seine Oberschenkel gegen die ihren, um sie weit für ihn zu öffnen.

Es war ein unbeschreibliches Gefühl der puren Vorfreude diese Frau wieder intensiv spüren zu dürfen.

Und das nach so langer Zeit.

Sein Mund fuhr über ihre Wange, dabei schmeckte er den Salzgehalt ihrer Tränen.

Emiliana sog tief Luft ein. „Warum tust du mir das an?"

Jeremy erhob den Kopf. „Du fragst nach dem Warum?"

„Jeremy, ich weiß, dass ..."

„Ja, du weißt, was du getan hast. Davon gehe ich schwer aus. Dass du und dein Körper dabei für mich zu einer Art Droge geworden seid, ist heute Nacht einzig und allein dein Problem. Denn, wie sagtest du doch so schön? Wir reichen Schnösel meinen, wir könnten uns einfach nehmen, wonach uns der Sinn steht. Ich war seit ich denken kann, immer ein vollkommen korrekter Mensch, und dann kamst du in mein Leben."

Wieder leistete ihr Körper Widerstand. „Fick dich, Jeremy! Du warst noch nie ein korrekter Mensch! Du bist ein verfluchter Abzocker und nimmst armen Leuten alles was ihnen im Leben bleibt oder vielleicht noch etwas bedeutet. Und das ohne mit der Wimper zu zucken."

Sein steifes Glied vibrierte, während er ihren Worten lauschte.

Er beugte sich bis an ihr Ohr hinunter, ehe er flüsterte: „Perfekt! Dann sieh es doch einfach so, dass all das nur passiert, weil du dich mit dem Falschen angelegt hast." Wieder wollte Emiliana zu schreien beginnen, denn die Situation wurde immer gefährlicher für sie.

Mit den Lippen verhinderte Jeremy dieses Vorhaben. Genau wie seine Zunge immer tiefer in ihren Mund gelangte, so drang zeitgleich sein Schwanz Zentimeter für Zentimeter in sie ein.

Dass er sich während seiner Ansprache ein zuvor bereitgelegtes Kondom überstreifen konnte, hatte Emiliana überhaupt nicht mitbekommen und es war ihr in diesem Augenblick auch egal.

Alles was für sie zählte, war, dass sie diesen skrupellosen Repo-Man von der Firma Marshall-Enterprises leider nicht wie von ihr geplant brechen konnte.

Im Gegenteil! Jetzt war sie seinem Willen hilflos ausgeliefert und das Schlimmste daran war, sie konnte nicht das Geringste dagegen tun.

Als Jeremy fühlte, wie er in ihrem Inneren auf eine noch nie zuvor dagewesene Größe anschwoll, war es endgültig um seine Beherrschung geschehen.

Mit gezielten Stößen öffnete er sie immer weiter für ihn. Die Nässe, auf die er dabei traf, verriet ihm, dass es, entgegen ihren Aussagen, ein ebenso geiles Gefühl für sie sein musste.

In dem Augenblick als ihre Hüfte sich aufbäumte und somit seinen Stößen entgegenkam, war Jeremy verloren. Schweißperlen bildeten sich auf seiner Stirn, während er das Tempo gnadenlos erhöhte.

Wenn ich mit ihr fertig bin, dann wird ihre Muschi sich erst einmal für ein paar Stunden erholen müssen. Ich kann es verdammt noch mal weder kontrollieren, noch ändern.

Da auch Emiliana bewusst war, dass er sie dank ihres Widerstandes rotficken würde, beschloss sie ein klein wenig lockerer zu lassen.

Dies führte allerdings dazu, dass plötzlich eine enorme Welle der Erregung durch ihren Unterleib schwappte.

Unwillkürlich stöhnte sie auf, womit Jeremy eher wenig bis gar nicht gerechnet hatte.

Diese Laute aus ihren verführerisch geschwungenen Lippen zu hören, gab ihm den Rest.

Er griff an ihren Kitzler, übte Druck mit dem Daumen darauf aus, während er gnadenlos in sie stieß.

„Komm schon, Lia! Ich weiß, dass du es von mir brauchst."

Keuchend versuchte Jeremy sich zusammenzunehmen, um in keinem Fall vor ihr zu kommen.

Das war alles andere als leicht, denn sein Schaft pulsierte mittlerweile so stark, dass er glaubte, dieser würde jeden Moment wie ein Feuerwerkskörper explodieren.

Auch Emiliana konnte sich der gnadenlosen Lust und ihren extremen Gefühlen nicht länger entziehen. Sie warf den Kopf nach hinten und stieß Luft aus, während sich ihre Mitte krampfartig um seinen Schwanz zusammenzog.

Sie kommt! Das ist es, was ich wollte. Scheiße, wie soll ich überhaupt noch irgendetwas kontrollieren können, wenn sie so verflucht geil ist?

Jeremy hatte das Gefühl, als wäre ein wahres Monster in ihm entfesselt worden.

Er stieß tief in sie – immer und immer wieder.

Solange, bis ihm der heiße Saft mit enormen Druck aus seiner pochenden Spitze schoss.

Das Kondom konnte zum Glück alles in sich aufnehmen, doch vielleicht würde er das beim nächsten Mal gar nicht erst verwenden.

Nichts und niemand soll mehr zwischen dir und mir stehen, meine wilde Schönheit. Du bist mir willenlos ausgeliefert und ich kann mit dir tun und lassen, was ich möchte. Das werde ich auch. Und warum? Weil du förmlich danach gebettelt hast, mit mir spielen zu dürfen. Jetzt werden wir ja sehen, wie die Würfel fallen.

Nach weiteren Minuten schaffte es Jeremy endlich sich langsam aus ihrer nachbebenden Spalte zurückzuziehen. Mit sichtlich befriedigter Miene stieg er vom Bett.

Sein nächster Weg führte ihn in das angrenzende Badezimmer, wo er sich des Kondoms entledigte und in eine neue hautenge Shorts schlüpfte.

Keine Sekunde ließ er dabei seine gefangene Wildkatze aus den Augen.

Emiliana schnappte sich währenddessen die dünne Decke und wickelte diese um ihren nackten Unterleib.

Den feinen Strickpullover habe ich ihr vorerst am Leib gelassen, doch das wird sich ändern …

Noch während dieses Gedankens stellte Jeremy klar: „Ich werde jetzt an Deck gehen um zu telefonieren. Sei ein braves Mädchen und dir wird nichts geschehen. Solltest du auf dumme Gedanken kommen …, nun ja, lass es mich einfach mal so ausdrücken, … dann wird jede deiner Taten eine Bestrafung nach sich ziehen. Verstanden?"

Ihre oberen Zähne vergruben sich fest in ihrer Unterlippe.

Jeremy setzte nach: „Ich habe dir eine Frage gestellt!"

Mit zitternden Händen, die noch immer fest die Decke umklammerten, antwortete Emiliana: „Du hattest, was du wolltest und jetzt lass mich gehen. Meine Granny …"

„Scht!", zischte Jeremy. „Versuch es gar nicht erst auf die Mitleidstour, denn die zieht bei mir nicht. Dafür kenne ich dich und deine Tricks zu gut. Außerdem wäre es nicht fair, dich nach nur einer Nacht wieder zurück in dein Leben zu schicken, findest du nicht auch? Ich meine, soweit ich mich erinnere waren es auf Staten Island volle acht Tage."

Ihr Gesichtsausdruck verhärtete sich. Sie wurde böse. „Lass mich gehen, du verfluchter Bastard!"

Jeremy zog scharf Luft ein. „Bastard? Mhm ..., ist notiert." Er schlüpfte in seine Jeans, dann öffnete er die Tür. „Wenn du mich jetzt bitte entschuldigen würdest", war alles, was Emiliana noch hören konnte, ehe die Tür knarrend ins Schloss fiel und ein Schlüssel von außen herumgedreht wurde.

Hastig sprang sie auf, schnappte sich den Slip und anschließend die Jeans vom Boden.

Nachdem Emiliana den Knopf geschlossen hatte, sah sie sich erneut um.

Auf dem Vorsprung der Minibar lag ein Klappmesser. Als ihre Finger danach griffen, schoss ihr zeitgleich ein unheilvoller Gedanke durch den Kopf.

Er will mich nicht nur demütigen, nein, er wird mich töten.

Reichte nicht, dass sie sich ihm noch vor wenigen Minuten wie eine rollige Katze hingegeben hatte, als sie fühlte, wie sein Schwanz mehr und mehr in ihr anschwoll.

War das alles hier wirklich meine Schuld? Ich meine, abgesehen von der Tatsache, dass ich ihn unter falscher Vorgabe einer Straftat beinahe ins Gefängnis gebracht hätte, würde ich behaupten, dass er den Sex auf Staten Island durchaus für sehr anregend, wenn nicht sogar als phänomenal, empfunden hatte. Gut, bis auf die Sache mit den Kabelbindern, dem Holzprügel, dem Schürhaken, dem Korkenzieher, den Nägeln ... Schluss damit!

Emiliana war längst bewusst, dass, wenn sie es nicht irgendwie schaffte aus diesem Raum zu fliehen, noch die ein oder andere bittere Revanche auf sie wartete.

Davon zeugte bereits seine Drohung, dass er sie für jeglichen Mist, den sie baute, einer Bestrafung unterziehen wird.

Was zum Teufel denkt der sich? Und sagte er vorhin nicht, dass er an Deck gehen will, um zu telefonieren? An Deck? Werde ich etwa auf einem Boot gefangen gehalten?

Plötzlich war Emilianas Überlebenswille zurückgekehrt.

Sie schob das Messer in ihre Gesäßtasche, ehe sie im Bad verschwand.

Der Urin brannte leicht auf ihren geröteten Schamlippen und auch ihr Eingang fühlte sich beim freien Sitzen auf der Toilette ziemlich überdehnt an.

Egal, das würde vorbeigehen, doch jetzt musste sie schnell einen Ausweg finden.

Beim Händewaschen sah sie in den Spiegel.

Ihre geröteten Wangen zeugten noch immer von der Hitze, welche während des Aktes durch ihren Körper strömte.

Da sie nicht weiter über die Demütigung, dass er sie sich einfach genommen hatte, nachdenken wollte, schloss sie kurzzeitig die Augen.

Als Emiliana diese wieder öffnete, kam der rebellische Teil ihres Wesens wieder zum Vorschein.

„Ich werde dich töten, wenn es sein muss, Mr. Adams", flüsterte sie ihrem eigenen Spiegelbild entgegen.

An Deck hörte Jeremy wie Joel am anderen Ende der Leitung einen befreienden Seufzer ausstieß. „Alter, ich dachte schon, du meldest dich gar nicht mehr. Es hat also alles so funktioniert, wie wir es besprochen haben?"

Jeremy fuhr sich über die Stoppeln seines Dreitagebartes. „Ja, es hat geklappt. Ihr Auto steht in der Garage und das Tor habe ich wieder verschlossen, so wie du es gesagt hattest."

„Sehr gut! Das höre ich gerne, wenn meine Pläne funktionieren." Joel lachte überschwänglich ins Telefon, dann fuhr er fort: „Hast du sie zum Steg tragen müssen, oder ist sie dir freiwillig gefolgt?"

Jeremy sah in den klaren Nachthimmel. „Weder noch. Ich tat so, als ob ich mit meiner Freundin nach ein paar Drinks noch sehr heiße Stunden am Ufer des Swan Lake verbringen wollte. Deshalb legte ich ihren Arm um meine Schulter, damit niemand Verdacht schöpfen würde."

„Warum der Aufwand?", wollte Joel umgehend wissen.

„Ich sagte dir doch, dass sich auf der Seite meines Anwesens so gut wie kein Mensch herumtreibt. Weder bei Tag, noch bei Nacht. Und schon gar nicht, wenn ich ..."

„Sagt dir der Name Stanley Hoover etwas?", unterbrach Jeremy.

„Stan? Stan der verkorkste Hauswart? Ach du scheiße, sorry Jeremy, den hatte ich schon längst wieder aus meinen Gedanken verbannt. Den alten Säufer habe ich zuletzt vor einem halben Jahr dort herumstreunen sehen. Hör zu, er gibt zwar immer vor, dass er das Sagen in diesem Gebiet hätte, doch die traurige Wahrheit ist, dass man ihn schon vor über zwei Jahren aus dem Dienst suspendiert hatte, aufgrund seines immensen Alkoholkonsums."

„Nun ja, wie dem auch sei, er denkt, dass wir nur ein Liebespaar sind, das sich ein wenig Spaß gönnt."

„Fantastisch! Dann läuft alles nach Plan", bestätigte Joel.

„So gut wie", entgegnete Jeremy launisch.

„Wie meinst du das?"

„Ich meine damit, dass die Spritze von deinem Wunderdoktor, dessen Namen du mir partout nicht verraten willst, nicht die gewünschte Länge an Wirkung zeigte. Kurz nachdem wir das Boot erreicht hatten, war sie wieder hellwach gewesen. Nicht auszudenken, was hätte passieren können, wenn …"

Joel stieß hörbar Luft aus. „Hätte, hätte, hätte! Es ist aber nicht passiert. Das ist das Einzige, was zählt oder nicht?"

Jeremy musste schwer schlucken. „Ja, das stimmt."

Wieder musste Joel laut auflachen. „Gut so!"

„Dann hören wir uns morgen", beendete Jeremy das Gespräch.

„Das will ich meinen. Ach, und Jeremy, ich wünsche dir eine geile Zeit."

„Danke", kam es leise über Jeremys Lippen, während er auf den roten Knopf in der unteren Hälfte seines Displays drückte.

Als er es wegstecken wollte, begann sich der Klingelton zu melden. *SARA ruft an!*

Annahme.

„Hey Schatz, na alles in Ordnung zu Hause?"

Sara überlegte kurz, dann antwortete sie: „Ja, alles in Ordnung. Aber ich vermisse dich schon jetzt."

„Es ist doch nur für eine Woche oder solange, bis die Cops diese durchgeknallte Frau gefunden haben."

Ein deutliches Schnaufen war zu hören. „Ich hätte meine Sachen packen und mit dir mitkommen sollen."

„Nein. Darüber hatten wir doch lang und breit gesprochen. Die Frau muss denken, dass jemand zu Hause ist und unser Leben normal weitergeht. Dir würde sie niemals etwas tun, denn ihre Wut fokussiert sich einzig und allein auf mich und meinen Job."

„Ich weiß, aber …"

„Sara, mach mir jetzt bitte keine Szene. Es war ein anstrengender Tag. Ich habe höllische Kopfschmerzen und werde mich zunächst einmal ein wenig ausruhen. Geht das für dich klar?"

„Ja, ähm ..., sicher", bestätigte Sara kleinlaut.

„Danke. Ich wünsche dir eine gute Nacht."

„Gute Nacht, Jeremy."

Aufgelegt.

Spätestens morgen musste Jeremy dem zuständigen Detective in diesem Fall Bescheid geben, wo sich sein derzeitiger Aufenthaltsort befand.

Ob Mr. Samuel ihm diese Show abkaufen würde, das stand somit noch in den Sternen.

Heute ist noch nicht morgen, dachte sich Jeremy, ehe er beschloss noch einmal nach seiner Wildkatze zu sehen.

Nachdem er vorsichtig die Tür geöffnete hatte, konnten seine Augen umgehend ihren Standort ausmachen.

Emiliana saß brav wie ein Kirchenmädchen, in ihren anständigen Klamotten, auf der schmalen Kante des Bettes. Ihr Kopf war gesenkt und sie würdigte ihn keines Blickes.

Auch nicht, als er zu sprechen begann. „Lia, eine Sache würde mich wirklich brennend interessieren. Warum brauchtest du so dringend das Geld von Mrs. Fletcher? Nur um die Schulden für das Haus ausgleichen zu können? Ich meine, fühlst du dich schuldig, dass dein Grandpa die Raten ab einem gewissen Zeitpunkt nicht mehr bezahlen konnte. Laut den Akten war bis vor eineinhalb Jahren alles vollkommen in Ordnung und erst kurz vor seinem Tod fehlten der Bank ..."

„Du!", Emiliana erhob den Kopf. „Du allein trägst die Schuld, dass meiner Granny beinahe das Haus weggenommen wurde."

Jeremy bewegte sich so schnell auf sie zu, dass ihr keine Chance blieb, dem Angriff rechtzeitig ausweichen zu können. Seine Hand griff in ihr langes Haar und zog dabei ihren Kopf ruckartig zurück.

Emilianas Herz begann wild zu rasen, als ihr Blick dem seinen begegnete. Die Pupillen wirkten verengt, doch sein Mund verzog sich zu einem kalten Lächeln.

Jeremy war wütend, denn schließlich wusste er, dass nicht er die Schuld für die Pfändung des Hauses trug, sondern einzig und allein die Verschuldung der Menschen ihm zu seinem Auftritt verhalf.

Im Grunde fordere ich nur ein, was der Bank rechtmäßig zusteht. Aber das will anscheinend keiner wahrhaben, schon gar nicht dieses kleine Luder, das noch immer ihr freches Mundwerk mir gegenüber nicht halten kann.

„Das war nicht meine Frage! Ich möchte wissen, was du damit erreichen wolltest. Mich dorthin locken, mit mir spielen, mich verletzen, und zur Krönung, obwohl ich dir nach allem, was geschehen war, sogar noch meine Hilfe angeboten hatte, mich bei den Cops und anschließend vor ganz New York, als Vergewaltiger dastehen zu lassen."

Seine Stimme wurde ruhiger, jedoch um einiges ernster.

„Du hättest es so viel einfacher haben können. Vielleicht sollte ich dich dazu zwingen mich um Geld anzubetteln. Auf deinen Knien! Was hältst du davon?"

Plötzlich schoss Emilianas Arm in die Höhe.

Beinahe hätte ihre flache Hand auch Jeremys Wange erreicht, wäre da nicht reflexartig seine Hand dazwischen gekommen.

Seine Finger schlossen sich fest um ihr Handgelenk, und bereits mit der nächsten Bewegung verdrehte er ihr den Arm auf ihrem Rücken.

Emiliana schrie auf.

Das tat höllisch weh und sie befürchtete, dass er nicht davor zurückschrecken würde ihr den Arm zu brechen. Eine kleine Vergeltung für all seine Qualen, die er erleiden musste.

„Los jetzt! Auf die Knie!"

Sie leistete Folge.

Als Jeremy mit der freien Hand seine Jeans öffnete, um seinem angeschwollenen Glied den notwendigen Freiraum zu gewähren, spürte Emiliana beim bloßen Anblick wie eine ungeheure Lust erneut von ihr Besitz ergriff.

Das ist krank! Vollkommen irre! Wie kann es mich nur so sehr erregen, dass ich vor einem solchen Mistkerl unterwürfig niederknien muss, nur, um sein bestes Stück, das wahnsinnig verlockend auf mich wirkt, jeden Moment in den Mund nehmen zu müssen.

Ohne länger darüber nachzudenken benetzte Emiliana ihre Lippen mit Feuchtigkeit.

Jeremy verfolgte ihre Zungenspitze, versuchte sich jedoch mit aller Macht zurückzunehmen.

„Schließ den Mund!"

Verdutzt sah Emiliana zu ihm auf.

Er will nicht, dass ich …

„Schau mich nicht so an. Du weißt ganz genau, was ich jetzt am liebsten tun würde. Etwas, das allein schon meine niederen Instinkte von mir abverlangen. Doch ich tue es nicht."

In Emilianas Gedanken spielte sich in diesem Augenblick das Bildnis eines wahren Gentleman, wenn nicht sogar der eines märchenhaften Königs ab.

Nie würde solch einer die holde Maid für seine Zwecke missbrauchen, oder sie demütigen, noch ihr Leid zufügen. Dieser Mann würde für sie sterben, ohne ...

Weiter kam sie nicht.

Jeremy ließ ihren Arm los, griff dafür aber in ihr dichtes Haar und zog sie forsch zu sich nach oben.

Nachdem er sich sicher war, dass in Emilianas Augen die Angst zurückgekehrt war, schob er sie vor sich in Richtung des Badezimmers.

„Was hast du vor?", zischte sie durch die Zähne.

Der Schmerz, der sich auf ihrer gesamten Kopfhaut verteilte, ließ sie kurzzeitig sogar ins Wimmern verfallen.

Jeremy ignorierte ihr Verhalten, ebenso die gestellte Frage.

An der Schwelle des Badezimmers krallte sich Emiliana mit den Fingern im Türstock fest, denn irgendetwas sagte ihr vehement, dass dieser Raum nichts Gutes für sie parat hielt.

Keine besonders gute Idee, denn für Jeremy stellte dies überhaupt kein Problem dar.

Er nahm die Hand aus ihren Haaren, schnappte sich beide Oberarme und umschloss ihren Oberkörper von hinten.

Eine Zwangsjacke in Menschengestalt sozusagen, nur, dass Emiliana um einiges lieber in einer Irrenanstalt gelandet wäre, als nicht zu wissen, was er mit ihr vorhatte.

Neben der Duschkabine drückte er sie unsanft an den harten kalten Marmor.

Ihr Rücken wurde dabei regelrecht zu einem Hohlkreuz genötigt, was dazu führte, dass sich ihr Hintern umso mehr an seine Mitte presste.

Oh, mein Gott! Er ist noch immer steinhart!

Mit der Faust schlug er auf den Duschknopf in der schmalen Kabine.

Klares Wasser schoss aus mehreren Düsen gleichzeitig heraus.

Purer Luxus!

Je mehr sich das Wasser aufheizte, desto mehr füllte sich der kleine Raum mit warmen Dampf.

Jeremy schob ihr das lange Haar zur Seite, um ihr ins Ohr flüstern zu können. „Zieh dich aus!"

Anschließend trat er mehrere Schritte zurück.

Emiliana wagte es sich herumzudrehen, doch sie konnte kaum glauben, was ihre Augen da erfassten.

Er will, dass ich mich komplett entblöße und er selbst hat sich soeben nur seines Shirts entledigt? Den harten Stab, der mir gerade noch gegen den Arsch gepresst wurde, hatte er wie ein Zauberer wieder in der Jeans verschwinden lassen. Diese, sowie den dazugehörigen breiten Ledergürtel verschließt er in diesem Moment. Was soll das werden?

„Lia, lass mich nicht länger warten, okay. Vor allem bring mich nicht dazu, dich zu zwingen."

Ihre Finger tasteten sich an den Knopf ihrer Jeans, öffneten diesen zitternd, und zogen anschließend den Reißverschluss hörbar nach unten.

Ehe Emiliana die Hose auszog, griff sie mit den Händen an den Saum ihres dünnen Pullovers, um diesen über den Kopf zu streifen.

Mit halb geöffnetem Mund stand Jeremy mitten im Raum und starrte auf ihre wohlgeformten Brüste, die jetzt nur noch von den seidigen Cups des BHs gehalten wurden.

Als dieser zu Boden fiel musste er einige Male schlucken.

Verdammt! Dieser Anblick killt meine Beherrschung. Das darf ich in keinem Fall zulassen. Nein, ich muss …

„Los! Weiter! Zieh die Hose aus."

Emiliana presste die Lippen zusammen, als ihre Hände den Bund umfassten.

Plötzlich drückte etwas gegen ihre Pobacke. Das Klappmesser!

Schön und gut, nur was soll ich damit anfangen können? Es herausziehen und hoffen, dass er genügend Angst davor bekommt? Oder noch besser, wie ich es erst vor kurzem in einem Film gesehen habe, wo der Gangsterboss seinem Handlanger vollkommen banal erklärte: „Hat er eine Pistole, greif ihn an! Bei einem Messer, ist weglaufen besser."

Emilianas Finger hatten bereits für sie entschieden.

In der Sekunde, in der Jeremy das Objekt in ihrer Hand registrierte, sprang auch schon die spitze Klinge heraus. Der nächste Faustschlag von Jeremy traf erneut den Duschknopf. Er musste unbedingt dafür sorgen, dass sich der Dampf verflüchtigte und er sehen konnte, was das kleine Miststück nun vorhatte gegen ihn zu unternehmen. Allerdings konnte er auch nicht leugnen, dass der Anblick unbezahlbar für ihn war.

Die wilde ungezügelte Schönheit, mit ihren langen dunklen Haaren, der offenstehenden hautengen Jeans, und den nackten wippenden Brüsten, möchte den Kampf gegen mich mit einem Klappmesser aufnehmen. Mhm, sexy! Let's do it!

Provokant begann Jeremy mit der Hand zu locken. „Komm schon! Worauf wartest du? Trau dich, Honey!"

Angst flutete Emilianas Körper, denn seine Überlegenheit war keineswegs gespielt. Das wusste sie.

Warum hat er mich Honey genannt? Egal, die halbe Welt nennt irgendjemanden bei diesem Kosenamen. Das ist reine Provokation, um mich zu verunsichern, mehr nicht.

Jeremy stemmte die Hände in die Hüften. „Honey, nun komm schon!"

„Nenn mich nicht so, du Scheißkerl!"

Sein Lächeln zeugte von Amüsiertheit. „Warum denn nicht? Etwa, weil dein Daddy dich so genannt hat?"

Emilianas Lippen begannen vor Wut zu zittern. Wie konnte er es wagen, ihren toten Vater in dieses kranke Spiel mit einzubeziehen?

Sie nahm allen Mut zusammen und machte zwei Schritte auf Jeremy zu. „Schweig! Und tritt zurück!"

Er erhob theatralisch die Hände. „Woah, sehr gefährlich." Doch er tat, was sie von ihm verlangte.

„Ich denke, dass dein Daddy dich genau aus diesem Grund Honey genannt hat. Du bist zäh und deine Augen haben diesen gewissen goldigen Glanz, den nur Honig im Sonnenlicht annehmen kann."

Emiliana wurde sicherer. „Das mag sein, aber du wirst mich in gar keinem Fall bei diesem Namen nennen. Jetzt öffne die verfluchte Tür und lass mich raus!"

Er machte weitere Schritte nach hinten und griff sogar mit der Hand nach der Klinke.

Ehe Jeremy diese jedoch herunterdrückte, sah er ihr noch einmal tief in die Augen. „Ist dir eigentlich bewusst, wie schön du aussiehst, wenn du rebellierst? Wie geil du ..."

Mit einer drohenden Handbewegung schrie Emiliana: „Aufmachen!"

Jeremys Hand bewegte sich nach unten.

Er öffnet die Tür. Ich habe es geschafft. Nicht zu fassen ..., wollte sie denken, als sie erneut seine Worte vernahm.

„Möchtest du denn gar nicht wissen, warum ich dich Honey nenne?"

Jetzt war es an Emiliana einen Lacher auszustoßen. „Vielleicht habe ich mich nicht klar genug ausgedrückt, doch ich sagte, dass du mich in gar keinem Fall ..."

Eine reflexartige Bewegung.

Ein kräftiger Schlag mit der Handfläche gegen ihren Unterarm.

Vorbei!

Das Messer glitt über die feuchten Fliesen, als wäre es auf Glatteis gelandet und Jeremy packte sich Emiliana, um sie zurück an die Wand zu drängen.

Seine Hand hielt ihren Nacken fest umschlungen.

Warmer Atem vermengte sich mit der noch immer vorherrschenden Hitze des Raumes.

Jeremys Augen hatten einen markanten animalischen Schein angenommen. „Ich werde es dir erklären, Honey!" Er war nun so etwas wie der seit Kindertagen gefürchtete Wolf und sie nur das ängstliche kleine Wesen, welches sich nicht zur Wehr setzen konnte.

Plötzlich beanspruchte Jeremy ihre Lippen. Es folgte ein Kuss, der Emilianas Sinne schwinden und ihre Knie weich werden ließ.

Wild, ungezügelt und voller Leidenschaft.

Als er von ihr abließ sah sie durch halbgeschlossene Augenlider, dass er vor ihr in die Hocke gegangen war.

Ein Handgelenk hielt er dabei fest umschlossen, nur für den Fall, dass Emiliana noch einmal auf dumme Ideen kommen sollte.

Mit der freien Hand zog er ihr die Jeans nach unten. Der hauchdünne Slip folgte.

Emilianas sinnlicher Mund öffnete sich erneut, um den angestauten Atem des Kusses entweichen zu lassen.

Am besten wäre es, wenn ich ihm in die Haare greifen und mit meinen Fingernägeln über das Gesicht kratzen würde. Das Auge wortwörtlich ausstechen oder ihn mit den Füßen treten, oder ...

Als er ungeniert ihre Beine spreizte, die feinen Bartstoppeln ihren Intimbereich kitzelten, und seine Zungenspitze zwischen den Spalt ihrer Schamlippen drang, waren diese Gedanken komplett verflogen.

Hätte man Emiliana erzählt, dass dieser Mann sie soeben mit einem Fluch belegte, sie hätte es sofort geglaubt. *Verflucht ja, aber zu was? Dazu, sich ihm willenlos hinzugeben?*

„Bitte Jeremy! Das ist nicht …", ihre Worte verloren sich in dem gleichmäßigen Stöhnen, das nun tief aus ihrem Inneren kam.

Jeremy umkreiste mehrfach die angeschwollene Perle, ehe er zwei seiner Finger tief in sie hineinschob.

Zu Beginn tat das etwas weh, denn Emilianas Öffnung war noch immer angegriffen, sowie stark gerötet, von den harten Stößen seines massiven Schwanzes.

In dem Moment, als ihre Feuchtigkeit seine Finger benetzte, wusste Jeremy, dass sie es brauchte.

Jetzt! Sofort!

Er dehnte ihr Loch, legte den Daumen an den Kitzler und sah zu ihr auf.

Dann fingerte er sie gnadenlos.

Ohne zu wissen, was sie gegen dieses Gefühl, das durch ihren kompletten Unterleib hindurchjagte tun sollte, presste sich Emiliana mit dem Rücken gegen die Wand.

Ihre Fingerspitzen suchten Halt, fanden aber keinen.

Das immer lauter werdende Stöhnen ließ Jeremys Schwanz immens anschwellen und sogar gegen den Stoff seiner Jeans drücken.

Ein hoher Aufschrei erfüllte den Raum.

Emiliana kam zum zweiten Mal in dieser Nacht unter seiner Regie. Und das fühlte sich verdammt gut an.

Jeremy zog die Finger heraus, als er bemerkte, dass ihr Körper geschwächt an der Wand zur Seite glitt.

Er erhob sich und zog Emiliana, so nackt wie Gott sie erschaffen hatte, in seinen Arm.

Vollkommen erschöpft lauschte sie seinem Herzschlag. Ehe sie die Augen schließen konnte, hielt er ihr die zwei Finger, mit denen er es ihr besorgt hatte, vor das Gesicht. Sie zwinkerte, denn sie verstand nicht, doch das würde sie gleich alles aus seinem Mund erfahren.

„Siehst du das, Honey? So klebrig wie Honig."

Sie verfolgte Jeremys Finger.

Er nahm sie in den Mund und saugte daran, dann sah er ihr wieder in die Augen. „Mhm ...! So süß wie Honig."

Mit zusammengezogenen Brauen versuchte Emiliana Folge zu leisten.

Dann spürte sie seine Lippen auf den ihren.

Seine Zunge drang tief in sie ein, spielte regelrecht mit ihr. Zum Glück hielt er sie noch immer fest in seinem Arm, denn anders hätte sie unmöglich diesem abrupten Überfall standgehalten.

Als er abließ, lächelte er. „Schmeckst du das?"

Emiliana leckte sich unwillkürlich über die Lippen.

Jeremy bekam große Augen. „Ja, das ist es! Das bist du!"

Sie erschrak ein wenig bei dem Gedanken daran, dass er wollte, dass sie sich selbst schmeckte.

Ihre Ohren waren allerdings schon wieder auf seine ruhige tiefe Stimme fixiert.

„Denk also von jetzt an immer daran, dass wenn ich dich bei deinem Kosenamen nenne, ich dich in keinem Fall auf kindliche Art und Weise verniedliche. Im Gegenteil! Wenn ich dich so nenne, dann sei dir gewiss, dass ich in exakt diesem Moment deine unvergleichliche Geilheit auf meiner Zunge schmecke. Mein gesamter Körper, vor allem aber mein Schwanz, können es dann kaum mehr erwarten, dir diese gebührend auszutreiben. Hast du das verstanden, HONEY?"

Schockiert über diese Aussage starrte Emiliana Jeremy mit offenem Mund an, doch sie nickte.

Eine halbe Stunde später lag sie in dem Bett, an das sie zuvor gefesselt gewesen war. Sie weinte.
Ihre Granny war mit Sicherheit über ihren Verbleib besorgt und hatte vermutlich schon die Cops gerufen. Welch Ironie, denn die waren gewiss schon seit Verhandlungsende auf der Suche nach ihr.
Sie werden dich nicht finden! Niemand wird dich finden, du bist bei mir ...
Dass ihr jetzt auch noch diese unheilvolle Textstelle aus dem Lied Jeanny von Falco in den Sinn kam, machte ihre Situation nicht leichter.

Der Morgen graute bereits, als Jeremy zu Joel in den Wagen stieg.
Schließlich musste er irgendwie in die Firma gelangen. Den Luxus von freien Gratistagen wollte der gute Mr. Tale ihm nicht noch einmal gönnen.
Jeremy konnte seinen Spaß haben, das ja, aber nicht während der Arbeitszeit, denn Zeit ist Geld, und das haben bekanntlich die wenigsten.
Das Radio lief und Joel reichte ein Blick, um zu wissen, dass Jeremys Nacht erfolgreich gewesen sein musste.
„Wie hat sie es aufgenommen?"
„Wie meinst du das?", fragte Jeremy.
Joel grinste. „Verarsch mich nicht, Alter! Ich meine, wird man denn jeden Tag mindestens dreimal entführt oder ..."
Jeremy erhob die Hand. „Schon gut, hab dich verstanden. Ich dachte du wolltest wissen, wie sie ..., Ach, vergiss es!"
Mit erwartungsvollen Augen trat Joel aufs Gas. „Oh, ja! Das kannst du mir in der Mittagspause näherbringen."

Jeremy schüttelte den Kopf, dann sah er aus dem Fenster. Hoffentlich würde der Tag schnell umgehen, denn er wollte schon jetzt wieder zurück auf das Boot.
Zurück zu ihr.

Der Mittag war noch nicht ganz vorüber, doch Jeremy würde sich am liebsten schon zu dieser Tageszeit einen Doppelten genehmigen.
Fünf Termine, voll mit den verrücktesten Kunden, zwei Neuaufträge von der Bank, und auf einen Mann musste er nun in seinem eigenen Büro warten.
Zwanzig Minuten Verspätung sind in Jeremys Branche eigentlich ein absolutes No-Go, doch hierbei handelt es sich nicht um einen seiner Kunden, sondern um einen Cop. Und die können sich bekanntlich alles erlauben.
Der LED-Timer auf seinem Schreibtisch zeigte 12.55 p.m. Nervös tippte Jeremy mit dem Füllfederhalter auf der schwarzen Unterlage seines Schreibtisches herum. Dann nahm er sein Smartphone zur Hand.
In den Räumen des Bootes wurden Kameras zur ständigen Überwachung installiert.
Schon vor einigen Monaten prahlte Joel damit, dass es das beste System wäre, dass es auf dem Markt gibt. Er habe, wie bei so vielem in seinem Leben, keine Kosten gescheut.
Leider handelte es sich bei der Auflösung um schwarz-weiß Aufnahmen.
Diese wurden mit einer zeitlichen Verzögerung von ungefähr einer halben Minute auf das Abrufende Gerät, in diesem Fall Jeremys Smartphone, übertragen.
Via Tastendruck konnte man zwischen den Räumen wechseln. Insgesamt gab es dafür vier Möglichkeiten.
Wohnbereich - Schlafkammer – Badezimmer – Vorraum.
Einzig das Deck, sowie eine Vorratskammer, mit diversen Utensilien darin, konnten nicht eingesehen werden.

Jeremy schaltete sich in die Schlafkammer. Emiliana war wach.

Sie saß in der Mitte des Bettes im Schneidersitz und wirkte nachdenklich.

Mit einem schnellen Fingerzug konnte Jeremy in den Zoom wechseln.

Das lange Haar floss ihr in seltener Perfektion seidig glatt über die Schultern hinab, und das nach letzter Nacht. Dann dieser Mund.

Auch wenn sie keinen Lippenstift wie auf Staten Island, sondern nur einen schimmernden Gloss, bei ihrer Entführung getragen hatte, empfand er sie zu küssen als unglaublich sinnlich. Mehr noch - es war Sünde!

Als ihm die Erinnerung in den Kopf schoss, wie er zeitgleich mit der Zunge in ihren süßen Mund und mit dem Schwanz in ihre enge Höhle eindrang, schloss er die Augen.

KLOPF! KLOPF!

Jeremys Griff ging hastig in den Schritt um die Anzugshose anzupassen.

Zu seinem Glück, saß er noch immer hinter Schreibtisch, denn die Schwellung hätte sich im Stehen mit Sicherheit um einiges deutlicher abgezeichnet.

KLOPF! KLOPF! KLOPF!

Jeremy drehte sein Smartphone mit dem Display auf die Tischseite um.

Er räusperte sich: „Ja? Bitte kommen Sie herein."

Nach einer halben Stunde Smalltalk und sogar einer Entschuldigung, dass er ihm damals auf dem Revier keinen Glauben schenken konnte, stand der Detective auf.

„Wie schon gesagt, Mr. Adams, die Sache mit dem Hausboot ist keine schlechte Idee. Dennoch hoffe ich, dass wir Miss Brooks schnell finden und anschließend auf die Anklagebank bringen können."

Jeremy nickte bestätigend mit dem Kopf.

„Darf ich?" Detective Samuel griff nach dem silbernen Feuerzeug, welches eigentlich nur als Dekoartikel in Jeremys Büro stand, und zündete sich eine Zigarette an. Dieses befand sich unmittelbar neben dem Smartphone. Dass die beiden Herren sich trotz vorliegender Beweislage noch immer nicht wohlgesonnen waren, spiegelte jede Bewegung und auch der Ablauf der Unterhaltung wider.

Jeremy öffnete die Tür.

Er versuchte zu lächeln. „Nun, Detective Samuel, dann wünsche ich Ihnen noch einen schönen Tag und melden Sie sich doch einfach, wenn es etwas neues gibt."

Samuel schlenderte langsam an Jeremy vorbei, verlor ihn dabei aber keine Sekunde lang aus den Augen.

An der Türschwelle stoppte er.

Rauch trat aus seinen Nasenlöchern hervor, ehe er sagte: „Das werde ich, Mr. Adams. Vielleicht schau ich auch mal ganz spontan bei ihrer neuen Bleibe vorbei. Nur, ob denn auch alles in Ordnung ist."

Jeremy entfuhr ein Lacher. „Danke Detective, aber das ist nicht nötig. Ich kann bestens auf mich allein aufpassen."

Dieses Mal war es Samuel der lachte. „Guter Witz, Mr. Adams. Guter Witz!"

Jeremy wusste sofort, worauf er da anspielte, deshalb konnte er auch nichts weiter tun, als dem penetranten Cop dabei zuzusehen, wie dieser die Treppe nach unten lief.

Zurück am Schreibtisch nahm er wieder das Smartphone zur Hand.

Emiliana hatte ihre Position nur minimal verändert. Sie saß nicht mehr im Schneidersitz, sondern mit von sich gestreckten Beinen mitten auf dem Bett.

Zärtlich strich Jeremy über den diagonalen Bildschirm.
All diese Probleme, die dich und mich umgeben, hast nur du uns eingebrockt. Warum konnten wir nicht am Tisch deiner Granny sitzen und uns wie zivilisierte Menschen über die Finanzen unterhalten? Gut, ich hätte eine simple Floristin niemals als vertrauensvollen oder auch nur im Ansatz ausreichenden Bürgen in die Akten eingetragen und ihr hättet am Ende trotzdem alles verloren - ich weiß.
Verflucht, Lia! Es wäre um so vieles besser gewesen, wenn wir uns nie über den Weg gelaufen wären.
Doch leider ist es dafür viel zu spät ...

Die Abendsonne drang mit all ihrer Kraft, die sie um diese Jahreszeit aufzuwarten hatte, durch die Fensterscheibe.
Jeremy entfuhr ein langgezogener Seufzer.
Für ihn gab es gefühlt nichts schlimmeres, als die Rush Hour auf New Yorks Straßen.
Jetzt passierte er die Abbiegung, die ihn seit über zehn Jahren von der Firma zu sich nach Hause führte. Es war ein seltsames Gefühl, nicht den Blinker zu setzen, sondern immer weiter geradeaus zu fahren.
Sara hatte bestimmt noch jede Menge Arbeit, besuchte ihre Mum, oder hatte eine Freundin zu sich eingeladen.
Außerdem kleidete sie sich immer stilvoll, oftmals sogar mit einem strengen Dutt, und wenn Make-up, dann nur dezent.
Streit gab es in ihrer Ehe eigentlich kaum, denn sie beide kannten die Spielregeln.
Jeremy und Sara waren eine Verpflichtung eingegangen. Eine, die ihnen beiden ein ruhiges, sicheres, sowie auch finanziell sorgenfreies Leben ermöglichte.

Der Sex wurde irgendwann zum kommerziellen Austausch und bis auf die schrecklichen Essen bei den bissigen Schwiegereltern konnte Jeremy sich nicht beklagen.

Er konnte seinem Job nachgehen, sich ein Traum von einem Auto leisten und alles war wie im Bilderbuch - bis Emiliana in sein Leben trat!

Der Duft ihrer Haut, die Süße ihrer Lippen, der Glanz ihrer Augen, der Geschmack ihrer Lust ...

In Jeremy wuchs das Verlangen sie umgehend nach seiner Ankunft so richtig hart zu ficken.

Dies hatte zur Folge, dass sein Schwanz mit jedem weiteren Gedanken an das kleine Luder mehr anschwoll und er unruhig auf dem Fahrersitz hin und her rutschte.

Die Ampel sprang auf Rot.

In letzter Sekunde schaffte er es seinem süßen Tagtraum zu entkommen und kräftig in die Eisen zu steigen.

Der Fahrer vor ihm veranstaltete sofort ein Hupkonzert.

So quasi als Warnung, Jeremy sollte lieber nicht noch einmal auf die Idee kommen, so nah aufzufahren.

Die Tatsache, dass es sich bei dem Fahrer um einen verkommenen Schnösel mit wirrem Haar und langem Bart handelte, ärgerte Jeremy.

Wozu habe ich mich eigentlich hochgearbeitet? Ich fahre die vier Ringe, von denen andere nur träumen und ich trage einen maßgeschneiderten Anzug von Brioni im Wert von viertausend Dollar. Dennoch muss ich mich von jeglichem New Yorker Abschaum schräg von der Seite anmachen lassen. Unfassbar!

Jeremy ließ das Fenster herunter, lehnte sich hinaus, und anstatt sich zu entschuldigen rief er: „Fick dich, blöder Wichser!"

Das tat gut.

Kurz nachdem er Swan Lake erreicht hatte, sah er im Augenwinkel eine stilvolle Boutique. Er wendete den Wagen und fuhr auf den Parkplatz.

Eine gemütliche, ältere Dame saß direkt davor auf einer Bank. Als er auf sie zukam, stand sie auf und deutete auf das Schild. „Nur für Damen. Tut mir leid, junger Mann."

Jeremy kratzte sich verlegen mit dem Autoschlüssel an der Stirn. „Guten Abend, die Dame. Nun, das passt wunderbar, den ich suche etwas Schönes für meine Frau ..., ähm, nein meine Freundin."

Die Frau musterte ihn skeptisch von oben bis unten. „Frau oder Freundin ..., hm?"

Jeremy winkte ab. „Nein, nicht was Sie jetzt denken. Bitte verzeihen Sie mein wirres Auftreten. Es ist tatsächlich so, dass ich meiner Freundin gerne einen Heiratsantrag fernab von der Großstadt machen möchte. Dafür habe ich ein Anwesen wenige Kilometer seeaufwärts gemietet. Nun, ja, wie soll ich sagen? Sie hat absolut keinen Schimmer und es wäre toll, wenn sie mir ein Abendkleid für diesen besonderen Anlass empfehlen könnten. Eine Kette wäre auch ..."

Die Frau sah an Jeremy vorbei in Richtung seines Wagens. „Ist der geliehen?"

„Der Wagen?", fragte Jeremy verdutzt, wusste jedoch, dass es natürlich um diesen in der Frage ging.

„Ja, genau der", bestätigte sie ihm.

Jeremy lächelte, dann zog er sein Portemonnaie hervor. Die Augen der Frau wurden starr, als sie auf mindestens sechs verschiedene Kreditkarten von namhaften Banken aus New York blickte, alle ausgestellt auf den gleichen Namen.

Sie stotterte: „Junger Mann, bitte entschuldigen Sie mein Verhalten, aber hier kommen so viele Durchreiser vorbei

und keiner von denen kann sich am Ende mehr, als ein kleines Accessoires aus dem Kassenbereich leisten."
Jeremy nickte.
Endlich wurde er von der Frau in den Laden geführt.
„Herzlich Willkommen in der Boutique Bonbon! Hier finden Sie die mit Abstand schönsten Kleider in ganz Swan Lake. Seit über fünfzehn Jahren beweist unser Designer Mario sein einzigartiges Gespür für Schnitte, Styles und Accessoires. Bei uns ist die Kundin tatsächlich noch Königin ..., also ich meine ..., heute darf ich Sie, junger Mann, als König begrüßen."
Jeremy beugte sich bis tief an ihr Ohr hinab und flüsterte.
„Sparen wir uns das ganze Erprobte. Ich denke, Sie sind eine fabelhafte Expertin, um mir etwas Wundervolles schnellstmöglich zusammenzustellen."
Die Wangen der Frau begannen zu glühen. „Ach du liebe Güte! Ich meine, ja! Das kann ich für Sie machen. Wie wäre es mit einem blauen Kleid? Ist die Dame blond ..."
„Schwarz! Pechschwarz", korrigierte Jeremy.
„Ein Schneewittchen also, das zum Ball geführt werden soll ..., mhm ..., da habe ich sicherlich hinten etwas. Ist heute Morgen ganz frisch aus Italien eingetroffen."
Jeremy wartete.
Nach einer halben Minute kam die Frau auch schon wieder nach vorne.
Sie hing das Kleid, das über ihrem Unterarm lag auf einen Präsentierbügel vor eine weiße Wand.
Die weinrote Farbe machte sofort Eindruck.
Es zeigte sich in taillierter Passform mit gekreuzten Spaghettiträgern, funkelnden Strasssteinen, und tiefem Rückenausschnitt.
Jeremy tat sich nicht schwer, sich Emiliana darin vorzustellen.

„Ich nehme es. Haben Sie vielleicht noch ein passendes Collier dazu?"

„Ja, selbstverständlich. Wie wäre es damit?"

Die Frau öffnete eine schwere Glasvitrine mit einem Schlüssel, den sie zuvor unter der Kasse hervorgezogen hatte.

Ein Dieb hätte es hier nicht sonderlich schwer, schoss es Jeremy durch den Kopf, ehe er die Kette in Augenschein nahm.

Sie war irgendwie anders - genau wie Emiliana.

Als Verkäuferin mit viel Herzblut, war es für die Frau eine Selbstverständlichkeit, ihm dieses gute Stück zu erklären.

„Diese Kette, bestehend aus unterschiedlich großen Silberperlen, folgt dem Halsausschnitt wie natürlich wachsender Wein, bevor sie tief im Dekolletee in einer Traube endet. Die einzelnen Perlen entlang der Kette sind nicht fixiert und der Anhänger besteht aus separat verbundenen Gliedern, was zu einem fließenden Gefühl des Designs und einer bequemen Passform um den Hals beiträgt. Das Collier trägt den mystischen Namen Moonlight Grapes und steht für Anziehungskraft."

Mehr musste Jeremy nicht wissen. „Ist gekauft."

Und wie ich ihre Traube im Mondschein pflücken werde. Immer und immer wieder. Ihren Saft wie süßen Wein ...

„Oh, das tut mir leid", rief die Frau plötzlich.

Jeremy verstand nicht.

Sie erklärte hastig weiter: „Das Kleid wurde bereits reserviert. Ich habe leider von meiner Kollegin den Zettel daran nicht gesehen. Dann müssen wir leider ..."

Hörbar knallte Jeremy die American Express auf den Tresen. „Ziehen Sie das doppelte ein."

„Wie bitte? Das darf ich nicht! Die Preise sind festgelegt und das würde man bei der Zählung merken."

„Schon gut." Jeremy legte 500$ auf den Tresen. „Besser?"
Mit vorgeschobener Lippe fragte die Frau: „Und der Ärger
für mich, dass ich das Kleid anderweitig verkauft habe?"
Ein lauter Seufzer von Jeremy.
Dann lagen 1000$ auf dem Tresen.
Die Frau nahm diese zeitgleich mit der Kreditkarte an sich.
Deal vollzogen!
„Ich danke Ihnen, junger Mann! Beehren Sie uns bald
wieder."
Die goldene Karte verschwand wieder in seinem
Portemonnaie, dann nahm Jeremy eilig die Tüte an sich.
Ein Zwinkern. „Danke."
Von einer Wiederkehr in den Laden konnte schließlich
keine Rede sein.

Die Dämmerung war bereits angebrochen, als Jeremy den
Audi direkt vor dem Anwesen parkte.
In die Garage brauchte er diesen nicht zu fahren, da er ab
heute ganz offiziell für einige Tage hier abgestiegen war.
Zum Schutz für seine Persönlichkeit.
Ungewollt entwich ihm ein tiefer Lacher aus der Kehle,
dann stieg er aus und lief auf den Eingang des Hauses zu.
Joel hatte Wort gehalten, denn eine kleine schwarze Box
mit der Aufschrift *DINNER 4 EVERY 1* wartete nur darauf
abgeholt zu werden.
Jeremy erinnerte sich noch genauestens, wie sein Chef
ihm von dieser Catering Agentur, die ihn des Öfteren auf
seinem Anwesen während der ausschweifenden
Wochenenden verköstigt, erzählte.
Kurz darauf saß er mindestens drei Stunden vor dem PC
in seinem heimischen Arbeitszimmer, um für sich und
Emiliana für mehrere Tage leckere Gerichte
zusammenzustellen.

Heute müsste es sich um zart gebratenes Hähnchenfleisch, dazu bunte Bete und Himbeer-Pickles handeln.

Klang zumindest verlockend. Bleibt mir nur noch zu hoffen, dass sie auch hungrig ist.

Schnellen Schrittes ging Jeremy mit der Tüte und der Box auf den Steg zu.

Das Boot lag ruhig auf dem Wasser.

Zahlreiche Grasmücken tanzten im Schein der Stegbeleuchtung um die Wette.

Einen Augenblick lang sah Jeremy über die Weite des Sees.

Ich könnte meine wilde Schönheit auf Ewig hier festhalten. Niemand würde sie schreien hören. Und Joel meinte, dass man gewisse Frauen nicht an der Hand, sondern an den Haaren nehmen müsste. Wäre auch viel aufregender ..., weiter dachte er nicht, denn ein Motorboot schien immer näher auf ihn zuzukommen.

Zwar war es kein Problem, dass man ihn sah, doch es war das Beste, wenn er so wenig Aufmerksamkeit wie möglich auf sich zog.

Auf dem Boot stellte Jeremy die Box und die Tüte im Wohnbereich ab.

Er schlüpfte aus der Jacke des Anzugs und warf sie über einen von insgesamt vier samtigen Sesseln.

Jetzt war es allerhöchste Zeit nach Emiliana zu sehen.

Jeremy öffnete die Manschettenknöpfe, steckte diese in seine Hosentasche und krempelte die Ärmel nach oben.

Das weiße Hemd, welches in einer schwarzen Anzughose steckte, die von einem eleganten Gürtel gehalten wurde, glänzte mit dem Schein der Halogenbeleuchtung beinahe um die Wette.

Eilig ging er, inklusive der Tüte, auf die Schlafkammer zu, drehte den Schlüssel und öffnete ruckartig die Tür nach innen. „Schön, dich zu sehen, Honey!"

Emiliana zog ihre Augenbrauen zeitgleich nach oben. „Schade, dass ich das über dich nicht behaupten kann."

Jeremy lächelte. „Ach, komm schon! Es sind viele Stunden vergangen. Du musst mich doch zumindest ein kleines bisschen vermisst haben."

Aus einem Instinkt heraus, kroch sie von der Bettmitte bis nach vorne und setzte sich an die Kante. Die Füße hingen dennoch wenige Zentimeter über dem Boden.

„Okay, ich habe dich vermisst. Ist es das, was du hören willst? Kann ich dann jetzt gehen? Das wäre ... "

Sie stoppte mitten im Satz, denn Jeremy kam genau vor ihr zum Stehen.

Die Beine hatte er gespreizt, die Hände seitlich in die Hüften gestemmt.

Da Emiliana saß und jetzt gezwungen war nach oben zu sehen, wenn sie ihm nicht direkt in den Schritt starren wollte, kam sie sich ziemlich unbeholfen und klein vor.

„Jeremy, versteh doch. Ich muss wirklich ..."

Mit festem Druck platzierte er seinen Zeigefinger an ihren Lippen. „Bist du hungrig?"

Sie schüttelte den Kopf.

„Nun, das ist schade. Vielleicht hätten wir beim Essen alles Weitere ..."

Emiliana witterte ihr Chance. „Ja, ich will essen! Ähm, Verzeihung ..., ich meine ..., ich bin hungrig."

Sein Finger strich über ihre Wange. „Das freut mich."

Dann warf er die Tüte neben sie.

Jeremy wandte sich ab und ging zur Tür. „Du hast zehn Minuten! Ich warte im Nebenzimmer auf dich."

Zehn Minuten? Nebenzimmer? Es gibt mehrere Räume? Hoffentlich auch ein Fenster, damit ich endlich weiß, wo ich mich befinde.

Emiliana riss wütend die Tüte an sich.

Ihre Hand ertastete etwas seidiges, dann die Schachtel.

Was zum Teufel hat er …

Weiter kam sie nicht, denn das Kleid, dass sie daraus hervorzog, raubte ihr sprichwörtlich den Atem.

Beim Öffnen der Schachtel wäre ihr beinahe das Herz stehengeblieben, denn das Collier in Form von Silberkugeln, die sich wie ein Rebstock um die feine Kette winden, sah unglaublich schön aus.

Noch nie zuvor hatte sie in ihrem Leben solch ein Geschenk von einem Mann erhalten.

War es denn ein Geschenk? Oder nur geliehen, damit ich mich für ihn in Schale werfe, damit ich zu ihm passe? Du mieser kleiner Bastard! Seit Dwayne macht das keiner mehr mit mir, das schwöre ich. Wollen doch mal sehen, wer von uns beiden besser dieses Spiel beherrscht …

Während dieses Denkens zog sich Emiliana splitternackt aus.

Der Slip, den sie trug passte nicht zu diesem Kleid und sie wollte vorher unbedingt noch unter die Dusche.

Als sie das Kleid und die Schachtel auf einem kleinen Regal ablegte, entdeckte sie ihren Namen auf einer der Spiegeltüren des Badschranks.

Das war ihr gestern im Eifer des Gefechtes gar nicht aufgefallen.

Die Neugier trieb sie augenblicklich dazu, das Türchen aufzuziehen.

Abermals traute sie ihren Augen nicht.

Make-up, Lippenstift, Eyeliner, Mascara, Haarspray, Deo, Shampoo, Duschgel, Lockenstab, Bürste, Kamm, Parfüm, eine noch in Folie eingeschweißte Zahnbürste, Zahnpasta, Tampons, Binden und eine Handcreme.

WTF? Wie lange glaubt der, dass ich bleibe?

Mit einem Knurren nahm Emiliana das Duschgel und das Shampoo an sich. Es roch nicht blumig, sondern eher frisch - beinahe wild.

Nach dem Duschen, wickelte sie sich in ein weißes Saunatuch. Sie sah in den Spiegel.

Wenn ich mitspiele komme ich schnell von hier weg!

Dieses Denken spornte sie bei ihren nächsten Handlungen an.

Die Bürste tat zunächst weh, als Emiliana diese fest durch ihre nassen Haare zog.

Make-up, Eyeliner, Mascara und Lippenstift, damit konnte sie perfekt umgehen. Sie entschied sich außerdem dazu, ihren Augen den letzten Schliff durch den Cleopatra-Look zu verpassen.

Der erweiterte tiefschwarze Strich an beiden Seiten der Lider ließ bereits die stärksten Männer im alten Ägypten auf die Knie gehen.

Wenige Minuten später hatte sie das Kleid übergezogen. Als sie die Kette schloss, hörte sie Jeremy lautstark rufen: „Die Zeit ist um!"

„Ich bin gleich da", rief sie hastig zurück, denn er sollte in keinem Fall böse auf sie werden.

Sie wusste, dass sie ihre Haare in der Kürze der Zeit niemals richtig trocken bekommen würde, doch das konnte nicht geändert werden.

Die Tatsache, dass sie keinen Slip trug, machte ihr wenig, doch es gab ein neues Problem. Sie sah an sich herab.

Soll ich die Sneaker zu dem Kleid anziehen, oder ...

Ein Klopfen!

Erschrocken wendete sich Emiliana zur Badtür um.

„Ich sagte, dass die Zeit um ist. Würdest du bitte rauskommen."

„Ja, aber ..."

„Kein aber! Jetzt!"

Jeremy wurde nervös, denn was, wenn die Göre bereits einen neuen Plan ausheckte, oder sich aus den Utensilien, die er für sie bereitgestellt hatte, wie MacGyver persönlich, irgendwelche Waffen zusammenbastelt.

Das konnte und wollte er nicht riskieren.

Die Tür ging auf.

Jeremy trat einige Schritte in den Raum zurück.

Am liebsten hätte er sich aufs Bett gesetzt, denn er war wie gefesselt von ihrem Anblick.

Sie ist ein wahrhaftiger Traum! Voller Glanz, Raffinesse, strahlender Schönheit, ungezügeltem Sexappeal und sanften Schmolllippen, die zu so viel mehr gemacht wurden als nur zum Reden.

Als sie seinen scannenden Blick an ihr herab bemerkte, wurde es ihr ein wenig unangenehm.

Habe ich etwas falsch gemacht? Sieht es nicht gut aus?

„Ich ..., also, ich wusste nicht, welche Schuhe ..."

Jeremy wurde aus seiner Trance gerissen.

Schuhe?

Er sah auf ihre zierlichen Füße herab.

Da habe ich an beinahe alles gedacht, nur nicht an Schuhe. Na bravo, aber das macht nichts.

Seufzend zuckte er mit den Schultern.

„Nun, es ist warm und soweit ich mich erinnere mochtest du es barfuß durch das Haus zu laufen."

Touché! Dann muss meine Flucht eben barfuß stattfinden, dachte Emiliana bei den Worten.

Im besagten Nebenzimmer sah sich Emiliana prüfend um.
Der Tisch war stilvoll gedeckt worden und ein Kandelaber
mit drei Stabkerzen zierte dessen Mitte.
Ein Fenster, doch davor befindet sich ein schwerer Vorhang.
Eine Durchgang, aber keine Tür.
Mehrere ...
Da Jeremy instinktiv witterte, dass sie den Raum eindeutig
zu viel ins Visier nimmt, zog er den Stuhl heraus, der ihren
Platz darstellte. „Setz dich!"
Emiliana trat langsam an den Tisch heran.
Nachdem sie saß, zog sie die Lippen zwischen ihre Zähne
und lauschte seinen Worten.
„Du bist wunderschön, Lia."
Er stand genau hinter ihr. Sie konnte den Stoff seines
Hemdes auf dem freiliegenden Rückenausschnitt ihres
Kleides deutlich fühlen.
Als er mit den Fingerspitzen über ihr langes, teilweise noch
nasses Haar, strich, musste sie schwer schlucken.
In dem Moment, als sie spürte, dass er einzelne Strähnen
deutlich fester um seine Hand wickelte, kam ihr Atem nur
noch stoßweise über die blutroten Lippen.
Plötzlich zog er ihren Kopf nach hinten und sah ihr von
oben herab direkt in die vor Schreck schimmernden
Rehaugen. „Weißt du eigentlich, wie schwer es mir fällt,
mich in deiner Gegenwart zu beherrschen?"
Jeremy biss die Zähne fest zusammen.
Dann fuhr er fort. „Ich bitte dich also nur einmal darum,
Honey. Du wirst ein braves Mädchen sein und nicht auf
dumme Gedanken kommen. Andernfalls ..., nun ja, lass
es mich so ausdrücken ..., werde ich mich nicht mehr
unter Kontrolle haben. Ich werde dich auf diesen
gottverdammten Tisch pressen, deine Beine spreizen, und

dann zeige ich dir unerbittlich, was du für eine Auswirkung auf meinen Körper hast."

Emiliana musste ihren Nacken anspannen, um das Brennen ein wenig zu lindern, das durch den Zug an ihren Haaren auf ihrer Kopfhaut verursacht wurde.

Zeitgleich pulsierte ihre nackte Spalte unter dem Kleid, denn er sprach die Worte verflucht anregend aus.

Wie kann das nur sein, dass mich eine solch derartig dreckige Tour, oder überhaupt die Androhung zu einer eventuellen Bestrafung, so verdammt heiß werden lässt?

Als sich ihr auch noch lebhafte sexuelle Bilder zu seiner Ausschmückung in den Kopf drängten, versuchte Emiliana sich auf etwas anderes zu konzentrieren.

Mit der Hand strich Jeremy über ihren Kiefer, ehe er sich nach unten beugte und ihre Stirn beinahe zärtlich küsste.

Jetzt ließ er von ihr ab und ging um den Tisch herum.

Er sieht umwerfend aus in dem weißen Hemd und der schwarzen Hose. Auch seine Gesichtszüge in diesem Augenblick gehören verboten, dachte sich Emiliana, und ihr wurde schmerzhaft bewusst, warum sie ihren Plan auf Staten Island nicht wie ursprünglich gedacht durchziehen konnte.

Ein dicker, schmieriger, alter Business-Man, kein Problem. Aber wen schickt mir das Leben? Jeremy Adams!

Er schnappte sich die Weinflasche.

Während des Einschenkens sprach er: „Ich versuche heute Abend ein guter Gastgeber zu sein. Ein Mann, den du auch verdienst. Also sitz nicht so schüchtern da, denn bei Gott, das bist du nicht."

Emiliana sah Jeremy weiterhin aufmerksam an.

Nachdem er ihr gegenüber Platz genommen hatte, nahm er sein Glas und erhob es. „Auf dich!"

Ohne darauf zu antworten, schnappte sie ihr Glas und führte es an den Mund.

Der bittersüße Geschmack des Weines ran ihr die Kehle hinab und breitete sich warm in ihrem Inneren aus.

Meine wilde Schönheit, wenn du nur sehen könntest wie deine Augen funkeln, das übertrifft einfach alles.

Erneut griff Jeremy nach der Flasche und füllte nach. Anschließend ließ er sich mit einer beängstigenden Coolness auf seinem Stuhl nieder und faltete die Hände. „Lass uns über dich sprechen."

Emilianas Magen verkrampfte, denn mit diesem Thema war sie schon immer leicht überfordert. Wollte es nicht. Doch er fuhr fort. „Was hast du getan, dass du dich deinen Großeltern gegenüber schuldig fühlst?"

Sie nahm einen weiteren Schluck Wein zu sich, um ihren immer trockener werdenden Hals zu befeuchten. „Ich habe dem falschen Mann vertraut."

Jeremy zog die Stirn in tiefe Falten. „Ein Mann trägt die Schuld, dass du dich schuldig fühlst?"

Ihre Lippen formten sich zu einem dünnen Strich. „Könnte man so sagen."

„Was hat er getan?"

„Sorry, aber ich wüsste nicht, was dich das angeht."

Der nächste Schluck folgte etwas hastig.

Ich muss aufpassen, sonst steigt mir der Alkohol schneller zu Kopf als mir lieb ist. Meine Flucht kann ich dann vergessen und …

„Was mich das angeht?", fragte Jeremy belustigt. „Ich hatte Zeit um über alles was geschehen ist nachzudenken. Der Fehler liegt weder in meinem Job, noch an mir selbst. Denn es hätte jeden x-beliebigen an meiner Stelle treffen können. Aber es muss etwas mit dir zu tun haben. Also, warum hatte dein Grandpa plötzlich nicht mehr genügend Geld um die Raten pünktlich zu bezahlen?"

In Emilianas Kopf begann sich alles zu drehen und ihre Hände zitterten. „Weil, ... weil ich die Studiengebühren nicht zahlen konnte."

Jeremy verneinte mit dem Finger. „Das war vorher, und damit hatte Mr. Brooks nicht die geringsten Probleme. Lüg mich also bitte nicht so dreist an, das steht dir nicht. Ich kenne die Akten. Dort steht, dass Mr. Brooks zuletzt noch eine utopische Summe von der Bank gefordert hatte und diese nicht mehr ..."

„Wir sind Fremde! Lass meinen Grandpa aus dem Spiel!" Eine Träne kullerte ihr über die Wange, doch ihr Blick zeugte von maßloser Wut.

„Wir sind also Fremde?", fragte Jeremy, während er sich über das Kinn strich.

Dann sagte er trocken: „Verstehe! Du bist also eine Schlampe."

Emilianas Wangen röteten sich vor Entsetzen. „Bitte was?"

Jeremy beugte sich über den Tisch. „Du hast mich gefickt! Ich habe dir meinen Schwanz bis zum Anschlag einverleibt und du nennst mich einen Fremden. Ergo, du bist ..."

Noch ein Schluck und sie wurde mutig.

„Lass gut sein, Mr. Loverboy! Du bist doch gewohnt es mit Nutten zu treiben. Ich meine, schau dir deine Frau an. Obwohl, die ist keine Schlampe, die ist fauliges Obst. Zu dem wirst du in den nächsten Jahren auch mutieren. Oder deine Firma zahlt dir irgendwelche asiatischen Hot-Stone-Massagen, wo du am Ende für gut Cash sogar noch ein klein bisschen mehr geboten bekommst. Vielleicht hast du es ja auch auf junge Teenager-Weiber abgesehen. Nur weil ihr Anzugträger denkt, ihr könntet alles und jeden kaufen, muss ..."

Jeremys Handy vibrierte in seiner Hosentasche. Ein strenger Blick von ihm, brachte sie zum sofortigen Schweigen. Dann erhob er sich.

„Wir beide unterhalten uns gleich noch!"

Emiliana sah ihm nach, wie er den Durchgang benutzte. Für ihre Ohren klang es, als würde er Stufen betreten.

Eine Treppe!

Die Stille im Wohnbereich war plötzlich sehr erdrückend, doch sie kam zu dem Schluss, dass die Tatsache ohne Schuhe zu sein, ihr jetzt einen großen Vorteil verschaffte.

So leise wie möglich schob sie ihren Stuhl zurück und schlich zu dem Durchgang.

Monoton konnte sie Jeremy sprechen hören.

Zehn Stufen führten nach oben und dort wartete eine Holztür auf sie, die nur angelehnt schien.

Zumindest klackte sie hin und wieder gegen den Rahmen.

Als Jeremy sagte, dass der Anrufer kurz warten solle, da er schnell im Auto nachsehen müsse, ergriff Emiliana die Chance.

Sie sprintete nach oben, riss die Tür auf, und sah sich um.

Nachdem sie noch mal einen verängstigten Blick über die Schulter nach unten geworfen hatte, floh sie - barfuß!

Der Steg war beleuchtet und in wenigen Metern Entfernung konnte sie Jeremys Rücken ausmachen, wie er in dem weißen Hemd auf ein großes Haus zuging.

Die weitläufige Wiese des Gartens um dieses herum lag im Schutz der Dunkelheit und die umstehenden Bäume wirkten bedrohlich.

Das Gras fühlte sich kühl und nass an, doch sie musste unbedingt weiterlaufen.

Plötzlich erreichte Emiliana ein Rufen. „Honey! Kein Schritt weiter!"

Erwischt!

Emilianas Herz raste wie wild, während sie unbeirrt auf die einzige Straße, die es in dieser Gegend gab, zulief. Völlig außer Atem stoppte sie mitten auf der Fahrbahn. Sekundenbruchteile später erfüllte das Geräusch eines startenden Motors die Stille der Nacht. Jeremy hatte die Verfolgung aufgenommen.

Wie von den Hunden der Hölle gehetzt bog Emiliana in die nächste Seitenstraße ab. Der schwache Schein, der aus den Fenstern eines anderen Anwesens kam, könnte ihre Rettung sein. Leider verschluckten verwilderte Büsche und Bäume den größten Teil des leitenden Lichtes. *Durchhalten! Nur noch wenige Meter, dann ...* Der schwarze Audi fuhr an ihr vorbei und stellte sich quer. Emiliana stoppte. Ihre Lunge brannte und zu allem Überfluss setzte quälendes Seitenstechen ein. Jeremy stieg aus dem Wagen und fragte: „Wohin Miss?" „Fick dich!", schrie sie aus voller Kehle zurück. Er lachte laut auf. „Es wird keine Menschenseele interessieren, was du zu sagen hast, also erspar mir und dir dieses Kinderspiel und steig in den Wagen." Wieder flogen ihre Augen in alle Richtungen. *Wohin?* Sie wusste, dass sie es sich keine Sekunde länger leisten konnte auf dieser Straße, noch dazu vor ihm, stehen zu bleiben. „Einsteigen!", forderte er streng. Mit der Hand gestikulierend schrie Emiliana: „Vergiss es!" „Alles klar!" *Alles klar? Was meint er damit? Was will ...*

Weiter kam sie nicht, denn Jeremy steuerte schnellen Schrittes auf sie zu.

Emiliana hingegen stolperte Rückwärts immer weiter in die Dunkelheit hinein. Dann begann sie wieder zu rennen.

Lauf, wilde Schönheit! Es macht mich unheimlich an, dich in diesem Kleid vor mir davonlaufen zu sehen. Es weckt meine ureigenen Jagdinstinkte - meine Triebe. Deine Haare duften in der Kühle der Nacht, dein Herz schlägt wild, und dein Körper zittert vor Angst. Lauf! Lauf schnell! Gleich wird es für dich zu spät sein!

„Hab ich dich!" Jeremy packte sie um die Taille und drehte sie zu sich herum.

Ihr sinnlicher blutroter Mund öffnete sich zu einem Keuchen, doch sie weigerte sich den Kopf zu heben und ihn anzusehen.

Seine Mitte war fest gegen den dünnen Stoff ihres Kleides gepresst, sodass sie die Härte deutlich fühlen konnte.

„Dieses Verhalten nenne ich sehr ungezogen, Honey!"

Grob umklammerte er ihren Oberarm und zog sie zurück zum Wagen.

Jeremy konnte gefühlt nicht anders, also gab er ihr noch einmal den nötigen Schwung, um Emiliana über die warme Motorhaube zu werfen.

Mit der Hand drückte er ihren freien Rücken nach unten und mit der anderen zog er ihr das Kleid nach oben.

Einige Sekunden musste er sich selbst an den Anblick ihres nackten Hinterns im Schein des schwachen Lichtes gewöhnen.

Jeremy schluckte hart, denn damit hatte er nicht gerechnet.

Sie läuft durch diese gottverlassene Gegend, barfuß und ohne Höschen? Himmel, weiß sie denn nicht, was einer Frau wie ihr dabei alles schreckliches zustoßen kann?

Emiliana biss sich fest auf die Lippe, als der erste flache Handschlag auf ihrer Pobacke landete.

„Stopp! Wir sind mitten auf der Straße, was denkst du …", wollte sie gegen diesen brutalen Umgang protestieren, als auch schon der nächste Klaps ihre Haut traf.

Es fühlte sich seltsam an, denn trotz des Brennens, stieg eine enorme Hitze in ihr auf.

Ihre nackte Spalte wurde mit jedem weiteren Schlag kräftig gegen das aufgeheizte Metall des Wagens gedrückt, was wiederum den Kitzler pochen und anschwellen ließ.

Vergnügen und Schmerz kämpften mit ihrem Verstand und Emiliana wusste für den Augenblick nicht, ob sie sich seinen Händen weiterhin hingeben oder doch lieber dagegen wehren sollte.

Alles schien ihr in diesem Augenblick nur noch surreal.

Jeremy versohlte ihr noch ein paar Mal kräftig den Arsch, ehe seine Hand auf ihrer Gesäßhälfte ruhte.

Er kniff in die rote, geschundene Haut, dann ließ er das Kleid fallen und drehte Emiliana an der Schulter zu sich herum.

Ihre einzige Antwort war ein böses Zischen, das er umgehend amüsiert belächelte.

Seine Augen leuchteten in der Dunkelheit wie des Metall des Wagens, nur um so viel heller.

Emiliana verlor sich darin und starrte ihn einfach nur an.

Unfähig sich zu bewegen oder zu sprechen, während sein harter Griff, sie fest umschlossen hielt.

„Du wirst das nie wieder tun! Verstanden?"

„Warum …", doch das war nicht die Antwort, die er wollte.

Mit beiden Händen umfasste er ihre Wangen und sein Mund senkte sich, um ihre schimmernden Lippen für sich zu beanspruchen.

Die Zungen trafen sich fordernd, ungezügelt und wild.
Kurz darauf sah Jeremy auf das Collier.
Mit den Fingerspitzen strich er sanft darüber. „Es steht dir ausgezeichnet."
Ein kaum hörbares „Danke", war alles, was Emiliana seinen Worten entgegenbringen konnte.

Jetzt saß sie in dem Audi und er würde sie zurückbringen.
Einsperren, das war das richtige Wort!
Nachdem Jeremy den Wagen vor dem Anwesen geparkt hatte, stieg er aus und kam um diesen herum.
Er zog am Griff der Beifahrerseite.
Verschlossen!
Emiliana starrte ihn provokant durch die halbgetönte Seitenscheibe an.
Unfassbar! Dieses kleine Luder!
Jeremy hob die Hand und zeigte ihr den Autoschlüssel.
Ein Knopfdruck und die Tür war entriegelt.
Bevor sie diese wieder von Innen schließen konnte, riss er daran, um sie zu öffnen.
Er legte die Hände abwartend auf das Dach. „Steig aus!"
Sie dachte nicht daran, sondern sah stur aus der Frontscheibe.
„Genug", entfuhr es Jeremy streng. „Ich bin wirklich ein geduldiger Mann, aber du strapazierst meine Nerven ein klein wenig über dem normalen Level."
„Du kannst mich nicht gegen meinen Willen auf diesem Boot festhalten!"
Ihr schroffer Ton ließ ihn schmunzeln.
Dann antwortete Jeremy: „Wieso nicht? Auf Staten Island hatte es doch auch ganz wunderbar funktioniert."
Störrisch verschränkte Emiliana die Arme. „Ich werde schreien! So laut wie ich nur kann."

Jeremy lockerte die Knöpfe seines Hemdes. Langsam, aber sicher konnte er seine Wut nicht mehr im Zaum halten. „Ich zähle bis drei und dann hast du deinen süßen Arsch aus dem Wagen geschwungen. Anschließend folgst du mir mucksmäuschenstill zum Boot. Vielleichte können wir ja dann noch in Ruhe ...“

Seine Augen erfassten, dass sie vorhatte elegant auf den Fahrersitz zu klettern.

Ist eigentlich alles was diese Frau betrifft, ein einziger Kampf?

Mit einem gekonnten Griff umschlang er ihr Taille und zog sie aus dem Wagen.

Emiliana reagierte vollkommen über, indem sie wild strampelte. Aber all das würde ihn jetzt nicht mehr aufhalten.

Mit Leichtigkeit trug er sie über der Schulter zurück auf den Steg, zurück auf das Boot, und hinab in ihr Verlies. Ihre Lippen bebten, als Jeremy sie wieder auf ihren Platz am Tisch setzte.

Die dunklen Augen füllten sich mit Tränen der Enttäuschung.

Leider hatte sie es heute Nacht nicht geschafft, ihm zu entkommen.

Vielleicht morgen ...

Als Jeremy von den Augen abwärts auf ihren Mund sah, der die pure Sünde für ihn versprach, war es beinahe wieder um ihn geschehen.

Mit Blick auf die pralle Weite ihres einladenden Dekolletés, flüsterte er: „Wo waren wir stehengeblieben? Ah ja, jetzt fällt es mir wieder ein. Wir wollten ein schönes Abendessen zusammen genießen.“

Für Jeremy war es heute nahezu unmöglich sich richtig auf die Arbeit konzentrieren zu können.
Pausenlos starrte er auf sein Display. Die Kamera zeigte ihm an, dass sie noch immer schlief.

Beim gestrigen Abend-, beziehungsweise Nachtessen, konnte er ihr ansehen, dass sie äußerst selten in den Genuss von solch derartigen Speisen kommt, denn sie konnte zwar das zarte Hähnchenfleisch ohne Probleme mit Messer und Gabel zerschneiden, doch es kam ihr keine Sekunde in den Sinn, dass sie die Himbeeren aus dem Glas auf ein, in reichlich Olivenöl vorgebackenem, Brot legen konnte.

Als Jeremy sich erhob, um es ihr zu zeigen, zeugte ihr Gesichtsausdruck augenblicklich davon, dass es ihr schmeckte.

Beinahe zärtlich drückte ihre Zunge die Früchte gegen den Gaumen.

Jeremy dachte darüber nach, wie gern er jetzt die Süße in ihrem Mund schmecken würde, doch er kehrte auf seinen Platz zurück.

Plötzlich bemerkte Emiliana, dass er noch so gut wie keinen Bissen von seinem Teller zu sich genommen hatte. Von dem Wein hingegen trank er reichlich.

Um die Stille zu durchbrechen, fragte Emiliana: „Und? Was macht deine Frau, während du dich auf deinem, ... Entschuldigung, eurem Boot herumtreibst?"

Jeremy beugte sich von seinem Sitzplatz aus nach vorne. Die Schlagader an seinem Hals war hervorgetreten und pulsierte stark.

In Emilianas Kopf gingen die Alarmglocken los, denn das war sicherlich nicht gerade ein Thema, dass er an diesem Tisch, ausgerechnet mit ihr, bereden wollte.

Sie sah wie sich seine Schultern anspannten, dann sagte er: „Frag nie wieder nach Sara. Hast du verstanden?"

„Aber ich wollte doch nur ..."

„NIE wieder!"

Das Zischen durch seine Zähne klang bedrohlich.

Emiliana senkte die Augenlider, ehe sie langsam nickte. Ihr Magen zog sich dennoch bei der Vorstellung zusammen, dass er es mit ihr hemmungslos trieb und für den Rest der Welt ein verheirateter Vorzeigemann war.

Ihre Hand griff nach dem Weinglas, um ihre trockene Kehle zu befeuchten.

Dann wagte sie es erneut, andernfalls wäre sie wohl daran erstickt. „Wenn deine Frau es dir nicht richtig besorgen kann, dann such dir doch eine Eskorte oder geh zu deiner Mum, vielleicht kann sie dir ein paar Tipps geben ..."

Jeremy warf die Weinflasche auf den Boden.

Wieder kam es zu einer unangenehmen Stille.

Dann schoss Jeremy zu Emiliana herum und packte ihr Kinn.

Eine Träne lief ihr über die Wange, denn sein Griff schmerzte und sie wusste, dass es besser gewesen wäre, einfach mal den vorlauten Mund zu halten.

Hätte sie gewusst, dass seine Worte gleich noch mehr schmerzen würden, dann hätte sie zuvor keine Träne vergossen, sondern sich diese auch für den folgenden Sturzbach aufgespart.

Jeremy sah ihr in die weit geöffneten Augen. „Ich habe meinen Schwanz in dich gesteckt, weil du mich gefickt hast. Warum also eine Eskorte, wenn ich dich kleine Schlampe vollkommen umsonst haben kann? Meine Mum hätte mir außerdem geraten, dass ich die Finger von Frauen wie dir lassen soll. Du hast nicht mal ansatzweise den nötigen Stil, verstehst du?"

Seine Finger schlangen sich um ihren Hals, dann fuhr er fort: „Kein Wunder, dass du keinen Kerl hast, der dich gerne vom Fleck weg heiraten würde. Und selbst wenn du jemals einen finden solltest, dann bleibt es deiner Mum und deinem Dad zum Glück erspart, das Elend dieses armen Mannes miterleben zu müssen."

Emilianas Brust verkrampfte, und auch wenn sie noch so sehr dagegen ankämpfte, nahmen die Tränen unaufhaltsam ihren Lauf.

Der Schmerz über den Verlust ihrer Eltern, kroch in jede Pore ihres Geistes und auch die Tatsache, dass Jeremys Frau Sara eine von ihm weitaus mehr geachtete Frau in seinem Leben darstellt, kostete sie ein verdammt schweres Schlucken.

Mit aller Kraft die Emiliana aufbrachte, riss sie sich aus der Umklammerung und rannte in die Schlafkammer. Die Tür fiel laut knallend ins Schloss.

Sie weinte bitterlich.

Jeremy könnte die Tür aufreißen, doch er tat es nicht. Stattdessen stand er mit in den Hüften gestemmten Händen davor und sog tief Luft ein.

„Lia! Hör zu, es tut mir ..."

„Verpiss dich!"

Mit einem verständnisvollen Nicken entfernte er sich.

Plötzlich schwang die Tür auf und Jeremy wurde abrupt aus seinen Gedanken gerissen.

„Jeremy Adams, mein bester Repo-Man! Wie geht´s, wie steht´s?"

Mit weit geöffneten Armen und einem übertriebenem Lächeln schneite Joel in das Büro.

Jeremy hasste diese Auftritte, denn so nutzte der Gute immer die Position des CEO´s für sich aus.

Für Mr. Tale gab es weder Gesetze noch Anstand, zumindest meist nicht.

„Joel, ich habe jeden Moment ein Online-Meeting mit Mr. Rinas und ich ..."

„Das ist dein Problem, mein Freund. Denn ich habe in dieser Akte etwas viel wichtigeres."

Mit diesen Worten warf Joel die Mappe, die er unter dem Arm mit sich gebracht hatte, zu Jeremy auf den Schreibtisch. „Dieses Geschäft bringt der Firma Millionen ein und du wirst es betreuen."

Mit einem langen Seufzer überflog Jeremy die Papiere. Ihm war bewusst, dass sowohl er, als auch Joel, im Laufe der Jahre so viel mehr als nur ein bisschen Geld, verdient hatten in den gemeinsamen Geschäften, nur momentan passte es einfach nicht.

Wie soll ich solch große Fische an Land ziehen, wenn mein Kopf nicht frei dafür ist? Außerdem wartet eine Meerjungfrau auf mich, die mir ins Netz gegangen ist, und ich muss ...

Joel zog sein Jackett aus.

Dann begab er sich lächelnd in die kleine Ecknische, wo sich die Kanne mit frisch aufgebrühtem Kaffee befand. Er schenkte sich und Jeremy ein.

Die Tasse stellte er neben der Akte ab, ehe er Platz nahm.
„Deinem finsteren Gesicht nach zu urteilen, läuft es draußen am See nicht so, wie du es dir erhofft hast."
Jeremy nickte, bevor er trank.
„Willst du es mir erzählen?", fragte Joel und es sah so aus, als wäre er sich längst sicher, dass Jeremy das auch tun würde.
„Ich teile viele Dinge mit dir, mein Freund. Aber die Details zu Lia und wie sie so ist, das nicht."
Joel trank von seinem Kaffee, ehe er sagte: „Sei vorsichtig, mein lieber Jeremy. Da ich aber schwer davon ausgehe, dass du es mir gegenüber nicht so gemeint hast, verbessere ich deine Aussage ganz einfach in: Noch teilst du sie nicht mit mir. Habe ich recht?"
Jeremy rieb sich frustriert den Kiefer.
Er dachte an gestern Abend. „Joel, hör zu. Vielleicht war es keine gute Idee …"
Mit der Faust schlug Joel hart auf den Schreibtisch, ehe er mit dem Finger in Jeremys Gesicht deutete.
„Oh nein, nein, nein! Wir hatten das durchgekaut! Du machst keinen Rückzieher von unserem Deal! Andernfalls, na ja …, du weißt schon."
„Ist ja schon gut, beruhige dich bitte. Ich bin einfach nur ein wenig mit der Situation überfordert, verstehst du? Sie ist nicht wie jede zweite Frau in Manhattan, die sich einem fügt, nur weil man einen Anzug trägt oder eine gewisses Maß an dominantem Auftreten an den Tag legt", räumte Jeremy ein.
Beide tranken von ihrem Kaffee.
Joel leckte sich über die Lippe. „Ist sie wirklich so übel?"
„Scheiße, ja!"
Nach dieser Bestätigung erhob sich Joel. „Warum bringst du sie morgen nicht mal mit ins Büro. Ich würde sie vorab

gerne kennenlernen. Unter normalen Umständen, wenn du verstehst."

Mit hochgezogener Braue, sah Jeremy Joel in die Augen.

„Du willst, dass ich sie mitbringe? Ins Büro? Was wenn?"

„Komm schon! Streng dich gefälligst ein wenig mehr an", fordert Joel anspornend.

„Was soll ich machen, sie wird gewiss nicht ...", wollte Jeremy erneut protestieren, doch Joel fiel ihm ins Wort: „Sie wird, mein Freund! Sie wird. Denk an alles was ich dir gesagt habe. Ihr Granny zum Beispiel. Es ist nicht umsonst, dass du mein bester Mann an Bord bist, aber ich bin und bleibe das Gehirn in allen Bereichen."

Joel zog die Tür auf.

Die Kühle des Flurs strömte in das Büro.

„Bis morgen, Jeremy! Ich habe jetzt Außendienst."

„Bis morgen, Joel."

Mit leichten Kopfschmerzen schwang sich Emiliana um die Mittagszeit aus dem Bett.

Ihr erster Weg führte sie in das angrenzende Badezimmer.

Sie legte den Kopf schief, als sie in den Spiegel schaute.

Die Kette war atemraubend schön, doch nicht ehrlich. Deshalb nahm Emiliana diese ab und legte sie auf den Rand des Beckens.

Anschließend streifte sie sich das Kleid vom Körper, was umgehend dazu führte, dass sie leicht zu frösteln begann.

Nachdem sie ihre Jeans entdeckte, sowie den Feinstrickpullover beschloss sie in diese beiden Sachen hineinzuschlüpfen.

Ihre Sneakers fand sie zum Glück neben dem Bett liegend.

Jeremy beobachtete diese Prozedur.

Ein schweres Keuchen entfuhr seinem Mund, als die Kamera sie splitternackt im Bad zeigte.

All seine Sinne erinnerten ihn an ihr verführerisches Stöhnen, als er tief in ihren perfekten Körper eingedrungen war.

Heute Nacht, meine wilde Schönheit ...

Der Monitor begann zu piepsen, was Jeremy einen kurzen Schreck versetzte.

Er sah auf den Bildschirm.

Mr. Rinas! Das Meeting!

Schwermütig wandte er sich von seinem Smartphone ab.

„Mr. Rinas, wie geht es Ihnen?"

„Mr. Adams, schön Sie zu sehen."

Währenddessen suchte Emiliana noch immer nach ihrer Unterwäsche, wurde allerdings, egal wie sorgfältig sie auch schaute, leider nicht fündig.

Nach einer Weile nahm sie sich ein Glas aus der Minibar, füllte es allerdings nicht mit Alkohol, sondern mit Wasser aus der Leitung.

Damit kehrte sie auf das Bett zurück.

Immer und immer wieder drangen Jeremys Worte in den Vordergrund. Ob sie es wollte oder nicht.

In den Monaten in denen Jeremy an sein Haus gebunden war, verging kaum eine Minute, in der Emiliana nicht an seine strahlend hellblauen Augen gedacht hätte.

All die Leidenschaft, all das Drama und die Intrigen! So ist es nun mal abgelaufen und jetzt sitze ich hier irgendwo auf einem Hausboot und warte auf den Mann, den eigentlich ich vorhatte im Leben zu brechen. Das nenne ich Ironie des Schicksals!

Während dieses Denkens schloss Emiliana die Augen. Das Wasserglas hielt sie fest umklammert.

Sie erinnerte sich an den ernsten Ausdruck in Jeremys Gesicht, während er von ihr forderte wieder in das Auto zu steigen.

Oder als er sie neben der Dusche überwältigt hatte. Die Berührung seiner Hände fühlte sich beinahe real an, als er ihr mit Nachdruck die Schenkel auseinander gedrückt hatte, nur um ganz tief in sie eindringen zu können.

All dieses Denken würde sie augenblicklich dazu verleiten, sich auf das Bett zu legen und es sich gnadenlos selbst zu besorgen.

Wäre da nur nicht die Gewissheit der gestrigen Nacht mit im Spiel, dass er sie nur als zweitklassige Dame betrachtete. Eine, die es nicht wert ist, dass man sie gut behandelt und mit der er tun und lassen konnte, was, und vor allem wann immer, er wollte.

Er, der skrupellose Business-Arsch von der Firma Marshall-Enterprises. Der mit seiner teuren Armbanduhr, der Anzughose und den hochgekrempelten Ärmeln so viel männliche Präsenz, vor allem aber Dominanz ausstrahlte, braucht nicht zu glauben, dass ich ...

Emiliana stoppte ihr Denken, denn diese Beschreibungen führten dazu, dass ihre Mitte zu zucken begann.

Himmel! Das muss aufhören. Ich muss irgendwie die Kontrolle zurückerlangen, wenn ich hier raus möchte.

Noch nicht einmal eine Uhr gab es in ihrem Blickfeld. Und nach draußen in die anderen Räume kam sie nicht, das hatte sie bereits versucht.

Abgeschlossen!

Wo zum Teufel hat er mein Auto hingebracht? Darin befindet sich meine Handtasche und in dieser ist mein Handy. Das alles ist doch der reinste Wahnsinn ...

„Hallo? Ist jemand zuhause? Hallo!"

Emiliana lauschte der Männerstimme.

Dann entschloss sie sich instinktiv zu handeln. „Hallo! Ich bin hier unten! Bitte helfen Sie mir!"

„Hallo?"

„Hallo! Hier unten!", schrie Emiliana noch einmal lauthals.

„Warten Sie, Miss. Ich hole den Ersatzschlüssel!"

Irgendjemand hat noch einen Schlüssel für das Boot? Wer ist das? Kann ich ihm trauen? Mir bleibt keine andere Wahl.

Trotz der Skepsis, dass der Mann mit Jeremy unter einer Decke steckte, musste sie es wenigstens versuchen, denn in wenigen Stunden, wenn nicht sogar Minuten, würde er wieder zurückkommen.

Es dauerte nicht lange, dann waren schwere Männerschuhe an Deck zu hören.

Die Tür an der Treppe wurde geöffnet und die Schritte kamen immer näher.

Plötzlich fiel Emiliana etwas ein.

Als sie das Schloss an der Schlafzimmertür drehen hörte, stemmte sie sich mit aller Kraft dagegen.

Die Tür flog auf und der Mann dahinter stolperte zu Boden.

Emiliana fackelte nicht lange, sondern schnappte sich ein Messer von dem Esstisch und hielt es dem Fremden direkt an dessen Halsschlagader.

Die Klinge war zwar abgerundet, doch sie würde es ihm reinrammen, wenn es nötig werden sollte. So viel stand für sie fest.

Der Mann zitterte am ganzen Körper. „Wa …, Was soll das werden? Junge Frau …, ich wollte doch nur helfen."

„Wer sind Sie?", fragte Emiliana zornig.

„Ich …, also ich bin …", stotterte der Mann weiter, was ihn das Messer nur noch deutlicher an seinem Hals fühlen ließ. „Ich bin der Hauswart!"

Der was? Scheiße, natürlich! Solch noble Gegenden hatte immer ihre eigenen Schutzmänner parat, wenn die Herren der Häuser, oder in diesem Fall der Boote, mal nicht abkömmlich waren. Der Kerl ist folglich gleichzusetzen mit Nigel und Ron von Staten Island.

„Wie ist ihr Name?", wollte Emiliana umgehend wissen.

Der Mann erhob die Hand zum Gruß. „Mein Name ist Stan. Stanley Hoover."

Die einzige Möglichkeit herauszufinden, ob man diesem Kerl trauen konnte, oder ob ihre Bedenken ihm gegenüber fundiert waren, bestand darin, ihm den Part des edlen Retters zu überlassen.

Mit Kraftaufwand zog sie den Mann wieder auf seine Füße. Stanley zitterte noch immer.

„Okay, Mr. Hoover. Ich meine, Stan. Bring mich raus."

„Geht in Ordnung, Miss."

Eine halbe Stunde später saß Emiliana bei Stanley Hoover in dessen kleinem Holzhaus in der Nähe des Sees.

Ursprünglich wollte sie zur Straße gebracht werden, doch das ging letztes Mal auch so schrecklich schief und die Cops konnte sie aus guten Gründen nicht rufen.

Dass der Kerl nicht ganz bei Trost war, verriet ihr sein hektisches Verhalten, plus die unzähligen Flaschen, die sich in diesem überschaubaren Heim schon beinahe bis unter die Decke stapelten.

Allerdings behauptete er, er habe ein Auto und es würde ihm nichts ausmachen, sie bis nach Manhattan zu fahren.

Emiliana war somit um das Wissen reicher, dass sie sich außerhalb von New York, nämlich im wunderschönen Swan Lake, befand.

Sie kannte die Gegend nur von Erzählungen ihrer Grandma. Jene liebte Orte, die einen Bezug auf historische Liebesgeschichten oder verzauberte Opern und Musicals hatte. So auch diesen.

Als Emiliana sah, dass sich Stanley eine Bierflasche zur Hand nahm und diese mit den bloßen Zähnen öffnete, bot sie an: „Wenn du mir den Autoschlüssel gibst, dann kann ich auch selbst nach Manhattan fahren. Ich lasse dir dein Auto von jemandem zuverlässigen zurückbringen. Das schwöre ich!"

„Nein, das kommt gar nicht in Frage. Ich fahre Sie junge Dame. Das ist das Mindeste, was ich ..."

Klopf! Klopf! Klopf!

Emilianas Kopf schnellte in Richtung des Eingangs.

„Stanley, öffne nicht diese Tür."

Verdutzt sah er zu ihr hin. „Was stimmt nicht mit dir? Man kennt sich hier draußen und das ist bestimmt nur Mr. Tale, dem ich vorhin eine SMS habe zukommen lassen, dass ich dich auf seinem Boot fand, ansonsten aber alles in bester Ordnung ist."

„Du hast was? Und du hast ein Smartphone? Du sagtest vorhin, als ich dich fragte, dass du kein Telefon im Haus hättest."

Stanley lachte auf. „Du hast gefragt, ob ich ein Telefon besitze und ich verneinte. Ich konnte mir bis jetzt keine Leitung legen lassen, weil das extra Kosten ..."

Klopf! Klopf! Klopf!

„Ist ja schon gut. Ich komme! Alter Mann ist kein D-Zug!"

Die Tür stand offen.

Man konnte am einfallenden Licht sehen, dass bereits die Dämmerung eingesetzt hatte.

Die Kühle der bevorstehenden Nacht kroch unaufhaltsam in das Holzhaus herein, gemischt mit markantem Herrenduft.

Jeremy!

„Mr. ... ? Kann ich Ihnen helfen? Sie habe ich nämlich nicht erwartet. Ich dachte das Mr. Tale ..."

„Stanley, so heißen Sie doch, nicht wahr?"

„Ja, das ist mein Name."

Jeremy trat ein und würdigte dabei Emiliana keines Blickes.

Es wirkte verdammt professionell, aber so war er nun mal. Wenn es sein musste, ein knallharter Geschäftsmann, ohne jegliche Furcht oder Gnade.

„Sehen Sie, Stan. Mr. Tale ist ein vielbeschäftigter Mann und deshalb bin ich an seiner Stelle hier, um auf das Boot aufzupassen. Er sagte mir, Sie hätten die junge Dame dort drüben von diesem geborgen. Ist das richtig?"

„Ja, vollkommen richtig. Sie sagt, sie wurde dort festgehalten und dass sie dringend nach Manhattan zurück müsse."

„Nun, ich verstehe nicht was sie auf dem Boot zu suchen hatte, aber das kann ich gerne übernehmen. Wie es aussieht, wäre es nicht von Vorteil, wenn Sie in diesem Zustand, noch dazu zur Abendstunde auf den Straßen unterwegs wären."

„Oh, ich kann fahren. Die zwei Biere und der Schnaps ...", rechtfertigte sich Stanley, sah aber schnell ein, dass er damit nicht weit kommen würde.

Emiliana sprang von ihrem Stuhl auf. „Lass mich in Ruhe! Ich werde in gar keinem Fall wieder auf das Boot zurückkehren und ich gehe nirgendwo mit dir hin."

Jeremy setzte ein verdammt heißes Lächeln auf. „Miss, ich denke wir können es so lösen, dass Sie mit mir kommen und ich fahre Sie in die Stadt. Oder aber, der liebe Stan hier, gibt mir einen aus und wir warten gemeinsam auf die Cops. Die interessiert sicherlich brennend, was Sie auf dem Boot eines CEO´s von Marshall-Enterprises verloren hatten. Einbruch ..."

„Was?", schrie Emiliana voller Empörung.

Jeremy sah zu Stanley. „Bitte, seien Sie so nett und rufen Sie die Cops für mich."

„Wie Sie wünschen", bestätigte Stanley und kramte in seiner schmutzigen Jeans nach dem Smartphone.
„Nein! Halt!"
Stan und Jeremy sahen zeitgleich auf Emiliana.
„Ich denke, das Beste wird sein, wenn ich mich in die Stadt fahren lasse."
Mit verdutztem Ausdruck sah Stan in ihr Gesicht. „Aber wovor haben Sie denn solche Angst? Die Cops können Sie ebenso sicher in die Stadt ..."
„Schon in Ordnung! Stan, du hast die Dame gehört", fuhr Jeremy dazwischen, denn das Gequatsche dieses Säufers ging ihm in der Kürze der Zeit wahnsinnig auf die Nerven. Zum Glück hatte sich dieser Idiot bei Joel gemeldet und jener sich umgehend bei Jeremy.
Der nächste Blick war so eindringlich, dass Stanley sich lieber dazu entschloss keine weiteren Fragen zu stellen. Stattdessen nickte er und nahm sich eine weitere Flasche zur Hand.
Jeremy öffnete die Tür nach draußen. „Darf ich bitten."
Emiliana huschte an ihm vorbei.
Zu dem Hauswart rief Jeremy aus: „Ich wünsche einen schönen Abend und noch mal Danke fürs Aufpassen", so als wäre absolut nichts an dieser Situation verkehrt.

Auf der großen Wiese, die wie die Nacht zuvor von Dunkelheit umhüllt war, packte Jeremy Emiliana am Oberarm.
„Aua! Du tust mir weh!"
„Sei einfach still, bevor ich es mir wirklich noch überlege dir weh zu tun", stellte Jeremy klar, während er unbeirrt mit ihr auf das Anwesen zusteuerte.
Emiliana kam die Sache ziemlich seltsam vor.

Sie flüsterte: „Was zum Teufel hast du mit mir vor?"
Jeremy ignorierte ihre Frage und zog sie weiter.
Kurze Zeit später saßen sie wieder in dem Luxusgeschoss.
Die Armatur glänzte, wie ein nachtschwarzer Diamant, ehe
sich die verschiedenen Monitore zuschalteten.
Wozu braucht man so viel Technik, dachte sich Emiliana
versuchte aber krampfhaft ruhig zu bleiben, um ihn nicht
weiter zu verärgern.
Dass Jeremy noch immer wütend war, verrieten ihr seine
weißen Knöchel, während er fest das Lenkrad
umklammerte.
Die Stille der nächsten halben Stunde war erdrückend.
Und die Schnelligkeit, mit der nun der Wagen die engen
Straßen entlangfuhr, ließ Emiliana ein wenig flau im
Magen werden.
Als man bereits die Lichter von Manhattan sehen konnte,
stieß sie erleichtert den Atmen aus.
*Er bringt mich nach Hause. Zu Granny. Zum Glück hat er
eingesehen, dass es nichts bringt, wenn …*
Ihre Augen sahen die Abfahrt.
Vorbei!
Emiliana klopfte gegen die Scheibe. „Das war die Abfahrt."
Jeremy nickte, bremste den Audi ab, nur um kurz darauf
wieder voll aufs Gas zu treten. „Ich weiß."
„Aber da geht es zu mir nach Hause und ich …"
„Lia!", unterbrach Jeremy nahezu flüsternd. „Ich bringe
dich nicht nach Hause!"
Voller Entsetzen starrte sie ihn an. Dann forderte sie
erneut: „Bring mich sofort zu meiner Granny!"
„Nein."
„Jeremy, das muss ein Ende finden!"
Er grinste. „Warum? Es hat doch gerade erst begonnen."
Mit diesen Worten bog er in seine Auffahrt ein.

Emiliana schossen tausend Fragen durch den Kopf. *Wieso bringt er mich zu sich nach Hause? Was will er hier? Was, wenn Sara ..., aber das wird sie nicht! Er wird doch wohl in keinem Fall riskieren, dass sie zu Hause ist, wenn er mich mitbringt.*

Jeremy öffnete die Beifahrertür. „Aussteigen!"

Ihre wunderschönen Lippen öffneten sich um zu widersprechen, doch als er ihr ganz gentlemanlike die Hand anbot, reagierte ihr Körper nahezu automatisch. Nachdem sie den Eingang des Hauses erreichten, deaktivierte Jeremy die Alarmanlage durch die Eingabe eines mehrstelligen Codes.

Um welche Zahlen es sich dabei handelte konnte Emiliana bei der Schnelligkeit unmöglich erfassen und im Grunde war es ihr auch ganz egal.

Sie wollte eigentlich nur wissen, was er an diesem Ort, noch dazu mit ihr im Schlepptau, vorhatte.

Nachdem die Tür offenstand, zog Jeremy Emiliana herein. Anschließend verschloss er diese eilig und reaktivierte das System.

Sollte sich das kleine Luder rausschleichen wollen, dann würde ich es dieses Mal wissen. Sie braucht Regeln, Grenzen und die Sicherheit von jemandem, der sich nicht von ihrer inneren Dämonin beeindrucken lässt.

Bei dieser Erkenntnis musste Jeremy breit grinsen.

Das verunsicherte Emiliana so sehr, dass sie ihre untere Lippe ein wenig nach vorn schob, ehe sie es wagte zu fragen: „Was tun wir hier? Warum ..."

„Wieso, weshalb, warum? Ich frage dich, süße Lia, warum du mir ständig all diese Fragen stellst? Ich meine, habe ich eine Antwort auf das große WARUM auf Staten Island erhalten? Nein. Also bitte, erspar mir das Gequatsche."

Wütend stampfte sie mit dem Fuß auf. „Wie lange denkst du, dass du mich noch bei dir behalten kannst?"

Wieder grinste Jeremy, während er sich das Jackett abstreifte. „Finde es heraus, Honey!"

Wie ein aufgescheuchtes Huhn lief Emiliana durch den Flur und bog nach rechts in einen abgedunkelten Raum ab.

Ihre Augen überflogen das Inventar, doch außer Sessel, einer Couch und einem überdimensional großen Fernseher, schien es nicht sonderlich viel zu geben.

„Du kennst dich aus, das mag ich", witzelte Jeremy, als er zu ihr in den Raum trat.

Als er den Lichtschalter betätigte musste sie kurz blinzeln. Der folgende Anblick bestätigte Emiliana, dass sich ihre Augen zuvor nicht getäuscht hatten.

Sie befanden sich im Wohnbereich des Hauses.

Jeremys nächster Weg führte ihn zum Kamin. Er kniete nieder, um die Holzscheite anzuzünden, die nur Sekunden später in hell lodernden Flammen aufgingen.

Die plötzliche Wärme tat gut und Emilianas Wangen nahmen im Schein des Feuers einen leichten rosigen Schimmer an.

Mein Gott, was ist diese Frau schön, dachte Jeremy auf seinem Weg zur Bar.

Er goss zwei Drinks ein und stellte die Gläser auf dem Marmortisch vor der Couch ab.

„Bitte", forderte Jeremy.

Emiliana kam langsam zu ihm herum. „Ich trinke nicht."

Er nahm sein Glas und leerte es auf Ex.

Dann sagte er: „Erzähl das bitte dem Papst."

Sie sah ihn mit wilden entschlossenen Augen an. „Dafür müsstest du mich nur kurz gehen lassen, damit ich nach Rom fahren kann und ..."

Jeremy hatte den halben Raum umrundet und kam mit dem Glas am Kamin an. Er lachte lauter als zuvor, weshalb Emiliana mitten im Satz innehielt.

Dann seufzte er, ehe er das Glas mitten ins Feuer warf.

„Zieh dich aus, Honey!"

„Was?"

Emilianas Herz begann bei diesen ernsten Worten schneller zu schlagen.

„Zieh dich aus", wiederholte Jeremy in exakt der gleichen Tonlage.

Ihre Lippen begannen zu zittern. „Jeremy, das können wir nicht tun ..."

„Tun wir auch nicht - zumindest noch nicht", lautete die prompte Antwort.

„Lass uns reden", flehte Emiliana.

„Zu spät! Und jetzt ausziehen!"

„Nein!"

Mit Blick auf ihre wahnsinnig erregende Entschlossenheit, die sich in ihrem wunderschönen Gesicht abzeichnete, schnallte Jeremy seinen Gürtel auf.

Langsam zog er das schwarze Leder durch die Schlaufen hindurch. Dann hielt er ihn in seinen Händen.

Ein Knall durchdrang die Stille.

Es gefiel Jeremy wie Emilianas Körper bei diesem Geräusch, das von Leder auf Leder stammte, und wie eine Peitsche durch die Luft zischte, zusammenfuhr.

„Zum letzten Mal, Honey! Zieh. Dich. Aus."

„Jeremy ..."

Er legt den Zeigefinger auf die Lippen. „Scht! Jetzt! Sofort!"

Sie tat es.

Jeremy bekam bei jedem Kleidungsstück, das fiel, immer größere Augen.

Als Emiliana splitternackt vor ihm stand, stand es auch ihm.

Er trat näher an sie heran. Dabei inhalierte er den süßen Duft ihres Körpers.

Seine Hände griffen um ihre Taille, was dazu führte, dass ihre Finger sich in Abwehrhaltung über seine Brust spreizten.

Durch den Stoff des Hemdes hindurch konnte Jeremy fühlen, dass ihr kalt sein musste. Zumindest ihre Hände. *Ein sicheres Zeichen von Unsicherheit. Welch Ironie.*

Noch während dieses Denkens zog er Emiliana nahe an sich heran. Und im darauffolgenden Moment küsste er sie hart, mit äußerst intensiver Leidenschaft.

Auch wenn sie fühlte, dass sich ihr Unterleib vor Lust nach ihm verzerrte, wollte ein andere Teil von ihr, dass sie dagegen ankämpfte.

Emiliana stieß Jeremy mit aller Kraft von sich.

Er schwankte kurz, fing sich aber relativ schnell wieder. Sein nächster Weg führte ihn zum Marmortisch. Dort schnappte er sich das Glas, welches eigentlich für sie gedacht war, und leerte auch dieses auf Ex.

Der Alkohol brannte in Jeremys Kehle, doch es war ein reines, gutes Gefühl. Es lockerte ihn, wenn auch in gar keinem Fall in gewissen Regionen seines Körpers, die schon längst ihren Standpunkt in dieser Sache verhärtet hatten.

Oh, ja! Ich werde meinen Schwanz so tief in ihr versenken, dass sie dieses Gefühl niemals wieder in ihrem Leben vergessen wird.

Jeremy zog sein Hemd aus dem Hosenbund, knöpfte es auf, streifte es über seine breiten Schultern ab und warf es achtlos zur Seite.

Während er den Reißverschluss seiner Hose nach unten senkte, wurden seine Gedanken plötzlich zu Worten. „Ich bin wirklich kurz davor, dass ich ..."

Jeremy stoppte, als er sich selbst laut reden hörte.

Emiliana wisperte. „Du bist kurz davor, was zu tun?"

Jeremy hob eine Augenbraue. „Warte einfach auf meine Entscheidungen, kannst du das für mich tun?"

Ihre Augen waren jetzt sehr dunkel und sprühten vor Wut.

„Nein! Das werde ich gewiss nicht tun!"

Sie zitterte sichtlich, doch darauf konnte Jeremy jetzt bei Gott keine Rücksicht nehmen. Außerdem wirkte ihre sinnliche Verletzlichkeit in diesem Moment wie eine Droge auf ihn ein.

Er konnte nicht mehr länger warten, sondern musste sich endlich ihrem Rausch hingeben.

Sein Blut kochte, als er sie an den langen Haaren packte und mit sich in das Nebenzimmer zerrte.

Es handelte sich eindeutig um sein Arbeitszimmer. Ein massiver Schreibtisch bildete dessen Mitte, umrahmt von Bücherregalen und künstlichen Pflanzen.

Sogar ein Globus, der höchstwahrscheinlich in der Lage war zu leuchten, zierte die hochglanzlackierte Oberfläche.

Es benötigte jedoch kein Licht in diesem Zimmer, denn der Feuerschein drang wild flackernd bis in dieses herein.

Genug, um sehen zu können, was man sehen musste.

Ihre Knospen zum Beispiel, die sich auf dem kühlen Holz des Schreibtisches umgehend verhärteten, während er mit der flachen Hand ihren Rücken nach unten presste.

Oder ihre Haare, die sich fast bis zu ihren Hüften kräuselten.

Jeremy keuchte vor Lust, als er auf ihren wohlgeformten Hintern starrte. Dann erhob er den Arm.

Leder traf auf Haut.

Wieder und wieder schlug ihr Jeremy den Gürtel auf die Pobacken.

„Aufhören! Stopp! Ah! Verdammt ..., schrie Emiliana, und sie versuchte sich sogar aus ihrer Situation zu befreien. Vergeblich!

Jeremys harter Schwanz rieb durch seine Hose hindurch an ihrem süßen Hintern.

Er wusste, dass, wenn er diesen nicht bald tief in ihr versenken konnte, er noch die Bestie in sich entfesseln würde, wenn es denn sein müsste.

Nach weiteren Schlägen trat er mühsam ein Stück zurück.

Den Ledergürtel schnallte Jeremy wie ein Profi um seine Hand.

Er wartete.

Emiliana holte tief Luft, ehe sich ihr Oberkörper von dem Schreibtisch lösen konnte.

Ihre großzügigen Kurven und die prallen Brüste wirkten im Halbdunkel des Raumes höllisch sexy.

Eigentlich wollte sie an ihm vorbeihuschen, das Zimmer, wenn möglich, umgehend verlassen - fliehen!

Aber nicht mit mir! Nicht heute Nacht.

„Runter auf die Knie!"

Willenlos gehorchte Emiliana und sackte auf den Boden.

Ihre obere Zahnreihe biss leicht auf ihre Lippe.

Himmel, diese Frau macht mich fertig!

Jeremy legte die Hand unter ihr Kinn.

Dann fuhr er mit der Kuppe des Daumes über ihren Mund.

Ihre Lippen öffneten sich.

Die Hände stützte sie auf ihre Oberschenkel.

Mit nur einer Bewegung riss Jeremy den Knopf seiner Hose auf, griff hinein und holte seinen steifen Schwanz heraus.

Einen Moment lang strich er über den gesamten Schaft.

Verdammt! Das fühlt sich extrem gut an!

Die Spitze traf jetzt auf ihre weichen Lippen, dann schob er ihr die gesamte Länge um einiges weiter in den Mund hinein.

Jeremy stöhnte laut auf, als ihre Zunge über seine empfindliche Unterseite fuhr.

Warum tue ich das, fragte sich Emiliana, doch ihre Erinnerung hing in dem überschaubaren kleinen Markt auf Staten Island fest.

Dort hatte sie ihm schon einmal Erleichterung auf diese Art und Weise verschafft und es war auch für sie der geilste Fick bisher, den ein Mann ihr oral gegeben hatte.

Anscheinend verrieten ihre Augen im Schein des Feuers diese verruchten Gedanken, denn ihre Geilheit schürte Jeremys Gier danach, dass sie endlich seinen Schwanz mit all ihrem Können lutschte.

Er vergrub die Finger tief in ihren Haaren, dann stieß er zu.

Emiliana rang nach Atem, solange, bis es ihr einigermaßen durch die Nase gelang.

Noch einmal zog sich Jeremy zurück, ehe seine Hüften wieder nach vorne in die einladende Feuchtigkeit ihres Mundes stießen.

Allein der Anblick, wie fest sich ihre warmen Lippen um den Schaft spannten, brachte ihn beinahe dazu explosionsartig in ihr abzuspritzen.

Ihre Augen hingegen blieben starr auf Jeremy gerichtet. Sie wusste um ihre Macht, sobald sie ihn dick angeschwollen zwischen ihren Zähnen spürte.

Ein Biss und er würde nie wieder ...

Doch das konnte sie nicht.

Er schmeckte einfach zu gut. Ihre Finger glitten zwischen ihre Beine und Emiliana begann sich synchron zu ihren Saugbewegungen die feuchte Spalte zu reiben.

Ihre Zunge tat das Beste, was einem harten Schwanz passieren konnte, und als Jeremy ihr eigenes Handanlegen bemerkte, begann er unwillkürlich zu pumpen.

„Lia, du verflucht geiles Miststück", keuchte er, denn er spürte, wie Hilflosigkeit sich breit machte.

Da wo gerade noch all seine Dominanz überwog, übernahm diese Frau erneut mit Leichtigkeit das Ruder.

Es verlief genau wie auf Staten Island.

Zwar war er tief in ihr drin, doch gefickt wurde er von ihr.

Ich kann es nicht länger zurückhalten! Doch ich muss ..., dachte Jeremy, während er mit der Hand sein Glied umfasste und dieses mit aller Willenskraft, die dazu nötig war, aus ihrem süßen Mund zog.

Daraufhin ging alles wahnsinnig schnell.

Jeremy zog Emiliana an den Haaren in die Höhe, umschlang ihre Taille und hob sie federleicht auf seinen Arm.

Ein Wimmern entkam ihren Lippen, als die gestrafte Haut ihres Pos auf die kühle Oberfläche des Schreibtisches gesetzt wurde.

Mit dem Griff noch immer fest in ihren langen Haaren, schob er sie bis nach vorne an die Kante und positionierte seinen Schwanz an ihrem feuchten Eingang.

Als Jeremy ihren Widerstand bemerkte, packte er um einiges fester zu.

Seine Augen spiegelten den Schein des vom Nebenzimmer eindringenden Feuers wider, als er streng klarstellte:

„Honey, wenn du es so haben möchtest!"

Diesen Worten folgte ein gezielt harter Stoß.

Emiliana schrie und stöhnte zeitgleich unwillkürlich auf.

Dieser Ton schreckte Jeremy in keinem Fall ab, sondern trieb seine Sinne in einen wahren Rausch von Ektase.

Er ließ von ihren Haaren ab und packte mit beiden Händen um ihre Brüste. Begann diese zu kneten und daran zu saugen – gierig, wild, schmerzhaft.

Dabei stieß er wieder und wieder so tief in sie, dass seine prall gefüllten Hoden an den Ansatz ihres Hinterns klatschten.

Was tut er da nur? Es schmerzt, verdammt noch mal ..., nein, ... es juckt so stark, dass ich es kaum mehr ertrage. Lass mich los! Nein, halt mich fest! Fick mich bis zur Besinnungslosigkeit! Von mir aus mach was du willst! Aber um Himmels Willen, erlöse mich!

Bei diesen komplexen Gedanken, krümmte sich Emilianas Rücken und ihre Finger vergruben sich in seinen Schultern.

Diese kleinen Schmerzensstiche fühlten sich unbeschreiblich geil für Jeremy an.

Noch krasser wurde sein körperliches Empfinden gedrillt, als sich ihre inneren Muskeln um seinen Schwanz anspannten.

Wie gut, dass sie es eingesehen hat, dass jeglicher Widerstand zwecklos ist.

„Komm Honey! Hör auf dich dagegen zu wehren. Lass es geschehen."

Der Klang seiner Stimme ließ Emiliana sich willenlos den folgenden Stößen, die er ihr mit all seiner angeschwollenen Härte einverleibte, hingeben.

Emiliana kam.

Gnadenlos jagte der Orgasmus durch jede Pore ihres nassen Körpers.

Auch Jeremy schwitzte heftig, als er das pumpende Gefühl nicht länger zurückhalten konnte. Schon gar nicht unter dem Anblick ihrer Hingabe zu der vorherrschenden Lust.

Es war ein überwältigendes Gefühl als er zum ersten Mal ihre inneren Wände mit seiner heißen Samenflüssigkeit bespritzte.

Das Unwirkliche dabei war wohl, dass er keinerlei Bedauern oder gar Angst darüber empfand.

Schließlich hat sie mir erklärt, dass ich mir mein ganzes Leben immer nur genommen habe, was ich wollte und wann ich es wollte. Ich kann ihr da leider nicht ganz zustimmen, denn auch meine Vergangenheit hat Schattenseiten. Das kann meine wilde Schönheit jetzt noch nicht wissen. Und alles was ich weiß, ist, dass ich diese Frau, der ich gerade meinen Samen geschenkt hatte, mehr als alles andere auf der Welt will. Ob sie das genauso empfindet? Nun, mir wird als Repo-Man schließlich nachgesagt, dass mich ein NEIN nicht unbedingt von einer Mission aufhalten kann.

Jeremy stand schweigend an Deck des Bootes.
Er lauschte den ruhigen Bewegungen des Wassers, dann schloss er die Augen.
Die Gedanken kehrten unwillkürlich an seinen Arbeitsplatz zurück.
Konnte es sein, dass Lia um einiges mehr für mich empfindet als puren Hass? Und hatte sie mich dies heute in einer hitzigen, wenn nicht gar heißen, Auseinandersetzung, unmissverständlich wissen lassen?

8.05 a.m. - Emiliana sah aus der Seitenscheibe.
Majestätisch erhoben sich die Wolkenkratzer von Manhattan in den herbstlichen Morgenhimmel.
Die Sonne ließ ihre Dächer wie Kronen glitzern, und gewiss würde es für die Finanzbranchen wieder ein erfolgreicher Tag werden.
Jeremy war ein guter Autofahrer, denn trotz des stockenden Verkehrs ließ er sich weder durch Hupen, noch durch ein plötzliches Abbremsen seines Vordermannes, aus dem Konzept bringen.
Seine Hand lag ruhig auf der breiten Kupplung. Hin und wieder trat eine Ader auf der Oberfläche hervor, was diese verdammt streng und ungeheuer männlich wirken ließ.
Wie dominant Jeremy sein konnte, das hatte Lia bereits erfahren. So auch an diesem Morgen.

Als sie erwachte, wusste sie zunächst nicht, was geschehen war.
Als sich jedoch ihre Blase mit enormen Druck auf ihren Unterleib bemerkbar machte, erinnerte sie sich wieder an den gnadenlosen Akt auf dem Schreibtisch.

Auch ihre Pobacken zogen sich heftig zusammen, als ihr die brennenden Schläge des knallenden Gürtels in den Sinn kamen. Oder als er sie kurz darauf streng wie ein Schulmädchen an den Haaren gezogen hatte, nur um ihr seinen mehr als harten Schwanz bis zum Anschlag in die Spalte zu schieben, um es sich und ihr bis zum Äußersten besorgen zu können.

Emiliana musste danach ziemlich erschöpft gewesen sein, denn sie hatte im Moment keinerlei Wissen darüber, wie sie in dieses Bett gekommen war.

Eine weißgoldene Satindecke umhüllte ihren nackten Körper und spendete ihr die nötige Wärme.

Auch das Kissen roch traumhaft, weshalb Emiliana am liebsten noch einmal die Augen geschlossen und in tiefen Schlaf gesunken wäre.

Niemand lag neben ihr im Bett und im gesamten Haus war alles unheimlich still.

Plötzlich schoss sie nach oben, riss sich das Satin vom Leib, beobachtete die Decke wie diese zu Boden fiel und am liebsten hätte Emiliana lauthals zu schreien begonnen.

Wie konnte dieser elende Mistkerl es wagen, mich in sein verficktes Ehebett zu legen. Dorthin, wo er es mit seiner Frau treibt und …

„Guten Morgen, Sonnenschein. Gut geschlafen?"

Jeremy schloss die Ärmel seines weißen Hemdes mithilfe von goldenen Manschettenknöpfen.

Der Raum erfüllte sich umgehend mit maskulinem Herrenduft und die nackte Brust, die Emiliana sehen konnte, da er das Hemd noch nicht ganz geschlossen hatte, ließ sie umgehend mehrmals blinzeln.

Das war eine Sache, die sie am liebsten ausblenden wollte.

Es darf nicht sein, dass mich allein sein Auftreten jedes Mal so sehr antörnt, dass ich ihm am liebsten antworten würde: Guten Morgen, Mr. Loverboy. Versohl mich bitte noch mal!

Stattdessen presste Emiliana fest die Lippen zusammen.
Dann sog sie hörbar Luft ein.
Jeremy sah sie durch den vorhandenen Spiegel im Raum
an. Ein Lächeln umspielte seine Lippen.
Das war zu viel!
*Nur ein extrem arroganter, wenn auch höllisch sexy
aussehender Mann, konnte es sich erlauben, eine Dame in
dieser nahezu erbärmlichen Situation auch noch zu
belächeln.*
Er war der erste, nach einem vermeintlichen Dwayne, mit
dem Emiliana körperlich etwas angefangen hatte.
Leider verliebte sie sich Hals über Kopf in ersteren und das
wird ihr bei zweitem in gar keinem Fall passieren.
*Granny hat mir schon früh erklärt, dass man sich nicht
allein durch materielle Dinge oder das Auftreten
beeindrucken lassen sollte. Das endet selten gut für eine
Frau!*
Diese Gedanken wurden von seiner Stimme unterbrochen.
„Zieh dich bitte an. Wir müssen los!"
Emiliana zog die Stirn in Falten.
*Gestern war es ausziehen, heute ist es anziehen! Was
glaubt dieser Kerl eigentlich, dass er mich wie eine
Marionette an Stricken behandeln kann? Tu dies, tu das ...*
Allerdings entschied sie sich noch immer nicht mit ihm zu
sprechen, sondern auf Zehenspitzen durch die
halbgeöffnete Badtür zu verschwinden.
Ihre Finger griffen nach dem Drehschloss, doch
irgendetwas in ihr sagte, dass es keinen Sinn machte
abzuschließen. Schließlich waren nur er und sie in diesem
Haus.
Nach dem Gang zur Toilette starrte sich Emiliana eine
Weile nackt im Spiegel an. Sie hoffte, es wäre nur eine
Einbildung und gleich erwachte sie aus einem Tagtraum
hinter der Kasse in der Floristeria.
Zurück an den Tag, als Mrs. Fletcher den Laden betrat.

Diese würde ihr kein unmoralisches Angebot zum Katzensitten unterbreiten, sondern lediglich den unbezahlten Strauß Blumen an sich nehmen und auf Nimmerwiedersehen verschwinden.

Life goes on!

Leider war dies nicht der Fall und ungeschehen konnte Emiliana auch nichts machen.

Ihre Hände glitten unter den Hahn und durch einen Sensor begann das Wasser lauwarm darüber zu laufen. Einen kurzen Augenblick später, fielen ihr wieder seine Worte ein, dass sie sich anziehen soll, denn sie müssten los.

Wohin? Zurück zum Boot?

Wie, als wäre es das Selbstverständlichste der Welt, zog Emiliana den Badschrank auf und fand auch prompt Saras kleines, aber feines Beauty-Sortiment.

Was soll's, dachte sie sich, *in der Not frisst der Teufel bekanntlich Fliegen.*

Sie drückte ein wenig Zahnpasta auf ihren Finger und verrieb diese sorgfältig in ihrem Mund. Ausspülen. Fertig! Statt den sichtlich benutzten Schwamm für das Make-up zu verwenden, verteilte Emiliana die hellbraune Masse lieber mit ihren Fingerkuppen.

Kajal und Mascara behandelte sie normal, doch den rosa schimmernden Lippenstift, der nicht unbedingt ihre erste Wahl gewesen wäre, brach sie an der Spitze, um ihn ohne Saras Vorgeschmack auf ihre Lippen auftragen zu können.

Nur noch die Haare kämen.

Als sie mit dieser Prozedur fertig war, empfand sie ihr Bild im Spiegel sogar als äußerst ansehnlich.

Jeremys Stimme drang zu ihr herein. „Fertig?"

„Ja", gab sie kaum hörbar zur Antwort.

Nachdem sie noch einmal tief Luft geholt hatte, zog sie die Tür auf und schlich auf Zehenspitzen an Jeremy vorbei.

Dieser sah noch immer in den Spiegel, hatte mittlerweile jedoch das Hemd komplett geschlossen.

Emilianas Augen überflogen den Raum. Wieder und wieder.

Schlimm genug, dass ich auf dem Boot nur den Feinstrickpullover, die Jeans und die Sneaker finden konnte. Und wo zum Teufel waren diese Dinge jetzt hingekommen?

Jeremy wandte sich um.

Ihm gefiel, wie das Sonnenlicht so früh am Morgen seinen schimmernden Glanz über ihre nackte Haut legte.

Beinahe empfand er so etwas wie Eifersucht auf diese dreisten Strahlen.

Wie konnten diese es wagen, sie zu berühren und mit ihrer Wärme in sie einzudringen? Sie für sich zu beanspruchen? In meinem Beisein? In meinem Haus?

Schluss damit!

Jeremy zwang seinen Fokus zurück auf das Wesentliche.

„Dort drüben liegen ein paar Sachen. Die sollten dir passen."

Emiliana folgte seinem Fingerzeig bis zu einem Sessel, über dessen Lehne Anziehsachen drapiert worden waren.

Auch wenn diese Dinge ihr weder gehörten, noch vertraut waren, und mit ziemlicher Sicherheit aus Saras Repertoire stammten, war Emiliana dankbar sich etwas überziehen zu können.

Es gab ihr umgehend das Gefühl zurück, weniger verwundbar zu sein.

Das Set, bestehend aus einem reinweißen BH und Slip, war von keiner geringeren Marke als von Victorias Secret.

Diese Tatsache verriet ihr ein Preisschild, dass die beiden Teile zusammenhielt.

Ehe sie es abriss, sah sie sich zu Jeremy um.

Am liebsten wäre Emiliana ihm um den Hals gefallen, denn dieser Mann hatte sich nicht erdreistet ihr die getragene Wäsche seiner Frau aufzubürden.

Wahrscheinlich war die weiße Bluse und der schwarze Rock von ihr, denn Sara war selbst in der Businessbranche tätig.

Auch die Pumps, die Emiliana um eine ganze Nummer zu groß waren, zeugten davon, schon ein paar Meter gelaufen worden zu sein.

Doch das empfand sie als weniger schlimm. Hauptsache, sie konnte nach draußen, oder im besten Fall noch heute zu ihrer Granny.

Wie es der armen alten Frau wohl gehen mag?

Wieder war es Jeremy, der ihre Gedankengänge unterbrach: „Sieht echt gut aus. Ich denke, so sollte es im Büro funktionieren."

Im Büro funktionieren? Bitte was?

„Ähm, also ich ...", setzte Emiliana an, doch Jeremy legte den Finger über seine Lippen.

„Scht! Keine Diskussion so früh am Morgen."

Dann ging er auf sie zu und fuhr ihr mit der Hand durch die langen dunklen Haare.

„Wunderschön, doch gewiss nicht von Vorteil. Geh zu dem Schrank dort hinten und öffne die dritte Schublade. Such dir eine passende aus. Ich warte solange im Flur. Beeil dich!"

Sein Mund kam dem ihren dabei unheimlich nah, doch der ersehnte Kuss blieb aus.

Jeremy verließ den Raum.

Verdutzt folgte sie seinen Worten und zog die dritte Schublade des besagten Schrankes auf.

Sie traute ihren Augen nicht, als sie auf HAAR blickte.

Perücken? Ich soll ...

Jetzt setzten sich alle Puzzleteile in ihrem Kopf zusammen.

Die Klamotten. Im Büro. Das falsche Haar!

Emiliana konnte sich nun ein klares Bild davon machen, was Jeremy mit ihr vorhatte.

Holy Shit! Er wird mich mit auf die Arbeit nehmen ... So war es auch.

Nachdem Jeremy den Wagen auf dem Parkdeck F4 von Marshall-Enterprises abgestellt hatte, folgte ihm Emiliana staksig bis hin zu einem Aufzug.

Dieser würde die beiden direkt auf die Etage bringen, auf der Jeremy schon seit zehn Jahren arbeitet.

Auf dem Weg nach oben, musterte er Emiliana noch einmal von oben bis unten.

Das ungewohnt braune Haar mit den durchzogenen blonden Strähnen stand ihr nicht so perfekt, wie das sündige nachtschwarz, doch Vorsicht ist bekanntlich die Mutter der Porzellankiste.

Nicht auszudenken, was passieren würde, wenn dieser mehr als aufdringliche Detective Samuel unangekündigt vorbeischaute und sie gleich auf den ersten Blick von anderen Damen des Hauses herausfiltern konnte.

Ich könnte mir in diesem Fall direkt Handschellen anlegen lassen, doch dieses Mal nehme ich den guten Joel für seine törichten Ideen mit in den Knast, das schwöre ich ...

PING!

Die Türen des Aufzugs öffneten sich nach beiden Seiten.

Ein molliger Mann im Anzug und einem Stapel Akten unter dem Arm rief: „Adams! Hab ich was verpasst? Oder haben die oben Gelder locker gemacht?"

„Hey Todd! Da musst du in Zukunft die entsprechenden Mails richtig lesen!"

Auf Jeremys trockene Antwort hin, verzog Mr. Todd den Mundwinkel nach oben. „Schon gut, Adams! Kleiner Spaß, hab schon von Tale gehört, dass du eine Praktikantin heute in deiner Abteilung hast."

Natürlich! Joel konnte mal wieder sein Maul nicht halten, dachte sich Jeremy, ehe er lächelnd die Tür zu seinem Büro aufschloss.

Mit Nachdruck schob er Emiliana in dieses hinein und war kurz darauf froh, dass er diese Hürde schon einmal geschafft hatte.

Der Tag war jedoch noch jung und wer konnte ahnen, was noch so alles unerwartetes passieren würde.

Während Jeremy sich hinter den Schreibtisch begab, um den Computer hochzufahren, ging Emiliana zum Fenster.

Das Glas reichte bis zum Boden und die Aussicht an diesem Tag über Manhattan war atemraubend schön.

Innerlich fühlte sie sich jedoch wütend und gekränkt. *Wieso um alles in der Welt möchte er mich bei sich haben? Gut, auf dem Boot gab es ein paar kleine Zwischenfälle, doch das hier, war keineswegs besonders würdevoll. In den Sachen seiner Frau steckend, noch dazu mit einer Perücke auf dem Kopf. Was soll ich denn seiner Meinung nach tun? Vielleicht hätte der liebe Mr. Adams mir das mal auf dem Weg hierher erklären sollen, denn der gute Mann kann doch nicht ernsthaft von mir erwarten, dass ich es nicht zumindest versuchen werde, ihm zu entkommen.*

Ein piepsender Ton des Telefons ließ Emiliana den Blick vom Fenster lösen.

Eine Stimme, die sie schon einmal irgendwo gehört hatte sprach: „Jeremy, kommt doch bitte kurz in mein Büro."

Nachdenklich starrte er auf den Apparat, dann erhob er sich und deutete mit dem Kopf an, dass sie ihm folgen soll.

Wieder keine Erklärung. Großartig!

Ein paar Meter weiter den Flur entlang klopfte Jeremy, wie der Anstand es eigentlich von einem erwartet, an der Tür von Mr. Tale.

Das breite Schild daran war nicht zu übersehen und als sich ihr nach dem Wort „Herein", ein noch viel größerer Büroraum offenbarte, wusste Emiliana, dass es sich um eine höhergestellte Person der Firma handeln musste. Ihre Vermutung bestätigte sich ihr, als der Stuhl sich herumdrehte und sie ihn dort sitzen sah.

Es handelte sich um keinen geringeren als denjenigen, der vor der Tür der Fletchers gestanden und eindringlich nach Jeremy gefragt hatte.

Der Mann erhob sich und kam breit lächelnd auf Jeremy zu. „Mr. Adams, ich freue mich dich zu sehen."

Es erfolgte ein brüderliches Klopfen auf die Schultern. „Und wen hast du uns da zauberhaftes heute mit in die Firma gebracht?"

Mit diesen Worten, sowie einem selbstsicheren Blick schnappte sich Joel das Handgelenk von Emiliana und deutete einen Kuss an.

Er sah ihr tief in die Augen. „Wir kennen uns bereits."

Verdutzt über diese Aussage fiel ihr nichts besseres ein, als einmal kurz zu nicken.

„Sehr schön", begann Joel eine neue Konversation. „Bitte setzt euch doch."

Jeremy und Emiliana leisteten Folge.

Joel hingegen nahm auf der Kante seines Schreibtisches Platz.

Da er ungeniert in den Ausschnitt ihrer Bluse starrte und sein Blick sogar bis an den Saum ihres Rockes wanderte, zog Emiliana diesen soweit es eben ging über die Knie.

Der CEO schnaufte hörbar durch, doch sein Lächeln blieb.

„Wie heißt denn unsere liebe Miss Brooks?"

Vorwurfsvoll sah Emiliana zu Jeremy hin.

Auch ihm sah man an, dass er in diesem Moment am liebsten im Erdboden versunken wäre.

Schließlich wusste sie nun, dass noch jemand in die Sache eingeweiht worden war. Nicht irgendjemand, sondern dieser schmierige selbstverliebte Kerl, dem sie schon auf Staten Island liebend gerne in den Allerwertesten getreten hätte.

Als Joel die Verdutztheit in den Gesichtern ausmachte, kräuselte er die Stirn. „Verstehe."

Dann sah er vorwurfvoll zu Jeremy. „Alles muss man selber machen, nicht wahr?"

„Joel, hör zu. Es ist nicht nötig, denn sie wird mein Büro nicht verlassen und ..."

Mit dem Finger verneinte Joel umgehend und lachte auf: „Jeremy, manchmal wundere ich mich dann doch, dass ausgerechnet du mein bester Repo-Man bist. Nun ja, Miss Brooks, Sie müssen entschuldigen. Er kann mit Zahlen umgehen, scheinbar aber nicht Frauen."

Jeremy kippte den Kopf in den Nacken. „Komm schon, das ist nicht notwendig."

Schmollend schob Joel die Lippen nach vorne. „Okay, hast ja recht. Trotzdem brauchen wir eine Namen für ..."

„Miss Fine", unterbrach Jeremy energisch.

Joel dachte kurz nach, dann wandte er sich an Emiliana. „Einige Männer schenken einer Frau nach leidenschaftlichem Sex, teures Parfum, Blumen oder lassen ihr diskret ein paar Scheinchen auf dem Nachttisch liegen. Aus dir macht unser Jeremy ein Kindermädchen aus den neunziger Jahren. Gefällt mir."

Jeremy schüttelte den Kopf. „Das ist nicht lustig, Joel. Du wolltest einen Namen, da hast du ihn."

Übertrieben arrogant neigte Joel das Kinn nach unten. „Vorsicht, mein bester. Vorsicht."

Jeremy verstand.

Plötzlich tanzte Joels Smartphone vibrierend über die Tischplatte.

Er erhob sich und nahm es in die Hand. „Entschuldigt mich, ihr Süßen, aber die Geschäfte warten nicht gerne. Ich möchte nachher bitte noch ein Gespräch mit Miss Fine führen. Bleibt also unbedingt für mich erreichbar."

Als Jeremy sich erhob, setzte Joel nach. „Keine Fehler!"

Die Unterhaltung wurde beendet, durch die Annahme des Anrufs. „Mr. Tale am Apparat ...“

Zurück in Jeremys Büro blieb Emiliana mit offenem Mund vor dessen Schreibtisch stehen.

„Was ist?“

Diese Frage stellte er trocken, während er irgendeinen Text in den Computer tippte.

Emiliana stemmte die Hände in die Hüften. „Was los ist?“

Ohne die Augen vom Bildschirm zu lösen, deutete Jeremy auf den Stuhl vor seinem Schreibtisch. „Setz dich! Und tu mir einen Gefallen, schrei in diesem Haus bitte nicht rum.“

Emilianas Empörung wuchs sekündlich.

Sie musste raus. „Wo geht es zur Toilette?“

„Den Gang runter und dann die dritte ...“, Jeremy sah auf. Dann grinste er. „Nein, meine wilde Schönheit. Nicht heute. Ich sehe es dir an, was du vorhast. Also bring uns von dort hinten einen Kaffee und dann sei ein braves Mädchen. Du möchtest doch sicherlich nicht riskieren, dass Mr. Tale das Haus deiner Granny, binnen weniger Minuten wieder auf die Rote Liste setzt.“

Was hat er da soeben gesagt? Sein Chef würde das tun? Ich muss mir dringend etwas einfallen lassen, bevor es für mich in diesem Spiel zu spät ist.

„Du elender Mistkerl! Ich schwöre dir, dass wenn du oder irgendjemand meiner Granny ...“

Jeremy erhob die Hand in die Luft. „Miss Fine! Ich bevorzuge zwei Stück Zucker und einen Schuss Milch.“

Emiliana kam es in diesem Augenblick so vor, als ob er eine raffinierte Partie Schach mit ihr spielte.

Sie hingegen schien lediglich darauf fixiert, die Figuren auf einem Mensch-ärgere-dich-nicht-Feld abzuräumen.

Großartig! Ich stecke tiefer in der Scheiße, als ich es ..., wollte Emiliana denken, als die Tür aufgerissen wurde.

Jeremy sah erschrocken auf.

Als er die rothaarige Frau mit der Lesebrille auf der Nase erkannte, fragte er gelangweilt. „Miss Chandler, schon mal was von Anklopfen gehört?"

Die Frau begann zu stottern. „Ja, also ich ..., Entschuldigung, Mr. Adams. Aber ..."

„Geht es wieder um den Bricks-Fall?"

Die Frau schien erleichtert über die Frage zu sein.

Mit sicheren Schritten ging sie weiter auf den Schreibtisch zu. „Ja, genau um den geht es! Manchmal glaube ich, Sie können Gedanken lesen, Mr. Adams."

Jeremy sah kurz vom Bildschirm auf. „Miss Fine! Der Kaffee!"

Emiliana traute ihren Ohren nicht.

Ihre Atmung ging in kurzen, aufgebrachten Stößen und eine unangenehme Hitze kroch ihr von ihrem Ausschnitt aus bis über die Wangen hoch.

Sie zog die untere Lippe zwischen die Zähne und musste schwer schlucken, als sie sah, wie Miss Chandler sich zwar kurz nach ihr umsah, ihre volle Aufmerksamkeit jedoch umgehend wieder auf Jeremy richtete.

Warum auch nicht? Er sieht verdammt seriös, umwerfend und attraktiv in seinem Anzug hinter dem Schreibtisch aus. Klar, dass die olle Bitch allein beim bloßen Hinsehen ein feuchtes Höschen bekommt. Wenn ich nicht aufpasse, dann ...

Seine Stimme drang durch das Büro. „Miss Chandler, ich sagte Ihnen bereits letzte Woche, dass Sie keinerlei Bedenken oder gar Ängste in dem Fall haben müssen. Mr. Bricks wird es verstehen, dass er und seine Frau ..."

„Genau da ist das Problem. Seine Frau akzeptiert nicht, dass ich ihr den Pfändungsbeschluss vorgelegt habe. Sie meinte sogar ich wäre inkompetent, weil sie bisher keinen weiblichen Repo-Man in dieser Branche gesehen hätte. Bitte Mr. Adams, können wir morgen nicht doch gemeinsam zu den Bricks fahren?"

Jeremy schüttelte mehrfach mit dem Kopf. „Nein, denn genau das würden die Bricks erwarten. Damit wäre aber Ihnen und allen weiblichen Kolleginnen bei Marshall-Enterprises nicht geholfen. Im Gegenteil! Wenn ich oder Mr. Tale auftauchen, dann ist Schicht! Aber wie soll man Sie dann jemals im Außendienst für kompetent halten, Miss Chandler?"

Die Frau spielte verlegen mit einer Strähne ihres Haares. Emiliana fühlte sich plötzlich wie eine Katze, die am liebsten ihre Krallen ausfahren und der tollen Repo-Frau damit gerne das aufgesetzte falsche Lächeln aus dem Gesicht kratzen würde.

„Das ist so süß von Ihnen, Mr. Adams. Ich wüsste nicht, was ich ohne Sie in dieser Firma machen würde."

Während Emiliana dachte, sie müsse sich jeden Moment übergeben, begann Jeremy herzlich zu lachen.

„Miss Chandler, Sie würden auch ohne mich genau dasselbe tun, was Sie in diesem Job tagtäglich tun müssen."

Sein Blick traf plötzlich den von Emiliana und irgendein ein Teufel in ihm drängte Jeremy regelrecht zu seiner nächsten Handlung.

Etwas, was er vorher noch nie getan hatte und sich auch nicht erklären konnte, warum das ausgerechnet heute sein musste.

Seine Stimme wurde weich. „Miss Fine. Bitte bringen Sie doch Miss Chandler auch einen Kaffee."

Emilianas Körper zuckte so stark bei dieser Aussage, weshalb sie beschloss, sich vorerst lieber der Maschine in der Ecknische zuzuwenden.

Miss Chandler hingegen kam ein undefinierbarer Laut der puren Freude über die Lippen. „Oh, vielen Dank, Mr. Adams. Ich weiß gar nicht …"

„Nicht der Rede wert. Setzen Sie sich einen Augenblick."
Die Frau nahm Platz und Emiliana brachte wie geordert die dampfenden Tassen zum Schreibtisch.

Da sie nur von Jeremy wusste, wie er seinen Kaffee bevorzugte, stellte sie Miss Chandler das heiße Getränk in pechschwarzer Farbe vor die Nase.

Diese kniff umgehend die Augenbrauen zusammen. „Schätzchen, wer soll das trinken? Ich nehme immer Milch in meinen Kaffee."

Schätzchen? Nur, weil mich Mr. Tale als Praktikantin angepriesen hat, muss diese eingebildete Schnepfe nicht denken, dass ich eine Sklavin bin. Der gebe ich gleich ihren Kaffee, und zwar über …

Jeremy ergriff das Wort: „Miss Fine, bitte korrigieren Sie das Versehen mit dem Kaffee. Danke."

Er ließ es tatsächlich so klingen, als trage sie die Schuld.

Emiliana schnappte sich die Tasse und ging wütend zurück in die Ecknische um Milch in die Tasse zu füllen.

Plötzlich vernahmen ihre Ohren ein Wimmern.

Es kam selbstverständlich über Miss Chandlers Lippen. „Ich weiß manchmal nicht ob ich diesen vielen schweren Aufgaben überhaupt gewachsen bin. Ich meine, ich habe mein Studium mit Auszeichnung abgeschlossen und auch in den meisten Schriftsätzen bin ich schneller als andere Kolleginnen oder gar Tippsen, doch ich bin so unsicher, teilweise ängstlich …"

Sie stoppte um sich eine, für Emiliana offensichtlich mit allem schauspielerischen Können, rausgepresste Träne von der Wange zu wischen.

Hoffentlich ist die Alte bald fertig, denn ich kann es echt nicht …, dachte Emiliana als ihre Augen mitansehen mussten, wie Jeremy sich aus seinem Stuhl erhob.

Zur Krönung stellte er sich direkt vor Miss Chandler. Seine Hand ruhte auf deren Schulter. „Alles in Ordnung. Ich bin mir sicher, Sie leisten großartige Arbeit."

Wie auf Kommando schlang die Frau ihre Arme um seine Hüften.

Ihren Kopf vergrub sie dabei seitlich in der Leistengegend.

Oh, mein Gott!

Emiliana musste den Blick abwenden.

Noch nie zuvor in ihrem Leben hatte sie ein solch derartig komisches Gefühl heimgesucht. Es fühlte sich an, als würde sie von Michael Myers persönlich von innen heraus ganz langsam aufgeschlitzt.

Die Wut ließ sie hingegen schnell wieder hinsehen.

Ihre Augen verfolgten Jeremys Hand, mit der er der rothaarigen Hexe über das Haar strich.

Warum nur um alles in der Welt empfinde ich den Mann, der mir gerade diese schmerzhaften Stiche in meinen eigenen Leib mit dieser Handlung versetzt, noch immer so verdammt sexy? Und warum zur Hölle sieht er mir dabei mitten ins Gesicht? Dieser kranke Spinner ...

„Kommen Sie, Miss Chandler. Ich bringe Sie in ihr Büro."

Bei dieser Aussage blieb für Emiliana einen Moment lang das Herz stehen.

Dass Miss Chandler beim Aufstehen ungeniert mit der Wange fest über seinen Schritt rieb, war eindeutig ein Zeichen dafür, was sie von ihm wollte.

Und er? ER geht darauf ein! Bringt sie in ihr Büro um sich einen blasen zu lassen oder schlimmer, um sie ordentlich durchzuficken?

Die Frau hakte sich fest in Jeremys Arm, warf Emiliana aber ein wohlwissendes Lächeln zu, so nach dem Motto - sie habe gewonnen.

Als Jeremy die Bürotür öffnete, griff Emiliana nach seinen Unterarm. „Du kannst doch nicht ...! Verzeihung, Mr. Adams. Ich meine, Sie können doch nicht ..."

Jeremy leckte sich provokant über die Lippe. „Miss Fine. Ich kann und ich werde!"

Damit entzog er ihr den Arm und ließ die Tür vor ihrer Nase zufallen.

„Nein ..., bitte nicht", kam es flüsternd über Emilianas Lippen.

Die Träne, die ihr plötzlich über die Wange rann, wischte sie mit einem hastigen Fingerstreif von sich.

Solch derartige Gefühle darf ich nicht zulassen! Es ist ein Zeichen von purer Verzweiflung und Schwäche. Und bei Gott, ich bin nicht schwach!

Ihre Hand umfasste die Klinke. Emiliana verließ das Büro!

Alles was Jeremy noch weiß, ist, dass eine halbe Stunde nachdem er Miss Chandler in deren Büro gebracht hatte, der Rettungsdienst mit Blaulicht und lautem Getöse vor Marshall-Enterprises zum Stehen kam.

Er selbst hatte diesen Begleitservice eigentlich nur genutzt, um ein paar Akten in einem Nebenraum kopieren zu können.

Außerdem war er sich felsenfest sicher, dass Emiliana sein Büro nicht ungefragt verlassen würde.

Zumindest nicht nach ihrer Bekanntschaft mit Joel, oder der Drohung, dass dieser in der Lage war, ihrer geliebten Granny binnen weniger Minuten alles nehmen zu können.

So täuscht man sich erneut! Dieses kleine Luder ...

Mit diesen Gedanken wandte er den Blick vom Wasser ab.

Über die schmale Treppe stieg er die Stufen in den unteren Bereich des Bootes hinab.

Emiliana hatte seit dem Vorfall in der Firma kein einziges Wort mit ihm gesprochen.

Und, dass Joel sie umgehend von Marshall-Enterprises fern sehen wollte, war durchaus verständlich.

Was ihn wunderte, war, dass Emiliana freiwillig aus dem Wagen stieg und ohne jeglichen Widerstand das Boot betrat.

Verstehe einer diese Frau!

Jetzt wollte Jeremy allerdings ein paar simple Antworten. Da auch heute auf den Catering-Service Verlass gewesen war, traf er sie essend am Tisch des Wohnbereichs an. „Wie ich sehe schmecken dir die Calamari ausgezeichnet." Er erhielt keine Antwort.

Jeremy nahm Platz und begann damit seinen Teller zu füllen.

Das Schweigen während des gesamten Essens war kaum zu ertragen, weshalb er es erneut versuchte.

Die Tonlage klang dabei wie in einem klassischen Mafia-Film. „Warum hast du das getan?"

Emiliana sah von ihrem Teller auf. „Was getan?"

Jeremy lachte.

Dann rieb er seine Handflächen aneinander. „Ich bitte dich! Lass Miss Unschuld heute ausnahmsweise mal außen vor. Ich meine, das war echt heftig."

Nun war es Emiliana die breit lächelte. „War es das?"

„Allerdings", seine Antwort glich einem Knurren.

Will er etwa gleich den großen bösen Wolf rauslassen? Komm schon! Heute ist Rotkäppchen in genau der richtigen Stimmung ...

Sie nahm das Weinglas zwischen die Finger.

Ein Schluck, dann sagte sie: „Ich wurde provoziert. Nicht mehr und nicht weniger."

Jeremy erhob sein Glas. „Cheers! Dabei dachte ich, ihr würdet bestens miteinander auskommen. Ich meine, immerhin teilt sie deinen Geschmack sich einem Kerl wie mir wortwörtlich in den Schritt zu schmeißen."

Wörtlich nahm Emiliana dann wohl eher letzteres, denn sie umfasste den Rand ihres Glases und warf es mit Schwung in Richtung Jeremy.

Dieser konnte zur Seite ausweichen, sodass es lediglich an der Lichtleiste der Wand in tausend Scherben zersprang.

Emiliana sprang auf und schnappte sich den leeren Teller.

Auch Jeremy stand.

„Kein fairer Kampf! Mann gegen Frau. Findest du nicht?"
„Etwa für dich, Mr. Loverboy?"
„Für dich, Honey!"
Er schob sich die Ärmel seines Hemdes in die Armbeugen.
Dann winkte er sie provokant zu sich. „Komm her!"
Plötzlich flog der Teller wie eine Frisbee durch die Luft.
„Autsch!"
Jeremy fasste sich an die Wange, dorthin wo das Porzellan
seine Haut wie eine Rasierklinge geschnitten hatte.
Als er das Blut auf den Fingerkuppen sah, stieg die Wut.
„Genug gespielt!"
Emilianas Lächeln stockte, als sie sah, wie er mit nur
einem einzigen Armzug den kompletten Tisch abräumte.
Porzellan, Gläser, Flaschen, Schüsseln und auch die Salz-
und Pfefferstreuer flogen nach allen Seiten.
Die teuren Business-Schuhe quietschten auf dem
Holzboden des Bootes, während er um den Tisch herum
immer näher auf sie zukam.
Sie hingegen schnappte sich eine Gabel, die auf ihren
Stuhl gefallen war und erhob diese bedrohlich in seine
Richtung.
Jeremy seufzte. „Wen willst du damit erschrecken? Ich
meine, dir ist schon durchaus besseres eingefallen."
Er riss sich das Hemd über der linken Brust auf und
deutete auf die weißen Narben, die Buchstaben erkennen
ließen.

LIA

Ihren Kurznamen hatte sie ihm auf Staten Island mit
einem Korkenzieher fein säuberlich in die Haut geritzt.
Im nächsten Moment griff Jeremy nach der am Boden
liegenden Flasche, schraubte den Verschluss mit den
Zähnen auf, spuckte diesen seitlich von sich und trank.
Dann sah er sie durch zusammengekniffene Augen böse
an. „Verdammt, Lia! Weißt du, was ich jetzt tun werde?

Nein? Nun, ich werde dir kräftig den Arsch versohlen, damit du endlich lernst, wann es besser wäre, zu gehorchen. Dein Daddy hat das leider nicht gekonnt, aber es ist bekanntlich nie zu spät, um die Dinge nachzuholen." Wieder hatte er ihren verstorbenen Vater erwähnt.

Dieses Mal verfiel Emiliana nicht ihren Emotionen, sondern versuchte einen kühlen Kopf zu bewahren.

„Genau wie deine Mutter dir nicht beibringen konnte, dass man sich nicht mit Nutten einlässt. Nun ja, vermutlich war sie selbst eine."

Ohne Vorwarnung wurde Jeremy vor seinem inneren Auge in eine andere Zeit katapultiert.

Er sah seine Mutter, das Grab seines Vaters, seinen Onkel, der in der Küche des Hauses die Hände fest um ihren Hals legte und dabei schrie: „Du versaute Nutte hast es mit meinem Bruder getrieben, wieso also nicht auch mit mir?"

Ich war ein Kind. Neun Jahre alt. Was hätte ich tun können?

Emiliana nutzte diesen tranceähnlichen Zustand und rannte zur Treppe.

Kurz vor Erreichen der rettenden Holztür spürte sie eine Hand um ihren Knöchel. Sie stürzte.

Jeremy wollte sich gerade ihr Bein schnappen, um sie wieder zu sich herunterzuziehen, als der unerwartete und massive Tritt ihres freien Fußes dieses Vorhaben verhinderte.

So schnell sie nur konnte, rappelte sie sich auf und fiel regelrecht aus der Holztür hinaus auf das Deck.

Es war stockfinster.

Bis auf die Beleuchtung des Bootes konnten ihre Augen lediglich ein paar schwache Lichtschimmer in etlicher Entfernung ausmachen.

Schnellen Schrittes lief Emiliana um die Kabine herum.

Auf dem Durchgang, der sie auf den Steg führen sollte, knickte ihr Fuß in den Pumps ab, was sie diese von den Füßen streifen und wegwerfen ließ.

Emiliana traute ihren Augen nicht, als sie sah, dass der Durchgang durch eine hüfthohe Lade verschlossen worden war.

Mit Leichtigkeit könnte man darübersteigen, doch dann wäre man nicht auf dem sicheren Steg, sondern im Wasser.

Er hat das Boot auf den offenen See hinaustreiben lassen?

„Honey! Wo steckst du?"

Sie drehte den Kopf.

Dann entdeckte sie zwischen aufgestapelten Kisten eine Möglichkeit sich und ihren schlanken Körper zu verstecken.

Jeremy kam wenige Augenblicke später zu der Stelle, an der sie gerade gestanden hatte.

„Honey, komm schon! Sei nicht kindisch. Ich will nur mit dir red ...", weiter kam er nicht.

Irgendetwas schlang sich von hinten um seinen Hals und wurde dabei immer mehr zusammengezogen.

Seine Hände griffen danach - ein Seil!

Und zur Krönung ein Klammeräffchen gratis auf seinem Rücken, dass tatsächlich glaubte, ihn in die Knie zwingen zu können.

Wenn ich nicht gleich was dagegen unternehme, dann werde ich jämmerlich ersticken, also ...

Mit Nachdruck begann Jeremy an dem massiven Seil zu zerren. Emiliana hielt auf seinem Rücken mit aller Kraft dagegen.

„Sorry Honey, aber du willst es nicht anders", keuchte er mit hochrotem Gesicht, während er ein paar schnelle Schritte nach hinten machte.

RUMS!

Ihre Wirbelsäule traf auf ein Fenster des Bootes.

So hart, dass das Glas in der Mitte Risse bildete und zu bersten begann.

Der Schmerz fuhr durch ihren Körper hindurch und sie rang nach Luft.

Dieser Akt verschaffte Jeremy den nötigen Freiraum, um sich von dem Seil lösen zu können.

Er holte tief Luft, als er sich zu ihr umwandte. „Hast du genug? Ich meine, war das nötig?"

Emiliana stand trotzig da und starrte ihn mit diesem ganz besonderen Blick an.

Diesen setzte sie immer auf, wenn sich mal wieder die Dämonin in ihr auf den Thron setzte.

Was aber will sie tun? Sie steht schließlich buchstäblich mit dem Rücken gegen die Wand, pardon, gegen das Fenster.

Ihr Kinn hob sich. „Warum hast du diese Büroschlampe denn nicht gefickt, so wie du es eigentlich wolltest?"

Jeremy neigte den Kopf schief. „Ficken? Wie kommst du darauf, dass ich das vorhatte?"

Ihre Atmung beschleunigte sich bei der Erinnerung an den unheilvollen Vormittag.

Sie biss die Zähne fest zusammen. „Du sagtest, du kannst und du wirst!"

Jeremy grinste. „Sagte ich das?"

Ihm war sofort bewusst, was Emiliana damit meinte, denn er erinnerte sich genauestens an seine Worte.

Jetzt kam er einen weiteren Schritt auf Emiliana zu. „Nur deshalb hast du die arme Miss Chandler in ihrem Büro aufgesucht?"

Sie beugte sich nach links, um sich zumindest das Gefühl einer Fluchtmöglichkeit zu belassen. „Nein, natürlich nicht. Wo denkst du hin? Ich wollte lediglich wissen, wo es zur Toilette geht."

Jeremy atmete gelangweilt aus. „Zur Toilette? Sicher doch. Dort hat man euch beide schließlich angetroffen. Nur, dass meine Kollegin auf den ersten Blick nicht danach ausgesehen hat, als hätte sie ihre Blase erleichtert. Nein, sie sah so aus, als hätte Freddy Krüger ihr persönlich einmal mit seinen Messerfingern über das Gesicht gestreichelt."

In Emilianas Blick loderte erneut das wilde Feuer auf.

„Deine Kollegin schafft es leider nicht von der Kabine bis hin zum Waschbecken, ohne dass sie dabei stürzt. Ich meine, nur gut, dass ich dagewesen bin, denn ..."

„Lia! Schluss damit! Du hast Miss Chandler aus unerklärlichen Gründen gegen den Spiegel gestoßen. Und ihr im Anschluss mit den Scherben höchstwahrscheinlich die Augen auskratzen wollen."

„Jeremy, das ist reine Spekulation ..."

„Spekulation? Entschuldige, aber dann bin ich jetzt ganz einfach mal der Annahme, dass Miss Chandler sich diese Art von Verletzungen nicht selbst zugefügt haben konnte und der reine Sturz gegen den Spiegel hätte wohl eher eine dicke Beule verursacht."

Jeremy verschränkte siegessicher die Arme. „Nein, meine süße Wildkatze, das warst du! Und wären Todd, Joel und ich nicht dazugekommen, wer weiß ..."

Emiliana überbrückte die Distanz mit nur einem Schritt, ehe sie Jeremy am Kragen seines Hemdes packte.

Fast schon berührten sich die Nasenspitzen als sie zischte:

„Es ist alles deine schuld!"

„Meine schuld?"

„Verflucht noch mal, rede ich chinesisch rückwärts? Deine schuld!"

Emiliana erinnerte sich schmerzhaft daran, wie sie nach einer Weile des Umherirrens in den verzwickten Räumlichkeiten von Marshall-Enterprises endlich an einen Übersichtsplan kam.

Dieser umfasste die einzelnen Büroräume, inklusive Namen der darin arbeitenden Personen.

Nachdem Emiliana kurzerhand den Raum 202e ohne vorheriges Anklopfen betrat, staunte sie nicht schlecht.

Statt Jeremy und Miss Chandler in flagranti zu ertappen, sahen ihre Augen die Frau lediglich telefonieren.

Der dicke Mann, der auf den Namen Todd hörte, lehnte an einem Aktenschrank und musterte Emiliana über einen der Ordner hinweg.

Sie hob die Hand zu einer entschuldigenden Geste.

„Tut mir sehr leid. Eigentlich suche ich nur die Toilette."

Miss Chandlers Stimme drang piepsend durch den Raum.

„Mr. Omar, ich melde mich in wenigen Minuten noch mal bei Ihnen, bis dahin sollte das Fax angekommen sein."

Aufgelegt.

„Miss Fine, richtig?"

„Richtig", antwortete Emiliana mit einem süßen Lächeln.

Schnaubend erhob sich Miss Chandler.

Zu Todd sprach sie. „Bin gleich zurück."

Dieser nickte.

Auf dem Flur ging Miss Chandler wortlos vor Emiliana her, solange bis sie an eine graue breite Tür kamen, deren Schild diesen Raum eindeutig als Damentoilette auswies.

Sie öffnete die Tür und deutete hinein.

Emiliana lächelte noch immer.

Womit sie nicht gerechnet hatte, war, dass Miss Chandler selbst beschlossen hatte, eine der Kabinen zu benutzen. Und auch wenn sie eigentlich kaum den Drang verspürte Wasser lassen zu müssen, tat sie es.

Es war ein beklemmendes Gefühl, welches Emiliana dabei empfand.

Mit einer Freundin sicherlich kein Problem, doch mit einer Rivalin, die sich noch dazu erdreistet hatte, ihm so nahe zu kommen, war das etwas vollkommen anderes.

Die Spülungen wurden zeitgleich betätigt und auch das Verlassen der Kabinen erfolgte nahezu synchron.

An den Becken wagte Emiliana den Blick als Erste durch den Spiegel.

Miss Chandler grinste süffisant, als sie es bemerkte. „Glauben Sie ja nicht Miss Fine, dass man nach ein oder gar zwei Wochen Praktikum gleich von den oberen Bossen eingestellt wird. Es ist ein langer Weg nach Marshall-Enterprises und nicht jeder, beziehungsweise jede, ist dafür geeignet."

„Nun, ich gebe mein bestes", antwortete Emiliana mit breit aufgesetztem Lächeln.

Miss Chandler seufzte, während sie sich Papier aus dem Spender herausriss. „Ich sage es dir nur einmal im Guten, Püppchen. Denk in deinem Praktikantinnen-Dasein nicht einmal im Traum darüber nach, Mr. Adams zu nahe kommen zu können."

Emilianas Augen blitzten bei dieser Ansage.

Dann fragte sie: „Und wenn doch? Was dann?"

Mit der Zunge über die Lippen leckend kam Miss Chandler sehr nahe an sie heran. „Dann werde ich persönlich dafür sorgen, dass du nie wieder in irgendeiner Firma von Manhattan Fuß fassen wirst. Habe ich mich da deutlich genug ausgedrückt? Außerdem ..."

Sie sah abwertend an Emiliana herab.

„Mr. Adams hat Stil und hat es von daher gewiss nicht nötig, sich mit einer Frau einzulassen, die ihre Klamotten mindestens eine Nummer zu groß wählt. Herr Gott, welche Bitch auf diesem Planeten würde so etwas tun? Ich sag´s dir: Keine!"

Mr. Adams hat mich also nicht nötig, okay. Aber Bitch ..., dachte Emiliana während sie grob in das wallende Haar von Miss Chandler griff.

In einem schnellen Zug riss sie deren Kopf nach Hinten.

Mit Blick in die nunmehr angsterfüllten Augen sprach sie: „Ich sehe nur eine Bitch!"

Mit voller Wucht schwang Emiliana den Arm nach vorne. Haut traf Glas.

Damit nicht genug, sondern sie begann Miss Chandlers halbe Gesichtspartie einmal quer über die scharfkantigen Risse des Spiegels zu zerren.

Blut tropfte in das darunterliegende Becken.

Dann begann Miss Chandler zu weinen und zu schreien.

Schockiert über ihre Tat, ließ Emiliana von der Frau ab.

Diese sackte zu Boden.

Ihr Rufen hatte einige Männerstimmen auf den Plan gerufen, dass konnte man durch die Tür hindurch deutlich hören.

„Kam das von da drinnen?"

„Ich schätze schon."

„Meine Güte, Männer. Als ob ihr in solch einer Situation den Raum nicht betreten könntet."

RUMS! Die Tür flog auf.

Mr. Todd sah verstört in die Gesichter der beiden Frauen.

Emiliana hatte sich rasch dazu entschlossen sich neben Miss Chandler zu knien, in der Hoffnung, dass es so aussah, als hätte sie ihr lediglich helfen wollen."

Ein Wimmern kam jetzt über deren Lippen. „Todd? Bitte hilf mir. Diese Frau ..."

Das war es dann, dachte Emiliana, denn jetzt flog sie auf.

„Gehen Sie zur Seite, Todd! Und machen Sie sich nützlich", forderte plötzlich eine weitere Stimme.

„Was soll ich denn ihrer Meinung nach tun, Mr. Tale?"

Joel sah seinem Mitarbeiter böse in die Augen. „Wie wäre es, wenn Sie den Rettungsdienst alarmieren?"

„Ähm ..., ja. Gewiss doch."

Todd verließ den Raum.

Er lief eilig an einem völlig orientierungslosem Jeremy vorbei, der noch immer nicht realisieren konnte, was seine Augen da zu sehen bekamen.

Die Damentoilette gleicht einem Schlachtfeld und was ..., weiter kam er nicht, denn Joel schrie ihn regelrecht an.

„Adams, großer Gott! Stehen Sie nicht rum, sondern nehmen Sie Miss Fine und dann raus hier!"

Er tat es.

Seit er wieder mit ihr auf das Boot zurückgekehrt war, hoffte Jeremy inständig, dass Joel sich bald bei ihm melden würde.

Schließlich musste er unbedingt wissen, wie die Sache letztendlich ausgegangen war.

Dass sie sich in dieser Nacht mitten auf dem See befanden, war zu ihrer eigenen Sicherheit von ihm erdacht, denn sollte Miss Chandler mittlerweile Anzeige erstattet haben, gab es für die hiesigen Cops nurmehr einen weiteren Grund um nach Emiliana zu fahnden.

Jetzt stand sie vor ihm und behauptete allen Ernstes, dass alles was geschehen ist, einzig und allein seine Schuld war.

Jeremys Worte kamen ruhig über seine Lippen. „Dachtest du wirklich ich hätte Sex mit ihr?"

Bei diesen Worten verzogen sich Emilianas Lippen, wieder war da dieses kaum zu ertragende Gefühl, welches sie vorher nicht im Ansatz kannte.

Sie hob den Arm, um ihn zu schlagen.

Er packte sie am Handgelenk.

Tränen glitzerten in ihren Augen, ehe sie durch die Zähne sprach: „Ich werde nie wieder mit dir Sex haben!"

Jeremy drückte ihr schmerzhaft das Gelenk zusammen. „O Honey, ich habe auch keinen Sex mit dir. Aber das sagte ich ja bereits."

Seine Hand umfasste den Stoff ihres Rockes und riss ihr diesen in zwei Teile.

Als sie nur noch in Bluse und Höschen vor ihm stand, fuhr er fort: „Ich werde dich wie die Male zuvor hart ficken!"

Die enorm große Ausbeulung in seiner Hose bestätigte ihr dieses Statement umgehend.

Jeremy hob ihren Arm hoch und drückte sie zurück bis an das Fenster.

Mit der anderen neigte er ihren Kopf zur Seite, damit er ihren Hals küssen konnte.

Zu hören und zu fühlen, wie sie nach Luft schnappt, wie sie stöhnt, wie sich ihr Körper meinen Fängen langsam, aber sicher ergibt ....

Bei diesen Gedanken klemmte Jeremy den Oberschenkel zwischen ihre nackten Beine.

Dies hatte zur Folge, dass ihr seidiges Höschen auf sein Knie traf und sie quasi auf diesem ritt.

Mit den Zähnen begann er an ihrem Ohrläppchen zu knabbern.

Das kribbelnde Gefühl bescherte Emiliana eine Gänsehaut über den gesamten Körper.

Seine Stimme raunte in ihr Ohr: „Bist du eifersüchtig?"

Jeremys Hand umfasste dabei ihre perfekte Brust.

Leider wurde diese noch immer von dem seidigen BH stilvoll gehalten und vom zarten Stoff der Bluse verdeckt.

Da ihre Atmung immer schneller ging, beschloss er über ihren Bauch bis hinab an den Rand des Höschens zu streichen.

Seine Zungenspitze neckte dabei ihren verschlossenen Mund, dann flüsterte er: „Leugne es, doch ich weiß es."

Emilianas wunderschöner Blick verfing sich in seinen Augen.

Langsam drehte sie ihren Kopf gerade.

Und im nächsten Moment unterbrach sie auch schon die körperliche Verbindung.

„Ich will nicht ficken! Weil ich dich nicht will!"

Ihre Stimme klang jetzt wie die einer strengen Lehrerin.

Einer, von der jeder Junge mindestens einmal in seiner Teenagerzeit geträumt hatte und mit einem Samenerguss am darauffolgenden Morgen erwacht war.

Jeremy biss sich theatralisch auf die Lippe. „Autsch! Das tat weh."

„Das hoffe ich sehr", kam es zischend aus ihrem Mund und bereits im nächsten Augenblick sah Jeremy Sterne. Der ganze Tag war schon ein einziger Fehler in ihrem Leben gewesen, zumindest fühlte es sich für Emiliana so an.

Warum sollte ich ihm dann jetzt auch noch einen geilen Ritt gewähren? Niemals! So naiv bin ich nicht.

Sie warf den mittelgroßen Feuerlöscher von sich.

Diesen bekam ihre Hand kurz zuvor neben sich zu fassen und ihre Dämonin befahl ihr umgehend zuzuschlagen. Sie tat es!

Als Jeremy zurückwich, floh Emiliana über das gesamte Deck bis ganz nach vorne an die Reling.

Von dem Schlag wie benommen folgte Jeremy so schnell es ihm möglich war.

Als er sah, dass Emiliana in eine Art Sackgasse gelaufen war, kehrte das Grinsen schnell auf sein Gesicht zurück.

„Scheiße, Honey! Dir darf man keine Sekunde den Spielraum überlassen. Wird so schnell auch nicht wieder vorkommen."

Emiliana griff mit beiden Händen an die Brüstung des Bootes. Anschließend kletterte sie wie Rose DeWitt Bukater darüber.

Jeremy schüttelte mehrmals den Kopf um klarer sehen zu können und auch der Schwindel ließ merklich nach.

„Wilde Schönheit, was erwartest du von mir? Eine filmreife Szene? Okay, wie du willst. Lass mich überlegen. Moment ja ..., ähm ..., gleich hab ich es! Also pass auf ..."

Jeremy räusperte sich übertrieben laut.

Dann rief er: „So kaltes Wasser, wie das da unten, ist wie tausend Stiche, die man am ganzen Körper spürt. Man kann nicht mehr atmen, man kann an nichts mehr denken und ..."

Als er Emilianas bitterbösen Blick begegnete, da sie sein Schauspiel, alias Jack Dawsons Part aus Titanic, rein gar nicht witzig empfand, ließ er es an der Stelle lieber bleiben. Er stand nun unmittelbar vor ihr.

Nur die schmale Brüstung trennte die beiden, doch er griff nicht nach ihr, sondern sah auf das pechschwarze Wasser hinab.

Dann öffnete er wieder den Mund. „Hm, worauf wartest du?"

Emiliana hielt still.

Sie wollte ihm zwar entkommen, doch dort hinunterspringen, das war eine völlig andere Geschichte. Jeremy grinste. „Gib mir die Hand."

Emiliana kniff kurz die Augen zu, dann gab sie nach. Ihre Hand ruhte auf seinem Unterarm und er umschloss fest den ihren.

Es fühlt sich sicher an. Er gibt mir Halt. Unglaublich dieser Mann. Dann diese Augen. Mir scheint, als lese er jeden Atemzug, jedes Zittern, jede Angst von mir ab. Beinahe wie ein Magier, der ...

Weiter kam sie nicht.

Denn es schien so, als verwendete er all diese Reaktionen plötzlich gegen sie.

Ohne jede Vorwarnung nahm der Druck seiner Hand auf ihren Unterarm merklich ab.

Mit weit aufgerissenen Augen schrie Emiliana erschrocken auf. „Jeremy, das kannst du nicht machen!"

Sein Atem streifte ihre Wange. „Scht! Das hier passiert, weil du es so wolltest."

Die Geräusche einiger Schwäne, die irgendwo mitten auf dem See schwammen, klangen in der Stille der Nacht wie Alarmglocken.

Stück für Stück entglitt ihr der schützende Arm. Ihre Augen flehten ihn an, doch er blieb eisern.

„Du brauchst dringend ein wenig Abkühlung, Honey."
Dann ließ er sie los.
Emiliana blieb nichts weiter übrig als ihren Körper anzuspannen und auf den Aufprall im Wasser zu warten.
PLATSCH!
Die innere Panik war nun nicht mehr aufzuhalten.
Sie zog sich mit ein paar Armzügen an die Oberfläche.
Dann holte sie tief Luft.
So stark, dass sie im nächsten Moment in regelrechte Schnappatmung verfiel.
Jeremy konnte vom Boot aus beobachten, wie ihre Arme das Wasser um sich herum peitschten.
Sie glaubt doch nicht, dass ich auf diese „Hilfe-ich-ertrinke-Nummer" reinfalle. Nur, damit ich mich auch in das kühle Wasser begebe und sie mich dann eventuell allein durch ihre hysterische Art mit Leichtigkeit absaufen lässt ...
Mit diesem Gedanken schlenderte Jeremy in Richtung der Rettungsleiter.
Mit einem gezielten Kick hakte sich diese aus der Verankerung und glitt seitlich an der Wand des Bootes bis hinunter in das Wasser.
„Jeremy ...! Ich ... kann ... nicht ... schwimm ...!"
„Nein", bekam sie unnachgiebig von ihm zur Antwort.
„Und jetzt komm endlich rüber zu der Leiter."
Plötzlich wurde es still.
In dem Moment, als Jeremy wieder zu der Stelle blickte, wo sich bis gerade eben noch das Wasser durch ihr Schlagen in alle Himmelsrichtungen bewegte, konnte er nur noch ein paar mickrige Luftblasen aufsteigen sehen.
Jetzt realisierte er, dass Emiliana keinesfalls gelogen hatte, sondern tatsächlich in Schwierigkeiten steckte.
Das Adrenalin übernahm nun die vollständige Kontrolle.
Jeremy zog sich die Schuhe von den Füßen und nahm Anlauf in Richtung der Reling.
Ein Hechtsprung.

Nur einen Sekundenbruchteil später drang auch sein Körper tief an der Stelle in das Wasser ein, an der Emiliana unfreiwillig auf Tauchstation gegangen war.

Jeremy zwang sich, trotz der Dunkelheit, die Augen geöffnet zu lassen.

Der Lichtschein des Bootes erhellte zumindest noch ein klein wenig die Oberfläche des Sees und plötzlich konnte er ihre weiße Bluse sehen.

Mit aller Kraft, die er unter Wasser aufbringen konnte, riss er sie an sich und tauchte auf.

Anschließend zog er ihren willenlosen Körper wie ein Rettungsschwimmer bis hin zu der rettenden Leiter.

Jeremy musste Emiliana auf seinen Rücken nehmen und dabei ihre Arme schultern. Anders wäre er in keinem Fall mit ihr zusammen zurück auf das Boot gelangt.

An Deck legte er sie ab und begann umgehend mit der lebensrettenden Mund-zu-Mund-Beatmung.

Ihn suchten Schuldgefühle heim und er bedauerte es sogar, sie losgelassen zu haben.

Allerdings blieb dafür jetzt schlichtweg keine Zeit, denn er wollte momentan nur eines – ihr Leben zurück.

Klitschnass, noch immer in Anzughose und aufgerissenem Hemd gekleidet, schrie Jeremy: „Komm schon, Baby! Tu mir das nicht an."

Sein Mund senkte sich erneut auf ihre bläulichen Lippen. „Verdammt, Lia! ATME!"

Mit einem Mal bewegte sich ihr Brustkorb, die Halsadern zogen sich zusammen und sie begann zu husten.

Jeremy rollte Emilianas Körper umgehend zur Seite, damit das Wasser aus ihren Lungen auch aus ihrem Mund entweichen konnte.

Voller Euphorie gab er ihr einen Kuss auf die Stirn. Dann ließ er sich erleichtert auf seinen Hintern zurückfallen. Für einen kurzen Augenblick musste er tief Luft holen. Emiliana setzte sich auf.

Sie sah ihm mit einem empörten, wenn nicht sogar verständnislosen Blick an. „Ich hätte draufgehen können."
Jeremy nickte.
Das ist alles? Keine Antwort? Nur ein Nicken? Großartig!
Es folgten Worte: „Du siehst zum Anbeißen aus, wenn deine Haare nass sind."
Emiliana klappte der Mund vor Empörung auf.
Allerdings bewegte sich ihr Körper unruhig auf dem hölzernen Boden, da sie trotz aller Umstände einen Anflug von unbändiger Lust zwischen ihren Beinen verspürte.
Emiliana rieb sich die Augen.
Ein Drink und eine warme Dusche unter Deck, wären jetzt sicherlich …
Jeremy konnte nicht länger an sich halten.
Er packte sie an den nassen Haaren, zog ihren Kopf nach hinten und drang mit der Zunge in ihren Mund ein. Es war, als würde dieses Mal seine Atmung, und somit auch sein Leben, von diesem Akt abhängen.
Die Luft knisterte um die beiden herum und jede weitere Bewegung zeugte von extremer sexueller Spannung.
Er hat mich überwältigt. Skrupellos! Es gibt gefühlt keinen Zentimeter mehr an meinem Körper, den er nicht mit seinen Berührungen in Anspruch nimmt. Zur Hölle mit dir, Jeremy Adams, denn da gehörst du hin. Du bist der Teufel in Person! Und ich …? Ich brenne für dich!
Seine Hände vergruben sich fest in ihren langen Haaren.
Die Mitte presste er fest gegen das durchnässte Höschen.
So stark, dass es an ihrem Venushügel schmerzte.
Oh, mein Gott! Er ist extrem hart. Wie soll ich dieses überwältigende Gefühl des Drucks oder gar jeden Moment seine ganze Fülle überhaupt noch kontrollieren können?
Plötzlich griff Jeremy fest um ihren Kiefer.
Seine Blick fing dabei streng ihren erschrockenen ein.
„Honey, du wirst all diese Dummheiten nie wieder tun! Hast du mich verstanden? Ich sagte dir, dass jedes

Vergehen eine Bestrafung mit sich bringen wird und ich denke, dass ich dir genug Aufschub bereits gewährt hatte." Emiliana erhob drohend den Finger. „Was glaubst du, wer du bist? Ich bin keine Kundschaft von dir, denen du sagen kannst, wann, wo, und wieso sie ..."

Bevor sie weiter ihre Reden schwingen, beziehungsweise lauthals protestieren konnte, durchfuhr sie ein scharfer Schmerz, der über ihre gesamte Pobacke ausstrahlte. Emiliana kochte innerlich vor Wut.

Wie kann er es wagen, mir mitten im Satz den Hintern zu versohlen?

„Das nächste Mal wird es richtig wehtun! Es wäre deshalb wirklich besser, wenn du ..."

Jetzt war es an Jeremy, dass er den Satz nicht beenden konnte, denn ihr hochgezogenes Knie hatte genau auf die Zwölf getroffen.

Sein Körper zog sich unter dem enormen Schmerz wie ein Fötus zusammen und die Worte kamen nur noch keuchend aus ihm heraus. „Ah! Verflucht! Na, warte, Lia!"

Sie hingegen stürzte sich auf ihn und hämmerte mit den Fäusten auf seine Brust ein.

Jeremy bewegte sich dabei kein Stück, sondern ließ es über sich ergehen.

Als Emiliana sich schon beinahe sicher war, dass sie die Oberhand zurückerlangt hatte, packte er ihre Hüften. Kunstvoll rollte er sie von sich herunter und kam somit wieder auf ihr zum Stillstand.

Es war grotesk, doch er öffnete sogar seinen Mund und streckte ihr die Zunge heraus.

Sind wir im Kindergarten gelandet? Ich werde ihm jetzt ..., dachte Emiliana, doch keine Chance.

Er packte ihre Handgelenke und zog sie ihr über den Kopf. Diese hielt er dort mit extremer Leichtigkeit mit nur einer Hand fest, denn die andere brauchte er.

Jeremy grinste.

Dann schob er ihr den nassen Slip zur Seite und begann damit ihre Perle in sanften Kreisen zu reiben.

Ein Rauschen nahm Emilianas Ohren ein, dann schloss sie die Augen.

Wie in weiter Ferne vernahm sie sein Flüstern. „So ist es schon viel besser."

Alles, was sie daraufhin fühlte, waren erst ein, dann zwei Finger, die er sehr, sehr tief in sie drückte.

Die Wärme und Weichheit ihrer Erregtheit umfing ihn, und er konnte es kaum mehr erwarten, bis sich endlich dieser heiße Schleim um seinen gesamten Schaft verteilte.

Vorerst entschied er jedoch, ihr einen dritten Finger einzuführen.

Emiliana fuhr erschrocken hoch. „Aua! Nein! Das spannt!"

Jeremy glitt aus ihrer Spalte.

Den Schleim wischte er sich seitlich an seiner Hose ab, ehe er um ihren Kiefer griff.

Wieder drang seine Zunge tief in ihren Mund ein. Dann sagte er: „Du kannst es nicht ohne Widerworte, stimmt´s? Was soll ich nur mit dir machen? Oh, ich weiß! Allerletzte Warnung, Honey!"

Jeremy verschloss mit dem Finger seine Lippen. „Psst!"

Sein nächster Griff ging an den Knopf seiner Hose.

Offen!

Der Reißverschluss senkte sich allein beim Vorbeugen.

Noch immer hielt er ihre Handgelenke fest über dem Kopf, doch mit der anderen Hand leistete er ganze Arbeit.

Noch einmal sah Jeremy Emiliana tief in die Augen, dann drückte er seine Shorts nach unten.

Endlich konnte er seinem Schwanz die Freiheit geben, die dieser dringend benötigte.

Da Emilianas Körper sich erneut gegen ihn zur Wehr setzte, hob er für sie klar sichtbar den Arm.

Ihre Augen weiteten sich. „Das wagst du nicht!"

Sein Lächeln glich dem des Jokers.

Und noch ehe ein weiteres Worte über ihre Lippen kam, durchzogen tausend kleine Nadelstiche ihr Wange.

Er hat mich geschlagen!

Die Haut begann zu brennen, doch ihre Schamlippen zuckten.

Fuck! Dieser elende Mistkerl hat mich geschlagen!

„Wirst du jetzt ein braves Mädchen sein?" Die Tonlage war mehr als nur gespickt mit Sex.

„Hör auf damit, Jeremy!"

Wieder schlug er sie mit den Fingerkuppen auf die Wange. Dieses Mal ein klein wenig fester, sodass ihr Kopf sich dabei ein wenig zur Seite neigte.

Das Schlimme daran war jetzt gar nicht mehr die Tatsache, dass er sie ins Gesicht geschlagen hatte, sondern, dass dieser Schmerz in Kombination mit seiner vorherigen Androhung das Gefühl in ihrem Unterleib nahezu an den Rand eines Orgasmus trieb.

Jeremy grinste wohlwissend, dann strich er erneut durch ihre Spalte.

Ein kurzes Aufstöhnen. „So ist es richtig, Honey! Jetzt bist du bereit für mich."

Seine Finger streiften die Innenseiten ihrer Schenkel, um sie zu weiten. Dann schob er die dicke Spitze in ihren engen doch vollkommen nassen Eingang.

Dass Emiliana die Augen schloss und sich ihre Hüften ihm entgegenstreckten, gab Jeremy den Rest.

Ein kräftiger Stoß und ihr Körper bäumte sich unter ihm auf.

Ein Wimmern entwich ihren halbgeöffneten Lippen, denn das musste etwas schmerzhaft gewesen sein.

Jeremy hielt ihre Taille fest umschlungen, ehe er immer tiefer in sie vorstieß.

Emilianas Hände verkrampften sich und ihre Nägel kratzten über das Holz des Bodens.

Feiner Schweiß bedeckte Jeremys Stirn, als er sie komplett ausfüllte.

Der Druck seiner Hüften gegen ihren Hintern hatte das absolute Limit erreicht.

Dieser veranlasste ihn nunmehr dazu wieder ein paar Zentimeter aus ihrer engen Spalte herauszurutschen.

Einige Sekunden später stieß Jeremy erneut zu.

Emiliana entkam dabei ein höllisch geiler stöhnender Laut. Dieser war sogar imstande, ihm das letzte bisschen Einhalt, um das er schwer kämpfte, auch noch nehmen zu können.

Noch einmal entzog er ihr seinen harten Schwanz.

Dann endlich packte er Emiliana und nahm sich, was er schon die ganze Zeit über so dringend gebraucht hätte.

Haut klatschte an Haut.

Nasse Körper rieben aneinander und katapultierten sich tief im Inneren in ein fernes Universum voller Lust und Leidenschaft.

Die Sterne über ihnen waren die einzigen Zeugen, dass dies mit reinem Sex schon längst nichts mehr zu tun hatte.

Das war unstillbare Begierde.

Gnadenloses Ficken.

Besessenheit.

Dass Joel heute nicht mit Jeremys Auftauchen im Büro rechnen konnte, war klar, doch dass jener ihn seit gestern Abend auf eine Antwort warten ließ, missfiel dem CEO von Marshall-Enterprises auf ganzer Linie.

Die Sache mit Miss Chandler und der Toilette hätte auch ganz anders ausgehen können ..., dachte er während er den Laptop hochfuhr.

„Diese Frau ist tatsächlich eine richtige Herausforderung. Ein Monster durch und durch", flüsterte er in das Display. „Wahnsinn!"

Hoffentlich ist Jeremy ein richtiger Arsch zu ihr, so wie wir es bei den Bieren in seinem Haus besprochen hatten. Schließlich braucht diese Frau dringend eine starke Hand. Der Vorfall in der Firma bestätigte dies in vollem Umfang. Wäre ich nicht gewesen, wer weiß ...

Joels Smartphone vibrierte.

Jeremy.

Er las.

„Ich danke dir für die Informationen. Tut mir leid, wie das alles gelaufen ist. Und du bist dir ganz sicher, dass Miss C. die Füße stillhalten wird?"

Ein langgezogener Seufzer entfuhr Joels Lippen, dann tippten seine Finger.

„Glaub mir! Was in dieser Firma geschieht, bleibt in dieser Firma."

Genau diese Worte hatte er in furchteinflößender Art und Weise in das ohnehin geschundene Gesicht von Miss Chandler gesprochen, als sie gemeinsam auf das Eintreffen des Rettungsdienstes gewartet hatten.

Zwar verschlug es ihr regelrecht den Atem, doch sie wagte es nicht ihrem Vorgesetzten zu widersprechen.

Das Krankenhaus, wird also lediglich von ihrer eigenen Unachtsamkeit erfahren.

Grinsend fuhr sich Joel um den Dreitagebart.

Jeremy und seine Gespielin sind somit in Sicherheit. Zumindest noch ...

Nachdem Jeremy das Telefon in sein Jackett gleiten ließ, kehrte er zurück in die Schlafkabine.

Diese hatten sie in der Morgendämmerung aufgesucht, da sie beide verständlicherweise ziemlich erschöpft waren.

Jeremy sah zum Bett, worin Emiliana tief und fest schlief.

Nur ihre Lider zuckten, was ihn zu der Annahme verleitete, dass sie träumte.

Achtsam legte er sich neben sie.

Mit der Hand strich er ihr über den nackten Rücken bis hinunter zu den verführerischen Rundungen ihres Pos.

Seine Augen wurden schwer und auch er sank noch einmal in tiefen Schlaf.

„Mr. Adams? Hallo? Sind Sie da unten?"

Jeremy schoss in die Höhe, als er die ihm bekannte Stimme vernahm.

Scheiße! Wo sind meine Klamotten?

Mit diesem Gedanken stand er eilig aus dem Bett auf.

„Komme sofort! Kleinen Augenblick noch."

Emiliana erwachte.

Vollkommen orientierungslos rieb sie sich die Augen und ihre Ohren vernahmen zeitgleich seine Order. „Du bleibst hier! Und bitte, Lia! Bleib nur dieses eine Mal vernünftig. Ich möchte dir nicht immer neu drohen müssen, denn du weißt selbst was alles auf dem Spiel steht, wenn ..."

„Mr. Adams, ich habe den Verdacht, dass nicht alles in Ordnung ist. Deshalb werde ich das Schloss der Tür, wenn es sein muss, auch mit einer Kugel öffnen."

Himmel! Dieser Kerl kostet mich noch den letzten Nerv!

Jeremy spurtete in den Wohnbereich. Dort schnappte er sich seine Hose, die zum Glück vollkommen getrocknet war, sowie das weiße Hemd von einem der Sessel.
Beides zog er in Rekordzeit über, damit er endlich die schmale Treppe nach oben eilen konnte.
Er zog die Tür auf.
„Detective Samuel, was verschafft mir die Ehre?"
„Mr. Adams ...", der Detective versuchte an Jeremy vorbeisehen zu können. „Ich sagte Ihnen doch, dass ich ganz spontan vorbeischauen werde. Passt es Ihnen gerade nicht? Komme ich etwa ungelegen?"
Jeremy schüttelte den Kopf.
Nach einer Weile des Schweigens seufzte Samuel. „Ist schön hier draußen. Vielleicht ein wenig einsam. Warum haben Sie ihre Frau in Manhattan zurückgelassen? Ich meine, die Damen lieben doch sicherlich die Romantik eines abgelegenen Sees. Sehen Sie sich nur um, weit und breit keine Menschenseele."
Mit großen Augen verfolgte Jeremy die Hand des Detective. Dabei fiel ihm auf, dass bereits die Abenddämmerung über Swan Lake hereingebrochen war.
Meine Güte! Wie lange haben Lia und ich geschlafen? Das mussten mindestens elf Stunden gewesen sein.
Während dieses Denkens nahm Jeremy die Finger ans Kinn, ehe er antwortete: „Warum Sara zu Hause geblieben ist, das besprachen wir bereits. Schließlich ist es besser, falls Miss Brooks ..."
„Gut, dass sie die Dame ansprechen, Mr. Adams. Ich hatte heute Vormittag eine Unterredung mit ihrer Grandma. Nette, alte Dame, doch scheinbar ein wenig verwirrt."
„Verwirrt?", fragte Jeremy postwendend.
„Ja, verwirrt."
Samuel trat einen Schritt näher, dann fuhr er fort: „Sie behauptete, dass sie erst gestern mit ihrer Enkelin gesprochen habe und es dieser gut ginge. Daraufhin habe

ich selbstverständlich umgehend die Einzelverbindungen überprüft und siehe da - Volltreffer!"

Ein Windstoß fegte unheilvoll über den See hinweg und es begann leicht zu nieseln.

Voller Sorge sah Jeremy dem Detective ins Gesicht, denn was dieser mit Volltreffer meinte, war ihm nicht ganz klar.

Langsam, aber sicher wird der Kerl echt problematisch. Außerdem versteht er es bestens in seinem Job, mit Worten wie mit Messern zu werfen. Zumindest so lange, bis er einen Treffer erzielt und den trägt er anscheinend an diesem Abend wie ein Ass im Ärmel bei sich.

Detective Samuel klopfte Jeremy auf die Schulter. „Sie werden es mir wahrscheinlich nicht glauben, doch der Anruf kam aus einem der Räume Ihrer Firma. Leider weiß ich noch nicht, zu welchem Büro die Durchwahl gehört, doch meine Leute sind dran. Müssten sich jeden Moment bei mir zurückmelden."

Jeremy wurde heiß.

Sie hatte telefoniert? Oh, nein! Bitte Gott, lass ...

„Mr. Adams, stimmt irgendetwas nicht? Ich meine, klar muss Sie das schockieren, denn gestern waren Sie selbst noch bei Marshall-Enterprises vor Ort. Heute erklärte mir jedoch der freundliche Sicherheitsdienst, dass sie am Morgen nicht wie gewohnt zur Arbeit erschienen sind. Gab es dafür einen Grund, wenn ich fragen darf?"

Du darfst einen Scheiß! Höchstens dich schnellstmöglich von diesem Boot verpissen! Steck deine Nase in anderer Leute Angelegenheiten oder kehr vor deiner eigenen Tür ...

„Mr. Adams? Hören Sie mir überhaupt zu?"

„Liebe Zeit! Wollen Sie mir damit sagen, dass mir diese verrückte Frau bis auf die Arbeit nachstellt und sogar die Telefone dort für ihre Zwecke missbraucht?"

„Missbrauchen ist in diesem Fall ein echter Dauerbrenner, was? Sorry, nun sehen Sie mich nicht so an, Mr. Adams. In meinem Job stehen derartig blöde Sprüche ganz oben."

Lächerlicher konnte sich ein Mann, noch dazu in solch einer Position wirklich nicht ausdrücken, dachte Jeremy, doch er entschied sich dazu den Mund darüber zu halten.
Lieber Gott, bitte rette den Planeten vor schwachsinnigen Cops! Für solch einen habe ich das warme Bett verlassen?
Samuel sah in den Abendhimmel, dann schnaubte er: „Heute Nacht sollen Regenschauer über New York einbrechen. Ist das Boot denn sicher?"
Jeremy befürchtete für einige Sekunden, dass der Detective mit dem Gedanken spielte, eventuell die Nacht hier draußen zu verbringen.
Das wäre nicht auszudenken, wenn er dabei auf Lia ...
„Wollen wir nicht lieber reingehen und Sie bieten mir einen heißen Kaffee an?"
Jeremy lächelte.
Niemand auf dieser Welt schätzte einen guten Kaffee so sehr wie er, doch mit diesem neugierigen Cop wollte er jetzt mit Sicherheit keinen trinken.
Mittlerweile fielen dicke schwere Tropfen vom Himmel und auch die Beleuchtungen rund um den See herum verschwammen in der voranschreitenden Dunkelheit.
Dem Detektive fiel Jeremys Abwehrhaltung umgehend auf, was ihn nur noch deutlicher werden ließ, dass er gerne einen kurzen Blick in das Innere des Bootes geworfen hätte.
Er zog die Augenbrauen weit nach oben. „Mr. Adams?"
„Ja, sicherlich. Bitte nach Ihnen."
Jeremy zog die Holztür weit auf und deutete mit der Hand auf die schmale Treppe, die nach unten führte.
„Danke", entwich es Detective Samuel, ehe er vorsichtig hinunterstieg.
Im Wohnbereich hielt der Cop kurz inne. „Schön haben Sie es hier, das muss ich schon sagen."

Während Jeremy sich der Kaffeemaschine zuwandte antwortete er: „Das alles gehört Mr. Tale, doch ich finde es durchaus aushaltbar."

Samuel nickte umgehend. „Mr. Tale, richtig. Mit dem konnte ich mich leider nicht unterhalten, denn der steckte heute in einem wichtigen Meeting fest. Ist er denn die Abende über auf seinem Anwesen?"

„Joel?", fragte Jeremy verdutzt. „Nein, der nächtigt in seinem Penthouse in Manhattan. Kommt höchstens mal an einem der Wochenenden raus nach Swan Lake. Sie müssen wissen, Detective, die Arbeit geht Mr. Tale über alles. Da würde er an keinem Tag fehlen, es sein denn eine Bombe wäre am Morgen detoniert. Hm, obwohl wenn ich es mir recht überlege. Selbst in diesem Fall würde der Gute noch versuchen die Termine des Tages einzuhalten."

Detective Samuel lachte auf. „Verstehe."

In Jeremys Jackett vibrierte das Smartphone. Er warf einen Blick zu diesem, entschied sich jedoch dafür Detective Samuel die Tasse zu reichen.

Als dieser auf der Anrichte neben sich nach der Zuckerdose griff und damit begann drei gehäufte Löffel einzuschaufeln, fragte er: „Wollen Sie nicht drangehen?"

„Nein, ist bestimmt nicht wichtig."

Das Handy vibrierte erneut.

Dieses Mal sogar etwas länger als zuvor.

„Das klingt schon ziemlich wichtig", sprach Samuel ruhig.

Jeremy nickte. „Könnte möglich sein."

„Und Sie wollen noch immer nicht nachsehen?"

„Nein", gab Jeremy umgehend zur Antwort.

Detective Samuel legte den Löffel beiseite. „Nun, Mr. Adams. Wollen Sie mir vielleicht irgendetwas erzählen?"

Jeremy zögerte. „Ich ...? Nein, wieso sollte ich?"

Samuels Kopf neigte sich zur Seite. „Sie haben recht, es gibt eigentlich keinen Grund, doch ich fragte mich, warum vor Mr. Tales Anwesen eine Box von DINNER 4 EVERY 1 sehnsüchtig darauf wartet, abgeholt zu werden?"

Oh, nein! Das Essen! Natürlich fallen einem Cop wie ihm solch banale Kleinigkeiten, wo niemand sonst drauf geachtet hätte, ins Auge. Ich muss ruhig bleiben und ...

„Joel, also Mr. Tale, meinte, die liefern richtig gutes Essen und ich muss schon sagen, es schmeckt vorzüglich."

Samuel stellte die halbleere Tasse auf die Anrichte, lehnte sich daran und verschränkte die Arme. „Das weiß ich leider nicht, denn mein Gehalt reicht dafür definitiv nicht aus, um mich täglich damit verköstigen zu können."

Toll! Er macht auf die: Wir-armen-Cops-aus-Manhattan-haben-kein-Geld Tour. Typisch für so einen Kerl!

„Schade, denn da haben Sie in jedem Fall etwas verpasst."

Wieder lächelte Samuel süffisant in Jeremys Gesicht. „Warum setzen Sie sich nicht, Mr. Adams? Ich hole die Box und werde sehen, ob dem bekannten Lieferservice im wahrsten Sinne des Wortes sein Ruf vorausgeilt ist. Ich denke, meine Frau wird sich auch freuen, wenn ich ihr erzähle, dass es ...."

„Sie wissen bereits, dass sich in der Box Essen für zwei Personen befindet, richtig?"

Es gab keinen Grund für Jeremy sich länger dieses Gequatsche anzuhören.

Schließlich konnte der Detective diese Art bei allen möglichen Leuten abziehen, doch mit ihm brauchte er nicht meinen, dass das IQ nicht ausreiche, um zu erkennen, wann jemand seine Worte nur zum Mittel und Zweck verwendet.

Samuels Augen wurden schmal. „Ja, ich war so frei und habe mir die Bestellungen des Restaurants an diesen Ort aufstellen lassen."

„War das nötig?", wollte Jeremy jetzt wissen. „Ich meine, warum behandeln sie stets mich wie einen Verbrecher?"

Mit einem tiefen Atemzug fragte Samuel: „Sind Sie denn keiner?"

Jeremy zuckte die Schultern und schüttelte den Kopf. „Keine Ahnung, was das werden soll, aber ich werde auf dem Revier anrufen und mich über Sie beschweren."

Einen Moment lang herrschte Stille.

Dann räusperte sich Detective Samuel. „Tun Sie, was Sie nicht lassen können. Aber, wer Ehebruch begeht ist in den Augen des Gesetzes ein Verbrecher."

„Ehebruch?" Jeremy lachte auf. „Wie kommen Sie darauf? Ich bin ein Mann. Und ich weiß ja nicht, wie das bei Ihnen ist, aber ich schaffe auch ohne Probleme die doppelte Menge zu essen. Noch dazu sind die Portionen in solch noblen Läden meist viel zu klein, dass es tatsächlich besser wäre sich einen Burger und fettige Pommes aus den Steakhäusern der Stadt mitzunehmen."

Er beschloss sogar noch einen draufzusetzen. „Mr. Samuel, vielleicht bringen Sie uns das nächste Mal doch gleich etwas davon mit. Aber bitte keine Zwiebeln."

Für den Detective war es offensichtlich, dass er heute Nacht hier nicht weiterkommen würde, deshalb beschloss er den Seitenhieb hinunterzuschlucken. „Merke ich mir."

Mit diesen Worten schlenderte Samuel in Richtung der Treppe.

„Wir bleiben in Kontakt."

Jeremy nickte mehrmals. „Versteht sich von selbst."

Samuel dachte einige Sekunden darüber nach, was Mr. Adams gesagt hatte.

Dass sich die beiden Männer wohl niemals mögen werden, stand längst auf einem unbeschriebenen Blatt Papier.

Mit einem Fuß auf der Stufe sagte Samuel. „Gute Nacht."

„Gute Nacht, Detective."

Beinahe hätte Jeremy vor Erleichterung einen lauten Seufzer ausgestoßen.

Dieser blieb ihm jedoch sprichwörtlich in der Kehle stecken, als seine Ohren ein dumpfes Geräusch aus der Schlafkammer vernahmen.

Auch Detective Samuel riss den Kopf herum.

Als Jeremy sah, wie der Cop an das breite Schulterhalfter nach seiner Waffe griff, erhob er die Hände. „Warten Sie, da ist bestimmt nur etwas hinuntergefallen. Ich war vorhin im Badezimmer, deshalb mussten Sie auch einen Moment lang warten. Ich werde kurz nachsehen und dann ..."

„Mr. Adams", fuhr Samuel ihn schroff an. „Sie sehen weder so aus, noch roch es, als ich hier herunterkam, nach frischem Duschgel. Ich werde nachsehen! Sie warten hier!"

Der Gedanke, dass der Detective somit unweigerlich auf Emiliana treffen würde, schnürte Jeremy mehr und mehr die Luft ab.

Ich muss etwas unternehmen, sonst wandern wir beide heute Nacht noch in den Knast ...

„Mr. Samuel, Sie hatten recht!"

Ob das Selbsterhaltungsdrang oder pure Dummheit war, konnte Jeremy nun nicht mehr kontrollieren.

Der Detective warf ihm einen seltsamen Blick zu, ehe er die Waffe zurück ins Halfter steckte. „Womit?"

Jeremy presste die Lippen zusammen. „Damit, dass ich ein Verbrecher bin."

„Jetzt wird es interessant, Mr. Adams. Ich bin ganz Ohr."

Ein tiefer Seufzer, gefolgt von leisen Worten. „Ich bin nicht allein auf diesem Boot."

Samuel wurde plötzlich so euphorisch, dass ihm das strahlend weiße Lächeln bis zu den Ohren reichte. „Wirklich?"

„Ja, wirklich", antwortete Jeremy und der Klang seiner Stimme hallte durch den gesamten Wohnbereich. „Ich wäre Ihnen sehr verbunden, wenn Sie Sara ..."

„Oh, nein! Wo denken Sie hin, Mr. Adams? Ich schweige wie ein Grab. Doch vor Gott müssen Sie sich irgendwann verantworten. Das müssen wir alle."

Kann es eigentlich noch schlimmer kommen? Nicht, dass dieser Cop schon nervig genug ist, nein, jetzt ist es auch noch einer von der strenggläubigen Sorte.

„Das werde ich. Wenn Sie jetzt bitte gehen würden ...", versuchte Jeremy ihn loszuwerden, doch Samuel zog die Augenbrauen zusammen.

Dann fragte er: „Wo ist sie?"

„In der Schlafkabine."

„Sie müssen verstehen, Mr. Adams, dass es mein Job ist, mich kurz zu vergewissern, dass es sich bei dieser Frau nicht um Miss Emiliana Brooks handelt."

Verstehen? Ich verstehe schon längst, dass du mich am liebsten aus dem Verkehr ziehen würdest. Vielleicht sollte ich dich einfach ...

Weiter kam Jeremy nicht, denn Samuel ging unbeirrt auf die Tür zu, hinter der sich Emiliana befand.

„Miss? Verzeihen Sie bitte, aber ich bin ein Detective vom NYPD, ich möchte nur wissen, ob mit Ihnen alles in Ordnung ist."

Keine Antwort.

Samuels Blick traf sich mit dem von Jeremy, ehe er an dem runden Knauf rüttelte.

Verschlossen!

Seine Augen fielen oberhalb auf das silberne Drehschloss.

„Sie haben die Dame eingesperrt?"

Jeremy erhob die Hände. „Ich ..., ja, weil ..., ich konnte nicht wissen, dass Sie es sind und da wollte ich ..."

„Papperlapapp! Jeder Straftäter hätte das Schloss dennoch von außen öffnen können. Mr. Adams, wenn Sie schon lügen, dann geben Sie sich gefälligst mehr Mühe." Mit bitterböser Miene hakte er nach. „Halten Sie jemanden gegen dessen Willen auf diesem Boot fest?"

O Gott! Jetzt ist die Katze aus dem Sack! Was soll ich nur tun? Soll ich ...
„Miss? Bitte treten Sie falls nötig von der Tür weg! Ich werde jetzt reinkommen!"
Wieder zog der Detective seine Waffe.
Lia, es tut mir so leid ..., weiter konnte Jeremy nicht denken, denn das Adrenalin übernahm die vollständige Kontrolle.
Als die Tür nach innen aufsprang, schnappte er sich von einem kleinen Vorsprung die schwere Kugel eines dort platzierten Zimmerbrunnens.
Er zielte damit auf Samuels Hinterkopf.
Holte weit aus ...
Stopp!
Mit einem schnellen Griff versteckte er die mögliche Tatwaffe hinter seinem Rücken.
Jeremys Kopf versuchte auf Hochtouren einordnen zu können, was seine Augen da gerade zu sehen bekamen.
Auch Samuels Pupillen weiteten sich.
Schwerschluckend senkte er die Waffe.
Dafür erhob sich unübersehbar etwas vollkommen anderes in seinem Schritt.
Jeremy stellte sich zwischen Samuel und sein Blickfeld.
„Haben Sie sich hiermit genug davon überzeugt, dass alles in bester Ordnung ist?"
Der Detective wich zurück. „Das habe ich getan."

Nachdem der Cop überstürzt das Boot verlassen hatte, stieß Jeremy die Tür zur Schlafkabine mit dem Fuß auf.
Er war wütend.
Emiliana schützte ihren nackten Körper umgehend mit der Seidendecke.
Wo ihre Anziehsachen nach der letzten Nacht waren, das wusste sie nicht.

Der Rock lag gewiss in zwei Teilen auseinandergerissen noch immer an Deck. Die Bluse und die Unterwäsche hatte Jeremy gemeinsam mit seiner Hose und dem Hemd eingesammelt.

Nur waren diese Sachen nun mal nicht in greifbarer Nähe. Dafür entdeckte Emiliana beim Erwachen etwas anderes am Fußende des Bettes.

Die Perücke.

Als sie hörte, dass Jeremy in eine Unterhaltung mit Detective Samuel vertieft war, konnte sie eins und eins zusammenzählen, warum der Cop ihm auf dem Boot einen Besuch abstattete.

Auch die Unterhaltung vor der Tür hatte sie mitbekommen und da sie nicht abgeführt werden wollte, griff sie kurzerhand zu dieser drastischen, wenn auch, wie sich vor wenigen Minuten herausstellte, durchaus effektiven Handlung.

Jeremy schüttelte vehement den Kopf, ehe er diesen zwischen die Hände nahm. „Was stimmt nicht mit dir?"

Emiliana sah verständnislos zu ihm hin. „Es hat seinen Zweck erfüllt, oder nicht?"

Vorwurfsvoll antwortete er: „Oh, ja das hat es definitiv!"

Ihre dunklen Augen flammten auf. „Es sah geil aus, nicht wahr?"

„Es war versaut!", schrie Jeremy.

Emiliana zuckte unschuldig mit den Schultern. „Was ist falsch daran hin und wieder versaut zu sein? Komm schon, Jeremy. Tu bitte nicht so, als wärst du über Nacht fromm geworden."

„Das sage ich nicht! Aber …", die Worte wollten partout nicht über seine Lippen kommen.

Stattdessen verkrampfte sich sein Magen enorm bei dem Gedanken daran, was dieser Samuel wohl gleich tun wird.

Wahrscheinlich wartet der gar nicht erst bis er zu Hause ankommt, sondern sobald er im Wagen sitzt, wird er …

Jeremy öffnete die Schnalle seines Gürtels und zog diesen heraus.

Emiliana konnte ein schockiertes Keuchen darüber nicht unterdrücken.

Er zog ihn straff und als Leder auf Leder peitschte, fuhr ihr nackter Körper unter der Decke regelrecht zusammen.

„Gib zu, dass du ein ungezogenes Mädchen warst."

Sie konnte kaum glauben, was sie da zu hören bekam.

Ein schlichtes: „Danke, dass du uns beide vor diesem Cop gerettet hast", hätte es schließlich auch getan.

Abwehrend wedelte Emiliana mit beiden Händen. „Jeremy, hörst du was du da Verrücktes sagst? Merkst du überhaupt noch, was richtig und was falsch ist?"

„Verrückt?", stellte er umgehend die Gegenfrage. „Hör zu, Honey! Wir sind hier nicht auf Staten Island, wo du tun und lassen kannst, was du möchtest. Nein, du bist jetzt bei mir und in meiner Welt gibt es Regeln. Werden diese nicht befolgt, folgt eine Strafe. Das sagte ich dir bereits."

Empört versuchte sie aus dem Bett zu klettern, doch er stellte sich ihr in den Weg.

„Treib es nicht wieder auf die Spitze! Du hast heute schon genug angerichtet und das obwohl deine wunderschönen Augen gerade mal wenige Minuten offen gewesen sind."

Emiliana sah auf den Gürtel in seinen Händen.

Sie beschloss sich schweigend zurück auf das Bett zu setzen.

Jeremy starrte längere Zeit auf ihre makellosen Brüste. Dann nahm er einen langen Atemzug. „Leg dich aufs Bett! Gesicht in das Kissen! Hintern nach oben!"

Fassungslos sah sie ihm in die Augen. „Nein! Es reicht!"

„Da hast du recht, Honey! Und jetzt tu, was ich dir sagte."

„Einen Scheiß werde ich! Außer, mir die verdammte Bluse deiner Frau suchen und dann von hier verschwinden."

Jeremy lächelte amüsiert. „Wirst du nicht!"

Im nächsten Moment riss er ihr die Perücke herunter. „Schon viel besser."
Emilianas dunkles Haar verteilte sich wild über ihren Schultern bis hinunter zu ihren harten Knospen.
Ist ihr kalt oder ist sie geil? Das werde ich gleich wissen …
Mit dem Gürtel umfuhr er die Konturen ihrer Brüste.
„Warum hast du das getan, Lia?" Jeremys Tonfall klang streng und enorm kontrolliert.
„Ich sagte doch bereits, dass ich uns damit geholfen …", weiter kam sie nicht.
Das Leder traf auf ihre Brust.
Ein feuriges Gefühl jagte durch ihren Körper hindurch. Als sie verneinend mit dem Kopf schüttelte klatschte es erneut. Dieses Mal auf die andere Brust.
„Falsche Antwort, Honey!"
Himmel! Es war aber doch die Wahrheit. Was will er nur?
Das Leder schlug gegen ihren Oberschenkel.
Tränen schossen Emiliana in die Augen, denn es brannte.
„Ich habe dir eine Frage gestellt. Aber für dich gerne noch mal. Warum hast du das getan?"
Emiliana schloss die Augen, damit die Tränen nicht über ihre Wangen entweichen konnten. „Ich weiß es nicht."
Wieder schnellte der Gürtel auf ihre Haut herab.
Ein leises Wimmern entfuhr Emilianas Lippen, dann schrie sie: „Ich wollte nicht abgeführt werden!"
Dabei versuchte sie ihr Gesicht von ihm abzuwenden. Jeremy schnappte sich ihren Kiefer. „Sieh mich an!"
Ihr Körper begann zu zittern, doch ihre Tonlage war noch immer gestochen scharf. „Was zur Hölle willst du von mir hören?"
Seine Finger gruben sich fest in ihre Wangen. „Du stehst auf Schmerzen, andernfalls hättest du mir längst geantwortet, dass du es getan hast, damit der beschissene Cop noch eine richtig geile Nacht erlebt. Ich meine, so bist du doch drauf, oder nicht? Diesen Security auf Staten

Island hättest du schließlich auch gefickt, wenn es für dich von Vorteil gewesen wäre."

Emiliana schloss kurzzeitig die Augen.

Wie kann er es wagen, so von mir zu denken! Nur weil er mich zu einem kleinen Biest hat werden lassen, heißt das nicht, dass ich es mit jedem dahergelaufen Typen bis zur Besinnungslosigkeit treiben würde. Und überhaupt, alles was ich wollte war, dass dieser Cop dachte, ich sei eine andere. Es hatte funktioniert, wenn auch …

Dieses Mal erhob Jeremy die Stimme. „Lia! Ich weiß nicht, wie ich mit der Situation umgehen soll, verstehst du das?"

„Nein, denn ich habe nichts schlimmes getan."

Scheiße! Wieso wiederspricht sie mir ständig? Keine Ahnung, was mit mir los ist, aber noch ein Wort aus ihrem hübschen Mund und ich entfessle das Monster in mir, welches schon knurrend an der Leine zerrt.

Jeremy griff in ihre Haare.

Dann zog er den Kopf weit nach hinten und beugte sich über sie.

Sein Blick traf den ihren wie ein Blitz. „Du hast es dir auf dem Bett hemmungslos von hinten mit einen Griff zwischen deine Beine hindurch besorgt! Nicht nur das! Nein, du musstest deinen süßen Arsch selbstverständlich so hochstrecken, dass man wirklich alles sehen konnte. Dann die Reibung deiner Finger …"

Er ließ von ihr ab.

Jetzt war es an Jeremy die Augen zu schließen.

Trotz, dass er wie ein Wilder tobte, zuckte die Spitze seines Schwanzes heftig gegen den Stoff seiner Hose.

Das kam ihm momentan zumindest ziemlich ungelegen, denn schließlich war er mehr als nur sauer auf sie.

Mit der Handfläche rieb sich Emiliana sanft über die geschundene Haut auf ihren Brüsten.

Ihr Blick zeugte von Sicherheit, als sie sprach: „Du denkst, ich hätte es mir besorgt, um dem Cop einen Gefallen zu tun?"

„Wonach sah es denn bitte aus?"

Diese Frage ließ Emiliana umgehend die Gegenfrage stellen, die sie wieder auf gleiche Position ihm gegenüber in diesem Spiel ohne Vernunft oder durchschaubare Regeln brachte.

„Bist du eifersüchtig?"

Jeremy erinnerte sich augenblicklich wie er diese simplen drei Worte auch ihr, in Bezug auf Miss Chandler, gestellt hatte.

Allerdings fühlte es sich dabei nicht so schrecklich an.

Überhaupt was ist los mit mir? Ich bin alles, aber in gar keinem Fall eifersüchtig. War ich nie und bin es ... JETZT!

Dieses Eingeständnis und der wilde Blick in ihre Augen, führten Jeremy unweigerlich zur nächsten Handlung.

Er schubste Emiliana zurück auf das Bett und hielt sie mit seinem eigenen Körpergewicht unten.

Die Berührungen, die er ihr jetzt schenkte, waren erregend, doch gleichzeitig bedrohlich.

Emiliana spürte deutlich die massive Härte durch seine Hose gegen ihre Mitte pressen.

Das Schlimme daran war, sie wurde augenblicklich feucht.

Ein nasser Fleck auf seiner Hose zeugte von der Erregung.

Lächelnd sah Jeremy auf diesen herab.

Dann sagte er: „Du bist richtig geil, wenn man dich in die Schranken weist."

„Bin ich nicht!", schoss es ihm aus ihrem Mund entgegen.

„Du lügst, Honey! Das kann ich erneut nicht dulden."

„Jeremy, es ..."

„Pscht! Ich kann es dir beweisen."

Mit den Fingern fuhr er durch ihre Spalte, dann stieß er zwei davon ohne Vorwarnung tief in ihren engen Eingang.

Seinen Daumen drückte er dabei gegen ihren Anus und Emiliana betete inständig, dass er ihr diesen nicht zusätzlich einführen würde.

Es blieb bei rhythmischem Darüberstreichen.

Doch dieses verstärkte das Gefühl, welches plötzlich ihren Unterleib vereinnahmte, mindestens um das Dreifache.

Mit einem Mal fühlte sich Emiliana ihm hilflos ausgeliefert.

Er überwältigt mich nicht nur, nein, er dominiert mich!

Jeremy konnte nicht anders, als mit den Fingern immer schneller zu agieren. Rein und raus.

„Ist es das, was du wolltest?"

Sie begann zu wimmern. „Ich wollte ..."

Jeremy hielt ihr mit der freien Hand den Mund zu. „Ist es das, was du wolltest?"

Mit den Oberschenkeln hielt er sie davon ab, ihre Beine schließen zu können.

Es folgte ein gnadenloser Akt des Fingerns.

Und als sie ihm den unvermeidbaren Orgasmus entgegenschrie, wollte Jeremy sich am liebsten den Reißverschluss seiner Hose herunterziehen, nur um dieses kleine Luder unter ihm, wenn es sein musste, bis in eine intensive Ohnmacht zu ficken.

Er tat es nicht.

Stattdessen stand er wortlos auf.

Schweißgebadet verfolgte Emiliana seine Schritte, solange bis die Tür zufiel und das Schloss gedreht wurde.

„Kranker Bastard!"

Jeremy konnte es sich schlichtweg nicht erklären, warum die Wut darüber, dass dieser Detective in Emilianas intimste Regionen blicken durfte, noch immer nicht abflachte.

Mit einem Armzug räumte er dessen Tasse von der Anrichte ab.

Es ist definitiv das letzte Mal, dass sich der Typ kräftig einen schleudert! Das schwöre ich.

Danach schnappte er sich die Weinflasche vom Tisch und nahm einen übertrieben großen Schluck.

Hustend ließ er sich in einen der Sessel zurückfallen, den Blick stur auf die Schlafkabine gerichtet.

Erneut suchte ihn das Bild heim, als seine Augen hinter Samuel erfassten, wie Emiliana es sich hemmungslos und mit äußerster Hingabe selbst besorgte.

Mit nur einem Zug stand seine Hose offen und die enorme Härte streckte sich ihm über den Bauch entgegen.

Jeremy legte Hand an.

Jeremy schluckte schwer, als er über das Display seines Smartphones Emiliana an diesem Morgen beim Duschen beobachtete.

Dass sie nur noch das Unterwäscheset und eine von Saras Blusen besaß, da er ihr den zugehörigen Rock bei ihrem kleinen Machtkampf an Deck gnadenlos zerrissen hatte, machte ihn umgehend hart.

Normalerweise würde er kurzzeitig auf der Herrentoilette verschwinden, doch das ging nicht, denn die Tür in sein Büro wurde geöffnet.

Joel schlenderte herein.

„Guten Morgen", entfuhr es Jeremy knurrend, während er das Display verkehrtherum auf dem Schreibtisch ablegte.

Joels Augen verengten sich. „Habe ich dich etwa gerade bei wichtigen Dingen gestört? Die Arbeit kann es nicht betroffen haben."

Der ungenierte Blick von Joel ruhte dabei auf Jeremys Mitte.

„Miss Chandler wartet im Foyer und die Herren von der Bricks-Company sind soeben eingetroffen. Ich hoffe, du hast dich trotz aller momentanen Umstände auf den Fall vorbereitet."

„Eigentlich sollte das Miss Chandler allein ...", wollte Jeremy sich umgehend rausreden, doch Joel verzog den Mundwinkel.

„Jeremy, ich schrieb dir doch gestern Abend, dass sie leider nicht das richtige Händchen für diese Art von Business hat. Noch dazu ist ihre Gesichtshälfte komplett verbunden, doch sie wollte unbedingt zur Arbeit kommen."

Joel ließ den Satz ausklingen, dann fuhr er fort: „Meine kleine, aber feine Ansprache schien enorme Wirkung auf sie gehabt zu haben. Wie läuft es denn bei dir und deiner Wildkatze? Schon die Krallen gestutzt?"

Jeremy erhob sich aus seinem Stuhl und wollte hinter sich nach seinem Jackett greifen.

Nichts.

Verdammt! Ich habe es in der morgendlichen Eile wohl auf dem Boot vergessen.

Mit diesem Gedanken führte ihn sein nächster Weg an einen großen Wandschrank.

Nach dem Öffnen kamen darin nicht nur haufenweise Akten, sondern auch ein Herrendiener zum Vorschein.

Darüber war ein nagelneuer Anzug drapiert worden.

Nachdem Jeremy in das Jackett geschlüpft war, sah er zu Joel hin. „Hör zu, ich muss unbedingt mit dir ...“

Weiter kam er nicht, denn Joel riss die Bürotür auf.

„Später! Zeit ist Geld! Und jetzt: Bitte lächeln, Mr. Adams.“

Emiliana drehte sich auf dem Bett von einer Seite auf die andere. Dann zog sie die Knie an und rollte sich wie ein Baby zusammen.

Wie kann er nur so wütend auf mich sein? Ich habe ihm, nein, uns beiden die Haut gerettet und er ...

Mit diesen Gedanken stand sie auf und huschte ins Bad.

Das warme Wasser tat umgehend gut.

Ehe sie sich mit der extra für sie breitgestellten Duschcreme einseifte, fiel ihr Griff auf das Duschgel von Jeremy.

Sie öffnete es.

Dann führte sie ihre Nasenspitze daran und atmete tief ein.

Tränen bildeten sich in ihren Augen.

Wie zur Hölle kann ich so enorm wütend auf diesen Mann sein und ihn bereits im nächsten Augenblick vermissen? Als wäre es mein Ehemann ...

ZACK! Das hatte es gebraucht.

Wieder übernahm die gedanklich beschriebene Wut das Ruder.

Emiliana stellte das Duschgel zurück und begann damit sich zu waschen.

Er ist nicht mein Ehemann, warum also sollte ich ihn vermissen. Soll er doch zu seiner Schlampe zurückkehren und ein für alle Mal glücklich bis ans Ende seiner Tage werden. Apropos Ende, das ganze Theater hier muss auch dringend ein solches finden. Solange er, und dieser noch verrücktere Joel, dessen Blick einem richtig Angst machen kann, meine Granny mit ins Boot holen, bin ich machtlos. Diese Frau hat so viel besseres auf ihre alten Tage verdient, als dass man ihr das Haus wegnimmt. Ich habe nur noch sie und sie ... hat nur noch mich!

Nachdem Emiliana sich eine Weile ihren Tränen hingegeben hatte, stellte sie das Wasser ab.

Sie hüllte ihren Körper in ein reinweißes Saunatuch, dann trat sie vor den Spiegel.

Ihre Hand wischte über die beschlagene Oberfläche.

„Wenn Granny nur noch mich hat, dann werde auch ich diejenige sein, die ihr ein wunderschönes restliches Leben beschert. Kein Abwarten mehr, lieber den bitteren Tee auf einmal hinunterschlucken."

Nach diesen geflüsterten Worten begann sie sich sorgfältig zu schminken.

Dahinter wollte sie an diesem Tag all ihre wahren Gefühle für Jeremy verbergen, denn er blieb nun einmal unumstritten was er in ihren Augen von Anfang an war. Ein gefühlskalter Krimineller!

Hatte es mich letztendlich zu einer Psychopathin werden lassen, dass mir dieser Umstand bis heute scheißegal ist?

Emiliana kämmte sich das lange Haar.

Verdammt noch mal, wen will ich eigentlich von dieser Nummer überzeugen? Jeremy, Grandma, die Welt, oder schlicht mich selbst?

Sie stieß ein frustriertes Seufzen aus. „Wenn ich nicht besser aufpasse, wird dieser Mann noch mein Verderben sein. Und das lasse ich in gar keinem Fall zu. Schon gar nicht nach der Sache mit Dwayne, oder wie auch immer dieser Verbrecher heißt. Atme tief ein, Mr. Adams, denn von nun an zeigt die Mündung auf dich und mein Finger ruht auf dem Abzug."
Emiliana presste die Lippen zusammen. „Halte mich also, um Deinet Willen, besser ruhig."

Jeremy sah auf seine Kaffeetasse, dann äußerte er seine Bedenken in dem Bricks-Fall.
Seine Worte klangen scharf und es beeindruckte nicht nur Miss Chandler oder gar Joel, nein, auch die Herren von der namhaften Bricks-Company verhielten sich ungewohnt eingeschüchtert.
Beinahe so, als würde man ihnen eine geladene Waffe an den Kopf halten.
Joel nutzte die Gelegenheit. „Wie Sie hören, hat Mr. Adams eindeutig die besseren Karten aufgezeigt. Haben wir einen Deal oder müssen unsere Anwälte ...?""
Die Männer erhoben sich und der leitende Unternehmer, reichte Joel über den Tisch hinweg die Hand. „Mr. Tale, wir haben einen Deal!"
Zu Jeremy und Miss Chandler folgte ein Kopfnicken als Verabschiedung.
Nachdem die Herren das Gebäude verlassen hatten, zeigte Joel einen Strike an. „Das war der Burner! Sehen Sie, Miss Chandler, so wird das gehandelt. Kurz und schmerzlos!"
Die Dame sah mit verliebten Augen in Jeremys Gesicht. „Danke, Mr. Adams. Ohne Sie hätte ich das nicht geschafft."
Jeremy hingegen schien überhaupt nicht bei der Sache zu sein.
Er starrte unentwegt auf das Display in seiner Hand.

Joel trat näher und bedeutete Miss Chandler mit den Augen, dass sie jetzt gehen könne.

Dann fragte er: „Ist irgendetwas nicht in Ordnung?"

Jeremy sah auf. „Scheiße Joel, ich weiß es nicht! Das Bild, es ..."

„Zeig mal her!"

Widerwillig überreichte Jeremy das Smartphone an Joel. Nachdem dieser ein paar Mal darauf herumgedrückt hatte, gab er es mit einem leichten Kopfschütteln zurück.

„Manchmal spinnt die Übertragung der App. Einfach neu starten und auch die Kamera hin und wieder in den Suchlauf versetzen. Das Signal arbeitet danach meist um einiges besser."

Jeremy sah Emiliana mit einem Handtuch um den Körper auf der Bettkante sitzen.

Sie kann gerne haargenau so bleiben, bis ich heute Abend zurückkomme. Dann kann ich beenden, was ich gestern leider so abrupt abgebrochen habe. Aus blanker Wut über diesen Detective ...

„Kommst du? Wir haben heute noch eine Menge zu tun."

Jeremy schnaubte. „Ist gut, Joel! Bin schon da."

Emiliana setzte sich gerader auf dem Bett hin.

Ihre Augen hafteten auf dem Schloss der Schlafkammer.

Scheinbar konnte es von außen mit nur einem Dreh verschlossen werden.

Es handelte sich hierbei folglich um das genaue Gegenteil von einem Toilettenschloss. Diese konnten von innen versperrt werden, doch hier wurde es außerhalb des Raumes angebracht.

Wie krank ist das bitte? Hat Jeremy das alles inszeniert? Das ist unmöglich, denn er saß mit einer Fußfessel im eigenen Haus fest. Natürlich, Joel! Der hatte schließlich klargestellt, dass er in diese Sache mit einbezogen war. Sein Boot, sein Anwesen – Jeremys Spiel!

Emiliana dachte einen Moment lang an den Tag zurück, an dem sie in ihrem Wagen gekidnappt wurde.

Irgendwo musste Jeremy diesen hingebracht, beziehungsweise versteckt haben.

Eine Spritze in ihrem Hals, sorgte dafür, dass sie erst wieder an Bord dieses Schiffes aufwachte, deshalb fehlte ihr jegliche Erinnerung an diese Zeit.

An Staten Island, und daran, was sie selbst mit Jeremys Audi getan hatte, um nicht aufzufallen, erinnerte sich ihr Gedächtnis ganz wunderbar.

Die Garage!

Natürlich! Der Wagen steht mit hoher Wahrscheinlichkeit in der Garage des Anwesens. Dort finde ich auch meine Handtasche und mein Smartphone. Ich muss hier raus!

Gedacht, getan!

Emiliana fiel das Klappmesser ein, welches Jeremy ihr aus der Hand geschlagen hatte.

Die Gedanken schweifen auch unwillkürlich an die daraufhin folgende Szene zurück, als er sie an die Wand drückte und mit den Fingern tief in ihre Spalte eindrang.

Schluss damit! Such das verdammte Messer!

Unterhalb des Spülbeckens wurde sie tatsächlich fündig.

Lächelnd eilte sie damit an die Tür.

Drei Anläufe, dann endlich verkeilte sich die glänzende Spitze in dem schmalen Schlitz.

Ein fester Dreh!

Offen!

Das Messer ließ Emiliana wie ein Wurfgeschoss in diesem stecken, denn es war ihr vollkommen egal, ob Jeremy es entdecken würde.

Schließlich war sie bis dahin längst über alle Berge. Im besten Fall zusammen mit ihrer geliebten Granny.

„Ihr Schweine werdet mich nicht länger erpressen, das schwöre ich", murmelte sie vor sich hin, ehe sie eine schwarze Reisetasche unter einem Sessel des Wohnbereichs entdeckte.

Auf dem Boden kniend, noch immer das Saunatuch fest um den Körper geschlungen, zog sie diese hervor.

Beim Öffnen kam ihr sofort wieder sein ganz eigener Geruch entgegen und das, obwohl die Hemden und Hosen darin fein säuberlich zusammengelegt worden waren.

Selbst eine Wäsche oder gar Reinigung vermochte es nicht, den herrlich markanten Duft dieses Mannes zu bannen.

Einen Moment lang hatte Emiliana das Gefühl, als würde er direkt vor ihr stehen.

Sie schloss die Augen und sog tief Luft ein.

Dann schnappte sie jeweils eine Hose und ein Hemd.

Anschließend lief sie zurück ins Schlafzimmer, um noch einmal die Unterwäsche, die zum Glück vollkommen trocken auf dem Boden lag, sich unterziehen zu können.

Das Handtuch warf Emiliana wahllos auf das Bett neben die Perücke.

In ihren Augen hatte das hässliche Teil seinen Zweck nicht nur bei Marshall-Enterprises, sondern auch gestern bei diesem lästigen Detective, mehr als nur erfüllt.

Jeremy sah das anders.

Er war seither wütend auf sie gewesen.

Verständnislos zog sich Emiliana das Hemd und die Hose an.

Leider waren die Sachen viel zu groß.

Es war somit eine gewisse Hochkrempel-, wie auch Bindekunst von Nöten, um sich darin fortbewegen zu können.

In einer kleinen Vase entdeckte Emiliana schwarzgoldene Essstäbchen.

Wunderbar! Damit kann ich meine Haare in einem Dutt zusammenhalten. Jeder wird denken, ich wäre lediglich eine Frau von den reichen Business-Leuten, die hier rund um den See herum ihre Anwesen aufgereiht haben. Perfekt!

Zurück im Wohnbereich nahm Emiliana einen großen Schluck Mineralwasser zu sich.

Ihr Augenmerk fiel dabei noch einmal auf den Sessel, unter dem sich auch die Tasche befand.

Jeremys Jackett!

Sie stellte das Glas beiseite.

Was wenn ...?

Weiter brauchte sie nicht denken, denn Ihre Hände durchsuchten bereits die Taschen.

BINGO!

Ein Autoschlüssel! Nicht irgendeiner – meiner! Manchmal braucht es im Leben wirklich nur dieses besagte Quäntchen Glück. Und alles noch so ausweglose kann plötzlich wie von Zauberhand wieder möglich sein.

Ihre Hand verkrampfte kurzzeitig um den Schlüsselbund.

Es fühlte sich wirklich wie der heilige Gral selbst in diesem Moment für Emiliana an.

Jetzt aber nichts wie raus, bevor mir keine Zeit mehr dafür bleibt und er zurückkehrt.

Sekunden später eilte sie die schmale Holztreppe nach oben.

Umsichtig stieg sie vom Boot.

Dabei fand sie auch die weggeworfenen Pumps wieder, die ihr jetzt durchaus als Schuhwerk gelegen kamen.

Nach dem Verlassen des Stegs begann sie mit diesen sogar über die Wiese zu rennen und es war auch nicht sonderlich schwer, die Garage des Anwesens ausfindig machen zu können.

Einziges Problem, das sich ihr nun stellte, lag in der Tatsache, dass das Tor vor ihren Augen verschlossen war.

Verdammt! Was habe ich erwartet? Dass auch hier das Glück ...

Ihre Augen erspähten ungefähr einen Meter über ihrem Kopf ein Fenster, dessen Scheibe von einem dicken Ast durchbohrt wurde.

Gewiss war das in der stürmischen Regennacht passiert und noch hatte es niemand weiter bemerkt.

Emiliana musste es versuchen.

Trotz der ungewohnten Kleidung kletterte sie wie eine Akrobatin an dem ausgewucherten Stamm des Baumes empor.

Am besagten Ast hangelte sie sich bis an den Sims des Fensters.

Mit der halben Gesäßhälfte darauf sitzend, schlug sie mehrmals kräftig mit dem Ellbogen zu.

Das ohnehin gesprungene Glas begann sofort um den Ast herum nach innen einzubrechen.

Scherben kamen klirrend auf dem Steinboden der Garage auf.

Emiliana sah hinein.

Ich hatte recht!

Mit aller Kraft zog sie ihren schlanken Körper durch die Öffnung am Fenster hindurch.

Dabei musste sie höllisch aufpassen, dass sie nicht an der Spitze des dicken Astes hängenblieb oder gar von diesem aufgespießt werden konnte.

Mit dem abschließenden Sprung auf den Boden bemerkte sie plötzlich einen stechenden Schmerz in der Hüftgegend.

„Ah, verdammt", kam es zischend aus ihrem Mund.

Ihre Augen hatten zu diesem Zeitpunkt das Problem bereits ins Visier genommen.

Ein Glassplitter!

Dessen Größe und Form einem Küchenmesser glich.

Mit zusammengepressten Zähnen zog Emiliana diesen aus ihrer Haut, was zur Folge hatte, dass sich das reinweiße Hemd an dieser Stelle blutrot verfärbte.

Wieder sah sie sich um.

In jeder guten Garage gibt es Ersatzreifen, Werkzeug, und ... Klebeband!

Eilig schnappte sie sich das silberne Panzerband und riss mehrere Streifen mit den Zähnen ab.

Anschließend klebte sie diese stramm über ihre durchstochene Haut.

Aus Erfahrung durch das Medizinstudium, konnte sie einschätzen, dass es zwar stark blutete, jedoch kein wichtiges Organ getroffen hatte.

Das Klebeband wird folglich schnell seinen Zweck erfüllen.

Emiliana wischte ihre Hände sorgfältig an der Anzugshose ab, ehe sie in die Seitentasche griff, worin sich der Autoschlüssel befand.

Vor ihrer waghalsigen Kletteraktion hatte sie den Bund darin deponiert und jetzt steckte der Schlüssel endlich im Schloss ihres Kleinwagens.

Ein weiterer Griff an einen nicht übersehbaren Schalter an der Wand und das Tor rollte sich langsam nach oben auf.

Ihre Handtasche lag im Fußbereich des Beifahrersitzes.

Das Smartphone darin war vollkommen entladen.

Als Emiliana den Motor startete, verband sie das Ladekabel mit dem Zigarettenanzünder.

Erst 0% ..., dann 1%!

Ein Gefühl von Triumph und Überlegenheit flutete plötzlich all ihre Sinne.

Emiliana legte den Gang ein und trat aufs Gas.

Dieser Nachmittag zog sich länger als Jeremy es sich eigentlich gedacht hätte.

Nur noch eine Stunde und er konnte endlich diese stickigen Büroräume verlassen und zu ihr zurückkehren.

Vielleicht bringe ich ihr etwas Schönes mit, denn ich habe mich wirklich wie der letzte Arsch auf Erden benommen. Auf der anderen Seite ist sie selbst schuld, denn sie ist provokant bis unter die Fingerspitzen und ich kann nicht ...

Jeremy schüttelte das Display.

Seit dem Meeting bekam er kein neues Update mehr angezeigt und teilweise waren die Bilder beim Wechseln der Kamera vollkommen unscharf.

Plötzlich schien die App sich zu erholen und würfelte die stockenden Aufnahmen wild durcheinander.

Jeremy hielt für den Bruchteil von Sekunden den Atem an. Dann warf er die Arme in die Luft und lief in seinem Büro auf und ab.

Nein! Das darf einfach nicht wahr sein! Dieses verdammte kleine Luder! Keine Sekunde kann man sie …

Joel trat ein und streckte das Kinn vor. „Was machst du da? So aufgeregt habe ich dich echt schon lange nicht mehr gesehen. Bleib locker, Mann!"

Jeremy legte die Stirn in Falten. „Locker? Joel, sie ist aus der Schlafkammer entkommen, hat meine Klamotten an, und ist wahrscheinlich auf dem Weg nach Manhattan."

„Bitte was?", fragte Joel ungläubig. „Ich dachte, du hättest sie weggeschlossen."

„Habe ich!"

„Sieht man!"

„Joel, bitte erspar mir die Vorhaltungen. Ich muss los!"

Die Augen von Joel blitzten böse. „Ich hatte dich gewarnt keine Fehler zu machen. Vor allem scheint es mir, als ob du diese Frau kein Stück unter Kontrolle halten kannst. Ich rate dir, in deinem und in meinem Interesse, dass du sie noch irgendwo in der Gegend ausfindig machst und umgehend zur Vernunft bringst."

Jeremys Kopf schwenkte zur Seite: „Ich tue mein bestes!" Mit diesen Worten verließ er überstürzt das Büro.

„Will ich hoffen", antwortete Joel lautstark.

Dann schrie er nach: „Und denk gefälligst daran, Jeremy! Deal ist Deal!"

Die Sonne versank am Horizont, als Jeremy nach einer weiteren Stunde auf die Lake Road abfuhr.

Eine Enge umfasste seine Brust, denn was, wenn Emiliana es dieses Mal endgültig geschafft hatte ihm zu entkommen?

Jeremy atmete tief ein, ehe er das Fernlicht einschaltete. Als er den Blick wieder auf die Fahrbahn richtete, sah er die Scheinwerfer eines Wagens auf der Gegenspur. Umgehend blendete er ab.

Die Fahrzeuge passierten sich und Jeremys Blick fing den ihren ein.

Sekundenlang hielt er ihn fest, drehte sogar den Kopf um, doch da waren sie auch schon aneinander vorbeigefahren.

Es kam ihm vor wie eine seismische Verschiebung seines Verstandes.

Und bei Gott, gleich wird es ein massives Erdbeben geben!

Mit diesem Gedanken stieg Jeremy voll in die Eisen.

Rückwärtsgang!

Einschlagen!

Wenden!

...

JAGEN!

So lautete nun die Devise!

Allein dieser Gedanke hätte ihn noch vor wenigen Monaten vollkommen erschreckt, doch jetzt konnte er es kaum erwarten, die kleine aufmüpfige Floristin aus Manhattan wieder in seine Finger zu bekommen.

Für was zum Teufel hat Joel ein High-Tech-Kamera-System auf dem Boot einbauen lassen? Sogar das Schloss an der Schlafkabine wurde von außen angebracht und doch ist sie beides umgangen, als wäre sie die weibliche Form von Ethan Hunt. Ich habe ihr exklusives Essen, ein wunderschönes Kleid, ein Collier - für das andere Frauen mich auf der Stelle geheiratet hätten, und sogar diverse Freiheiten geschenkt. Was macht das Fräulein daraus? Richtig! Sie tritt es mit Füßen und bringt uns alle damit in große Schwierigkeiten. Schluss mit den Spielchen!

Jeremy konnte bereits die Rücklichter von Emilianas Wagen sehen, als sein Smartphone in der dafür vorgesehenen Halterung vibrierte.

Joel ruft an!

Annahme.

Ohne jede Begrüßung fragte Joel: „Hast du die Schlampe?"

Jeremy erfasste wieder diese enorme Wut.

Mit zusammengepressten Zähnen antwortete er in Richtung seines Smartphones: „Nenn sie nicht so!"

„Was?" Joels Stimme klang, als hätte er Jeremy tatsächlich nicht verstanden.

Konnte an der Verbindung liegen.

Jeremy rief: „Joel, ich habe alles unter Kontrolle. Sie fährt genau vor mir."

„Vor dir? Du meinst, sie hat einen Wagen?"

„Nein, sie hat ihren Wagen."

„Aus der Garage? Das kann unmöglich ...", wollte Joel weitersprechen, doch Jeremy unterbrach ihn schroff.

„Sagte ich dir nicht, dass sie eine harte Nummer ist?"

Schweigen auf der anderen Leitung.

Dann plötzlich klang Joels Stimme wieder ruhig. „In Ordnung. Was denkst du? Wirst du sie aufhalten können?"

„Ich weiß es nicht", gab Jeremy mit aller Ehrlichkeit, die er aufbringen konnte zurück.

„Du weißt es nicht?" Joel klang ein wenig fassungslos.

Jeremy musste unwillkürlich grinsen. „Was soll ich denn deiner Meinung nach tun, sie von der Straße abdrängen und wenn ein Unfall passiert haben wir die Cops ..."

„Jeremy! Was denkst du, wo sie hinfahren wird?", unterbrach dieses Mal Joel.

Ein langer Seufzer. „Zum nächsten Revier mit Sicherheit nicht, denn dann kann sie sich gleich selbst dort stellen."

Joel klapperte nervös mit einem Stift herum. „Nein, die Bitch wird zur alten Brooks fahren und dann war es das für dich und mich! Kapiert!"

Jeremy legte die Stirn in Falten. „Wieso sollte sie das tun? Das würde nichts daran ändern, dass Marshall-Enterprises noch immer das Haus ..., ähm Joel, ich muss Schluss machen. Halte dich auf dem Laufenden!"

Aufgelegt.

Der letzte Satz war eine reine Routine-Floskel aus dem Arbeitsalltag, doch diese passte auch zu diesem Gespräch.

Sein Finger strich hastig über das Display.

Wählen ... Verbindung wird aufgebaut ... Freizeichen!

Emiliana wendete abrupt ihren Kopf vom Rückspiegel ab.

Scheiße! Wieso klingelt das verdammte Ding und was ist das für eine Nummer? Egal, vielleicht kann mir jemand helfen ...

Zögerlich betätigte sie die Annahmetaste. „Ja?"

„Es gibt kein Zurück mehr, wilde Schönheit! Also sei ein braves Mädchen und halt dort vorne bitte den Wagen an."

Jeremy? Woher hat er diese Nummer? Und was ...

Emiliana sah wieder in den Rückspiegel.

Die Scheinwerfer des Audi kamen immer näher auf ihre Stoßstange zu und bereits im nächsten Moment konnte sie auch sein Gesicht deutlich hinter dem Steuer erkennen. Er lächelte.

Emiliana hielt den mittleren Finger ihrer Hand hoch. „Vergiss es, so schnell wie es dir eingefallen ist!"

„Sehr schöner Nagellack", spottete Jeremy auf diese Geste. Dann setzte er nach: „Ach, Honey! Ich hatte Bitte gesagt, wird allerdings nicht noch einmal vorkommen."

Emilianas Hand begann leicht auf dem Lenkrad zu zittern. „Steck dir dein BITTE tief in den Arsch! Oder besser noch, deinem tollen CEO! Ihr beide habt sicherlich Spaß dabei, es auch gegenseitig so richtig hart ..."

Plötzlich schrie Jeremy lautstark: „Sieh auf die Fahrbahn!"

Ihre Augen erfassten in letzter Sekunde die Lichter eines anderen Wagens, was sie das Lenkrad ruckartig herumreißen ließ.

Der Fahrer hupte lautstark, was Jeremy hinter Emiliana reflexartig diesem antworten ließ.

Dass es wenig Sinn machte, lag auf der Hand, denn der Fahrer hatte allen Grund empört zu sein. Schließlich hätte es beinahe einen gewaltigen Crash gegeben und wer möchte das schon.

Egal, der Typ hat sie schräg angemacht, dann mach ich ihn eben auch von der Seite an. Oder am besten gleich aus ...

Jeremy unterbrach sein Denken, denn jetzt sah er die roten Bremslichter des Kleinwagens aufblinken.

Sie stoppt! Gott sei Dank!

Als sich die Autotür öffnete, tobte sie bereits.

Es erwies sich nun doch mehr als nützlich, einen großen Teil ihres Benzins nach der Ankunft in der Garage abzusaugen.

Noch nie zuvor hatte Jeremy dies getan.

Er glaubte sogar, dass es vielleicht nicht richtig funktionieren würde, wenn man einen schmalen, langen Schlauch in den Benzintank steckt und dessen anderes Ende in den Mund nimmt.

Jeremy wurde jedoch eines besseren belehrt, denn als er die Luft hochzog und das Schlauchstück schnell wieder vom Mund nahm, floss das Benzin mit Leichtigkeit in einen leeren Kanister auf dem Boden.

Sie fuhr folglich auf absolutem Minimum und hatte es in all ihrem Fluchtverhalten noch nicht einmal bemerkt. Oder typisch Frau, steigt einfach ein und fährt los. Ein Mann prüft, bevor er ...

Weiter kam er nicht, denn es war an der Zeit selbst auszusteigen.

Nicht auszudenken, wenn zur Krönung noch ein anderer Wagen vorbeikam und womöglich Hilfe anbot.

Emilianas Augen blitzten im Licht der Scheinwerfer, als Jeremy langsam auf sie zukam.

Sie verschränkte die Arme, was umgehend dazu führte, dass ihre Brüste hochgedrückt wurden.

Die weiche Haut blitzte durch den Schlitz des zu großen Hemdes durch und er kam nicht drumherum einen Moment lang regelrecht auf dieses Bild zu starren.

Warum sollte ich diese wundervolle Aussicht nicht genießen? Schließlich sind wir zurzeit die einzigen Menschen auf dieser gottverlassenen Lake Road.

Jeremy grinste.

Emiliana hingegen zog die Augenbrauen weit nach oben.

„Ich warne dich, keinen Schritt näher!"

Das Grinsen wurde breiter. „Oder was?"

Sie ließ die Verschränkung fallen und legte stattdessen die Hände in die Hüften. „Ich werde schreien!"

„Oh Honey, glaub mir das wirst du!"

Diesen Worten folgten weitere Schritte auf sie zu.

Für Jeremy fühlte es sich fantastisch an wieder auf die gewohnte Art mit ihr kommunizieren zu können.

Erst reden, dann streiten, und letzten Endes gnadenlos FICKEN!

Dieser Gedanke veranlasste Jeremy dazu um Emilianas Hüften zu greifen, sie fest an sich zu ziehen, und leidenschaftlich zu küssen.

Als er damit fertig war, sah er ihr tief in die dunklen Augen.

Dabei beobachtete Jeremy wie sich ihre Pupillen weiteten.

Dann fragte er: „Wie lange willst du das noch machen?"

Emiliana schluckte schwer. „Was machen?"

Er sah auf ihre pulsierende Halsschlagader, ehe seine Zunge darüber glitt.

Nahe an ihrem Ohr flüsterte er: „Diese Ich-lauf-weg-Nummer? Du hast nicht verstanden, dass es zwecklos ist. Doch ich bin heute Abend wirklich in guter Stimmung. Deshalb erkläre ich es dir gerne noch einmal im Detail."

Wieder beanspruchte Jeremy mit der Zunge ihren Mund. Mit dem Körper zwang er sie dabei so lange nach hinten, bis ihr Rücken an die Fahrertür des Wagens stieß.

Sein erregtes Glied suchte Linderung, indem er sich an ihrer Mitte rieb.

Plötzlich riss Emiliana den Kopf zur Seite. „Lass das sein!" Jeremy formte die Augen zu schlitzen, als er ihren fordernden Blick einzuschätzen versuchte.

Dann legte er eine Hand um ihren Kiefer und mit der anderen strich er ihr zärtlich über die Wange.

Sie fixierte wie in Trance seine sanften Lippen, als er sagte: „Wir wissen beide, dass ich das nicht kann und du es niemals wollen würdest, dass ich es sein lasse."

Jetzt windete sich Emiliana in seiner Umklammerung. Böse zischte sie durch die Zähne: „Oh, doch ich will, dass du es sein lässt!"

Jeremy verstärkte seinen Griff, um ihren Kiefer, während sie körperlich weiter gegen ihn ankämpfte.

Ihm gefiel diese wilde Leidenschaft, die ihn nur noch mehr antörnte. „Du bist also obendrein eine Schwindlerin, ja?"

„Nein, ich ..."

Wieder küsste er sie, als würde er ihr jeden noch so kleinen Vorrat an Sauerstoff aus ihrem Körper saugen wollen. Emiliana rang nach Luft.

Jeremy leckte sich über die Lippen. „Wie du siehst, spricht dein Mund eine völlig andere Sprache, als du es mir weiß machen willst."

Ja, verdammt! Ich kann es nicht ändern, dass all meine Gegenwehr wie eine Fähnchen im Wind in sich zusammenbricht, sobald er mir zu nahe ist. Doch das wird heute ein Ende finden! Ich muss zu Granny und dann ...

Ihre Augen verfolgten wachsam seine Schritte.

Jeremy zog sie ein Stück beiseite, dann öffnete er die Fahrertür ihres Wagens. „Hat dieses Auto für dich einen emotionalen Wert oder ist es nur Mittel zum Zweck?"

Emiliana zog verständnislos die Stirn in Falten. „Ich verstehe nicht, warum …"

„Weil ich es im See versenken werde!"

Ihr Verstand arbeitete auf Hochtouren, um mit dieser Aussage klarzukommen.

Dann endlich schien sie seine Taktik zu verstehen.

Er denkt, ich hätte ihn mit der Lass-das-sein-Aussage angeschwindelt und jetzt möchte er es mir heimzahlen, indem er auch etwas sagt, was schlichtweg gelogen ist. Nicht mit mir, Mr. Adams! Da musst du schon deutlich früher aufstehen.

„Ich liebe diesen Wagen, denn ich habe ihn mir schwer erarbeitet. Außerdem …"

„Alles klar! Spar dir den Atem, mehr brauch ich nicht zu wissen", stoppte Jeremy ihre Überlegenheit.

Er beugte sich in den Wagen.

Der nächste Griff löste die Handbremse, wobei er sich noch immer fragte, warum Frauen diese selbst auf den geradesten Flächen sicherheitshalber nach oben ziehen.

Dann griff er fest um das Lenkrad.

Mit Blick auf Emiliana begann er den Wagen in Richtung einer an dieser Stelle deutlich steiler ausfallenden Böschung zu schieben.

Emilianas Augen weiteten sich vor Empörung.

Das wagt er nicht!

Als Jeremy keinerlei Anstalten machte, um zu stoppen, begann sie um ihn herum zu hüpfen. „Stopp! … Warte! … Das kann doch nicht dein Ernst sein!"

„Mein verfickter Ernst!", schnaubte Jeremy trotz der Anstrengung lächelnd zurück.

„Nein, Jeremy! Du …"

Zu spät!

Der Wagen erreichte die Böschung, bekam an der Motorhaube das Übergewicht und rollte den Hang hinab. Beinahe wäre auch Emiliana hinabgestürzt, doch Jeremy

konnte sie rechtzeitig am Arm packen und zurückreißen.
Das ist alles nur ein Alptraum und gleich erwache ich …
PLATSCH!
Das Geräusch der eintauchenden Karosserie in das
nächtliche Wasser des Sees, holte Emiliana an den Ort des
Geschehens zurück.
Mit der flachen Hand drohte sie Jeremy eine Ohrfeige an,
doch er schnappte sich ihr Gelenk.
Wütend über den Verlust ihres Wagens begann sie zu
schreien: „Du bist wirklich der kriminellste, egoistischste,
verfickteste Scheißkerl, den dieser Planet zu bieten hat!"
„Ich danke dir", brachte Jeremy locker hervor. „Und jetzt
strapaziere bitte nicht noch mehr meine Nerven."
„Ich werde …"
Er presste ihr einen Finger über die Lippen. „Da war wieder
das Bitte. Und jetzt komm!"
Vor Wut brodelnd ließ sich Emiliana bis an die
Beifahrertür des Audi zerren.
„Einsteigen!"
Keine Reaktion.
Jeremy legte eine Hand auf ihren Kopf, um sie in den
Wagen drücken zu können.
Emiliana hingegen fand immer wieder neue Gelegenheiten,
um es ihm unnötig schwer zu machen.
Jetzt zum Beispiel spreizte sie die Arme nach beiden Seiten
und verhinderte somit, dass sie in den Innenraum
gedrückt werden konnte.
Da Jeremy ihr in keinem Fall die Oberarmknochen
brechen wollte, schlang er sich von hinten um ihre Taille.
Knopf für Knopf öffnete er das Hemd.
Sie müsste schon ihre verkeilende Haltung aufgeben, um
ihn davon abhalten zu können.
Doch das tat sie nicht.
Schließlich war es genau das, was er von ihr erwartete.

Nachdem das Hemd komplett offen war, griff er mit den Händen an ihre Brüste.

Die Cups drückte er nach unten, damit er sie vollkommen nackt berühren und umgehend fest kneten konnte.

Diese harten Knospen zwischen meinen Fingern bringen mich jeden Moment um den Verstand ...

„Na, du kleines Biest! Wirst du jetzt endlich nachgeben?"

Ihr Körper drängte sich nach hinten.

Mächtig großer Fehler, denn das führte nur dazu, dass Jeremys ohnehin schmerzender harter Schwanz sich an ihren Pobacken heftig zu reiben begann.

Was Emiliana nicht sehen konnte, war, dass er nach dem Reißverschluss griff und diesen herunterzog.

Ein weiterer Griff in die hautenge Shorts und schon war er von dem Druck seiner Hose befreit.

Jetzt stand es ihm mehr als nur gewaltig.

Erste Tropfen der Lust liefen über den strammen Schaft, während er in den gekrempelten Bund von Emilianas Hose, die eigentlich sein Hab und Gut war, griff, um sie ihr von den Beinen bis hinunter zu den Pumps zu ziehen.

Ihre abwehrenden Bewegungen halfen Jeremy im Grunde nur dabei.

Auch ihr war es nunmehr unmöglich die Länge und Härte seines Schwanzes zu ignorieren.

Oh, mein Gott! Ich bin in die Falle gegangen. Es gibt kein Vor und kein Zurück. Er wird doch nicht ...

Einen Augenblick lang wurde Emiliana schwindelig von all den Gedanken und Gefühlen.

Wut, Angst, Erwartung und pure Leidenschaft vermischten sich schlagartig zu einem toxischen Cocktail.

Jeremy drückte ihren Körper mit der Hand auf dem Rücken weit nach vorne, um sie für sich zu öffnen.

Mit der anderen schob er ihr den Slip zur Seite, ehe er mit zwei Fingern durch ihre pulsierende Spalte strich.

Ein Keuchen entkam seinem offenstehendem Mund, denn er konnte deutlich die Lust spüren, die sich feucht um ihren angeschwollenen Kitzler verteilte.

Jeremy fragte: „Willst du mich spüren?"

Emiliana weigerte sich hartnäckig ihm darauf eine Antwort zu geben.

Mit der flachen Hand schlug er auf ihre Pobacke.

Wie glühend heiße Nadeln verteilte sich der Schmerz über ihre weiche Haut.

Seine Hand glitt vom Rücken hinauf in ihr langes Haar. Ein fester Zug. „Noch mal! Willst du mich spüren?"

„Aua! Lass mich ...""

Doch Jeremy gab kein bisschen nach.

Erschrocken zuckte Emilianas Körper zusammen, als der nächste Schlag seiner flachen Hand nicht ihren Arsch, sondern den Oberschenkel traf.

Zusätzlich schob er mit dem Knie ihre Beine auf und zwang somit ihre Mitte vollends auseinander.

Emiliana atmete laut hörbar ein, ehe sie ihren Unterleib anspannte.

„Ich an deiner Stelle würde das nicht tun, Honey!"

Mit diesen Worten griff er um seine Härte und platzierte die Spitze seines Glieds an ihrem mittlerweile nicht nur feuchten, sondern ziemlich nassen Eingang.

Dann stieß er in sie.

Emilianas Fingernägel krallten sich in das Leder des Beifahrersitzes.

Der plötzliche Schmerz sowie das lustvolle Vergnügen jagten zeitgleich durch ihren Körper.

Jede Gegenwehr riss ihr innerstes nur noch weiter auseinander und sie spürte, dass sie unweigerlich von ihm ausgefüllt wurde.

Jeremy umfasste von hinten ihre linke Brust, während er seine Hüften immer schneller nach vorne bewegte.

Das Tempo der Stöße erhöhte sich ins Unermessliche, als er fühlen konnte, dass Emiliana jeglichen Widerstand gegen ihn aufgab.

Wieder und wieder stieß er zu.

Er fickt mich gerade mit solch einer intensiven Kraft, dass ich denken könnte, mein Körper hält dem Ganzen gleich nicht mehr stand. Gefühlt kann ich jeden Millimeter seines Schwanzes spüren, der sich gnadenlos immer tiefer in mich bohrt. Ich möchte schreien vor lauter Schmerz, doch ich ...

Emiliana begann hemmungslos zu stöhnen, als er seine Finger an ihren empfindlichen Kitzler gleiten ließ und diesen im Rhythmus der harten Stöße umkreiste.

Völlig willenlos und wie benommen von dieser intensiven Erfahrung, überkam Emiliana ein Orgasmus, den sie in diesem Maße noch nie zuvor erlebt hatte.

Schmerz und Lust vereinten sich zu etwas so brutal heißem, dass sie kaum mehr zu Atem finden konnte.

Auch Jeremy schloss die Augen.

So heftig hatte er es noch nie zuvor in seinem Leben getrieben und er dachte selbst, dass manches auf Staten Island schon längst seine Grenzen gesprengt hatte, doch da lag er wohl vollkommen falsch.

Es gibt durchaus noch eine höhere Steigung auf den absoluten Gipfel der sexuellen Begierde ..., dachte Jeremy, als auch er sich dem Höhepunkt näherte.

Sein Glied pumpte auf Hochtouren, während er seinen heißen Samen regelrecht in Emilianas Unterleib schoss.

Keuchend sah er in den sternenklaren Abendhimmel.

Vergibt uns irgendjemand, denn bei Gott - wir wissen was wir tun!

Auf dem Boot musste Emiliana sich eingestehen, dass sie sich erneut seiner Dominanz unterworfen hatte.

Während sie im Badezimmer die Wunde des Glassplitters mit Alkohol, sowie richtigem Tapeverband versorgte, liefen ihre Gedanken auf Hochtouren.

Wie kann es sein, dass ich nach diesem heftigen Akt beinahe handzahm zu ihm in den Wagen steige und mich hierher zurückbringen lasse, wie ein Vogel, der nach einem kleinen Rundflug freiwillig in seinen Käfig heimkehrt? Mein Schicksal ist wohl längst besiegelt und die Wahrheit ...

„Bist du fertig?" rief Jeremy aus dem Wohnbereich.

Als Emiliana aus der Schlafkammer trat, deutete er auf den Stuhl, an dem Emiliana zuvor beim Essen gesessen hatte.

„Hinsetzen!"

Die Strenge in der Tonlage hielt er noch immer aufrecht. Sie gehorchte.

Jeremy nahm ihr gegenüber Platz.

Nachdem er ihr längere Zeit schweigend in die Augen gesehen hatte, griff er in sein Jackett, dass er heute in der Firma aus seinem Schrank an sich genommen hatte.

Emiliana vernahm mehrmaliges Klacken in seiner Hand.

Was ist das nur?

Dann sah sie die Ursache des Geräuschs auf dem Tisch vor ihm liegen.

Zwei Würfel - sehr edel in durchsichtigem Schwarzton gehalten mit silbrig schimmernden Punkten.

Jeremy sah erneut zu ihr hin. „In meiner Branche zu überleben funktioniert nur auf zwei Wege. Gewinnen oder verlieren!"

Er nahm die Würfel in die Hand und drehte diese eine Weile darin.

Jeremy fuhr fort: „Kein Mensch dieser Erde lässt sich gerne etwas nehmen, schon gar nicht woran sein Leben hängt. Und doch spielen wir alle beinahe täglich darum."

Mit großen Augen fixierte Emiliana all seine Gestiken.

Jeremys Lippen wirkten dünn und er meinte es ernst.

Leider hielt sie noch immer nichts davon, dass man Leuten skrupellos ihr Hab und Gut wegnahm, nur weil diese in ihrem Leben zum größten Teil unverschuldet in finanzielle Schwierigkeiten geraten waren.

Jetzt lachte Jeremy. „Ich weiß schon, was du denkst. Man kann es dir deutlich ansehen."

Emiliana blinzelte mehrmals, was ihre innere Aufregung umso deutlicher preisgab.

Erneutes Lachen. „Lia, Lia, Lia! Wo ist dein Pokerface hin? Es hatte dir auf Staten Island ziemlich gut gestanden." Seine Augen wanderten dabei über das sporadisch zugeknöpfte Hemd bis hinab zu ihren Brüsten.

Jeremy leckte sich über die Lippen. „Wie du gemerkt hast, kann, und vor allem muss auch ich überzeugend sein. Was hältst du also nach all der Aufregung von einem fairen Spiel?"

„Ein faires Spiel? Dann müsstest du mir allerdings sagen, wer es mit mir spielen soll. Du kommst für so etwas eher wenig bis gar nicht in Frage", schoss es aus Emilianas Mund wie aus einer Maschinenpistole.

Jeremy seufzte. „Wie ich höre, ist die Wildkatze in dir zu neuem Leben erwacht. Perfekt! Hier!"

Ein Würfel verließ Jeremys Hand und kam über den Tisch hinweg geradewegs auf Emiliana zugerollt.

Elegant stoppte sie diesen mit zwei Fingern.

Das verruchte Rot ihrer Nägel und das Schwarz des Würfels ergaben im Licht eine höllisch gute Kombination. Als Jeremy noch einmal tief in ihre dunklen Rehaugen sah, blitzte darin ein seltsamer Schimmer auf und er hatte kurzzeitig sogar das Gefühl, als würde sie ihm direkt in die Seele blicken können.

Das könnte ein verdammt hartes Spiel werden, war sein Gedanke, ehe er auf den Würfel in seiner Hand deutete.

„Es ist ein Open-End-Game! Bedeutet, es hört auf, wenn es einer will oder nicht weiterspielen kann. Sei es aus moralischen oder gar körperlichen Gründen. Wichtig ist dabei, dass jeder seines eigenen Glückes Schmied ist. Bedeutet, dass du immer mit deinem und ich mit meinem Würfel spielen muss. Meist sind die Regeln so trocken erklärt nicht ganz klar, deshalb möchte ich es dir gerne an einem Beispiel zeigen. Bereit?"

„Bereit, wenn du es bist", gab Emiliana rasch zur Antwort. *Was rede ich da nur? Ich kenne noch nicht einmal die Spielregeln und dennoch fordere ich den Stier vor meiner Nase mit einem blutroten Tuch heraus. Großartig!*

Jeremy erhob sich und kam um den Tisch herum. Mit einer Gesäßhälfte setzte er sich lässig auf dessen Platte. Den Würfel warf er mehrmals in die Luft und fing ihn wieder. „Als ich bei Marshall-Enterprises angefangen habe, da gab es gleich zu Beginn ein Seminar, das uns den Wert unseres Daseins vermitteln sollte. Der damalige Leiter schenkte uns im Anschluss daran jeweils ein Paar von diesen Würfeln, damit wir die folgenden Worte nie vergessen würden. Seine Stimme klang dabei wie ein Held aus uralten Filmen und ich muss zugeben, seine Darstellung hatte mich schwer beeindruckt. Er sagte: „Du kannst nie wissen, wie der Würfel im Leben fällt! Doch du kannst jederzeit versuchen, das Beste aus deiner Situation herauszuholen. Gewinnen oder verlieren! Das sind die zwei Optionen, die dir zur Verfügung stehen. Siehe den Triumpf wie einen Diamanten in all seinen Facetten. Nutze den Verlust wie eine ungewollte Liebkosung. Damit meinte er, dass sich gewinnen immer gut anfühlt, egal aus welchem Blickwinkel oder wie viele Ecken und Kanten dafür nötig waren. Verlieren hingegen fühlt sich grundsätzlich schlecht an, doch wenn wir einen Sinn in unserem Scheitern entdecken, ist es wie eine innige Umarmung."

Emiliana senkte leicht den Kopf.

Dann sagte sie: „Du bist somit klar im Vorteil, denn du kennst dieses Spiel. Jeden Tag ..."

„Nein, meine wilde Schönheit. Das kann man nicht lernen wie die strategischen Züge von Mühle oder Schach. Es ist vollends vom Schicksal abhängig und es gibt keinerlei Vorbereitung oder gar einen Masterplan. Hier entscheidet der Zufall, beziehungsweise der Würfel über dich."
Jeremy hielt den intensiven Blick mit seinen hellblauen Augen weiterhin auf sie gerichtet.
Er streckte die Hand aus, um sich die obere Reihe seines Hemdes aufzuknöpfen.
Das Blut schoss Emiliana umgehend in die Wangen und ließen diese vor Hitze rosarot aufflammen.
Tausend erotische Szenen jagten durch ihren Kopf, doch er wollte ja unbedingt mit ihr eine Runde Würfel spielen.
„Let´s play!"
„Ganz sicher?"
„Ja, warum denn nicht?"
Jeremy runzelte die Stirn. „Es wird nicht wie in der Firma ablaufen, wo es rein um Aktien und Geld geht. Nein, hierbei geht es um viel."
Emiliana lächelte. „Und worum genau geht es?"
Er küsste zärtlich ihre Stirn. „Um dich."
Vorsichtig atmete sie nach dieser Aussage durch die Nase ein. Ihr rasendes Herz musste unbedingt ein wenig ruhiger werden, weshalb sie sich krampfhaft versuchte auf den Würfel in ihrer eignen Hand zu konzentrieren.
Jeremy sprach ohne den Blick dabei von ihren Augen abzuwenden. „Würfel."
Wieder hämmerte der Schlag ihres Herzens durch Emilianas Brust, doch sie öffnete die Hand und ließ somit das Schicksal für sie entscheiden.
„Und jetzt? Es ist die Zahl ..."
„Psst! Nichts sagen", unterbrach Jeremy ihre Worte und er hatte sich auch noch kein einziges Mal nach dem Würfel auf dem Tisch umgesehen. „Verdeck ihn mit der Hand."
Zwar verstand sie es nicht, doch sie tat es.

Die nächste Order folgte. „Sieh mich an!"
Emiliana schlug die langen Wimpern nach oben auf.
„Welche Zahl ist es?"
„Ich soll dir den Wert der Augen verraten? Aber ..."
„Oh, tut mir leid, ich vergaß zu erwähnen, dass du mir dabei nicht zwingend die Wahrheit sagen musst."
„Ich soll lügen?"
„Wenn du denkst, du könntest so gewinnen, dann ja."
Vollkommen irritiert sah Emiliana noch einmal prüfend auf den Würfel unter ihrer Hand.
Ein Lächeln umspielte plötzlich ihr Gesicht. „Zwei."
Jeremy erhob sich vom Tisch.
Ein Griff in die Seite der Reisetasche unter dem Sessel und schon hielt er vier feste Seile in den Händen.
Diese waren nicht länger als fünfzig Zentimeter, doch ausreichend für das weitere Vorhaben.
Seine warmen Finger umschlossen ihr Handgelenk und nur Sekunden später war sie auch schon an den Stuhl gefesselt.
„Was soll das? Ich dachte wir wollten spielen ...", kam es Emiliana empört über die glänzenden Lippen.
„Das tun wir", gab Jeremy ihr umgehend zu verstehen.
„Allerdings muss ich auf Nummer sicher gehen, dass wenn du verlieren solltest, du dich deiner Strafe nicht umgehend entziehen kannst."
„Strafe?", fragte Emiliana mit einem Anflug von Panik in der Stimme.
Verzweifelt versuchte sie sich wieder von den Seilen zu lösen, die er mittlerweile auch um ihre Fußgelenke gelegt hatte.
Leider war nicht nur Jeremy in diesem Moment für sie zu stark, sondern auch die Knoten.
Seine Stimme kam tief und gleichmäßig in ihren Ohren an.
„Hand wieder über den Würfel!"

Stimmt, diese Hand hat er mir freundlicherweise nicht gefesselt. Wie nett ..., schoss es ihr durch den Kopf.

Eine seltsame Stille erfüllte plötzlich den gesamten Raum. Nach einiger Zeit bewegte sich Jeremys Körper um ihr ins Ohr zu flüstern: „Zwei, sagtest du? Ich sage NUTS!"

„NÜSSE?" Emilianas fragender Blick ließ ihn auflachen. „Honey, so heißt das Spiel! Im Sinne von: Niemals, du bluffst, ich glaube dir nicht, das ist Bullshit, und so weiter. Durch Augenkontakt, Mimik oder Gestiken entscheidet der Gegenspieler, ob die Wahrheit gesagt wurde. Glaubt man dem würfelndem Spieler oder auch nicht, muss man dies zur Anklage bringen. Dafür benutzt man die Worte: ACCEPT oder NUTS. Da ich dies getan habe, wird nun verlangt, dass du das Rätsel auflöst, indem du deine Hand anhebst. Der darunter ruhende Würfel entscheidet über Gewinn oder Verlust. Wie gut konnte man überzeugen oder wie schnell wurde man vom anderen durchschaut? The Winner Takes It All, Babe! Und in dieser ersten Runde spielen wir Hot and Cold. Deal? Oh, und bevor du antwortest, denk immer daran: Ein Deal ist ein Deal!"

Emiliana dachte einige Sekunden lang über seine Worte nach, dann fragte sie: „Verstehe ich das richtig, dass wenn ich gewinne, du mich sofort losbindest und du quasi dran wärst mit würfeln?"

„Goldrichtig!"

Sie hakte nach: „Die Strafe ist dann auch meine Wahl?"

„So ist es."

Emilianas Augen weiteten sich als sie leise sprach: „Deal!"

Jeremy stellte sich breitbeinig vor den Tisch und nahm die Hand ans Kinn. „Zeig mir deinen Würfel."

Emilianas Lächeln reichte ihr bis zu den Ohren, da sie die Zahl schließlich zuvor geprüft hatte.

Sie hob die Hand nach oben.

Dabei sah sie ihm mitten ins Gesicht. „Tut mir leid. Du kannst meine Fesseln wieder losmachen, Mr. Loverboy."
Jeremy sah auf den Würfel herab.
Dann schüttelte er den Kopf. „Nun, ich schätze, das angekündigte Hot and Cold wird dir sicherlich gefallen." Mit diesen Worten schnappte er sich Emilianas zweites Handgelenk und band dieses fest an den Arm des Stuhles. Mit zitternder Stimme murmelte sie: „Das ist unmöglich! Der Würfel hat eindeutig die Zwei …"
„Da braucht wohl jemand eine Brille, was? Aber ist nicht schlimm, denn wer weiß, vielleicht nutzt du diesen Verlust wie eine ungewollte Liebkosung …"
„Nein! Jeremy, der Würfel lag nicht auf der Vier! Du hast ihn verdreht, während du mich gefesselt hast! Das nennst du fair?"
Emiliana wurde leicht hysterisch, denn sie war sich sicher, dass er in das Spiel im Nachhinein eingegriffen hatte. Außerdem konnte sie weder diesen Raum, noch den Stuhl auf dem sie gefesselt saß, verlassen.
Meine einzige Möglichkeit besteht also darin, ihn zu überzeugen, dass es nicht mit rechten Dingen zuging. Warum aber sollte das einen skrupellosen, hinterhältigen, egoistischen Arsch wie ihn interessieren? Er kann mich mal kreuzweise mit seinem Gerede von Fairness und …
Weiter kam sie nicht, denn ihre Augen erfassten, wie Jeremy aus der nebenliegenden Schublade eine Stabkerze, eine Streichholzschachtel und Servietten hervorzog.
Die Hilflosigkeit in ihrer momentanen Situation ließ Emiliana betteln: „Lass uns noch mal würfeln. Ich habe das Spiel verstanden. Bitte …"
„Psst! Deal ist Deal! Schon vergessen?" Jeremy lächelte.
Emilianas Körper erstarrte kurzzeitig, als er die Dinge auf dem Tisch ablegte und sich vor ihr hinkniete.

Er legte die Hände um ihre Rippen, schnappte sich sein Hemd und riss es ihr nach beiden Seiten vom Oberkörper.

Atemlos vor Empörung rang sie nach Luft.

Jeremy zog die Brauen tief in sein markantes Gesicht. Diese Mimik verlieh ihm ein teuflisch düsteres Aussehen.

„Meine wilde Schönheit, es ist an der Zeit, dich zu bestrafen."

„Zu bestrafen? Mich? Aber warum? Wegen diesem doofen Würfelspiel und ..."

Sein nächster Griff ging in Emilianas langes Haar. Ruckartig zog er ihren Kopf näher zu sich heran.

Die Stimme klang wütend. „Hast du die Regeln schon wieder vergessen? Außerdem kann ich es nicht dulden, dass du mich schon in der Einführungsrunde des Schwindelns bezichtigst, findest du nicht auch?"

„Bitte Jeremy, der Würfel hatte wirklich ..."

Jeder Königssohn würde ihren unschuldigen Augen in dieser Sekunde Glauben schenken und die wunderschöne Prinzessin sofort von den Fesseln befreien. Doch ich weiß es besser. Sie ist keine Prinzessin wie man sie in jedem guten Märchenbuch findet. Nein, sie ist die böse Hexe, die mich längst in ihren verruchten Bann gezogen hat. Dass auch ich kein Prinz, sondern ihr Teufel in Person bin, damit hatte die böse Frau nicht gerechnet. Und heute Nacht wird sie brennen! Nicht auf dem Scheiterhaufen, sondern für mich!

Jeremy konnte sich an keine Sekunde in seinem Leben erinnern, wo er jemals solche Gedanken über eine Frau gehabt hatte.

Ein paar Teenager-Flirts, eine zweijährige Beziehung, die auseinanderging wegen eines Umzugs ins Ausland, ein One-Night-Stand, bei dem viel zu viel Alkohol im Spiel gewesen ist, und zu guter Letzt Sara.

Er erachtete diese Frau als Jackpot, denn sie war Workaholic genau wie er, wollte keine Kinder, genau wie er, und alles lief wunderbar perfekt.

Wie in dem soeben beschriebenen Märchenbuch.

Jeremy dachte, dass er so weiterleben würde, bis das der Tod sie scheidet.

Doch dann kam Emiliana.

Und nach nur acht Tagen hatte Jeremy das dringende Bedürfnis sein Leben um diese völlig durchgeknallte Frau zu komplizieren.

Unsagbar realitätsfern, und doch vollkommen rein.

Mit ihr fühlt sich alles im Leben viel intensiver an. Echt!

Mit den Händen fuhr Jeremy langsam über ihre Beine.

Blinzelnd verfolgten ihre langen schwarzen Wimpern diesen Akt.

Die Finger vergruben sich im Stoff der teuren Hose und nur einen Augenblick später konnte man auch hier reißende Geräusche wahrnehmen.

Emiliana saß nurmehr in Unterwäsche auf dem Stuhl.

Eine Träne kullerte über ihre Wange.

Eine einzige.

Gott! Diese Frau lässt kein Spielchen aus, um jemanden zu verunsichern. Pech für dich, wilde Schönheit! Denn schon meine Mum hatte mich als kleinen Jungen immer gefragt, ob ich wieder Krokodilstränen hervordrücken müsse, nur um meinen Willen zu bekommen.

Mit dem Finger hielt Jeremy die Träne auf.

Diesen führte er an seine Unterlippe und leckte einmal mit der Zungenspitze darüber.

Dann zwängte er seine Hand zwischen ihre Schenkel.

„Öffne dich!"

Ihre Knie erhoben sich und zogen die Fesseln der Fußgelenke mit sich nach oben.

Das kam Jeremy sehr gelegen, denn so konnte er ihre Fersen auf dem Stuhl abstellen und sie dennoch stramm gefesselt um ihre Knöchel herum wissen.

Was für eine Bild! Dieses Luder gefesselt vor sich sitzend zu sehen, halbnackt mit angewinkelten Beinen, wo nur noch ein winziger Hauch von seidigem Stoff mich von ihrer honigsüßen Spalte trennt, in die ich sie am liebsten sofort bis zur Besinnungslosigkeit ficken möchte.

Seine Kehle zog sich bei diesem geilen Gedanken zusammen und Jeremy musste schwer schlucken.

Zurück zum Spiel!

Er nahm die Kerze zu Hand.

Dann rieb er darüber, als wäre es sein harter Schwanz.

Emiliana begann zu wimmern, denn sie wollte stark sein.

Hören kann mich hier draußen auf dem Boot ohnehin keiner. Warum also schreien? Das kostet höchstens Kraft und vielleicht kann ich davon heut Nacht doch einiges mehr gebrauchen, als ich es mir je hätte träumen lassen.

Ihre Augen wurden umgehend starr, als Jeremy ein Streichholz aus der Schachtel zog und dieses durch einen schnellen Zug über den Boden entzündete.

Das Feuer loderte wild und heiß in seinen Augen.

Genau so musste es sein, wenn man dem Fürsten der Finsternis in die tiefen Abgründe der durchtriebenen Seele blickte, dachte Emiliana als der Kerzendocht entzündet wurde.

Das Streichholz erlosch und Jeremy warf es achtlos beiseite, ehe er mit den Fingern an ihr dünnes Höschen griff.

Ein weiterer kräftiger Zug und auch dieses zerriss mit Leichtigkeit.

Alles was zurückblieb waren Stofffetzen auf dem Boden.

„Jeremy, hör zu. Ich möchte mit dir spielen, aber bitte las uns noch einmal von vorne ..."

„Von vorne? Ja, so mache ich es dir", konterte er lässig.

Spätestens jetzt konnte sich Jeremy ungefähr vorstellen, wie sich ein Frauenarzt fühlen musste.

Und eines ist dabei so sicher wie das Amen in der Kirche: Wenn ich Emiliana als Patientin bekommen hätte, dann wäre es um meine professionelle Beherrschung gewiss verloren gewesen.

Er hielt ihr die brennende Stabkerze mitten vor das Gesicht. Reflexartig wich sie vor der Flamme zurück.

Bettelnde Worte folgten. „Bitte, hör auf. Tu das nicht!" Emiliana krampfte die Hände zusammen.

Was will er tun? Mir das Gesicht verbrennen?

Sie sah wie sich seine Hand neigte.

Die Flamme schmolz das Wachs und der erste Tropfen löste sich.

Glühend heiß traf dieser auf ihre linke Brust und es folgte auch umgehend ein weiterer.

Ein schockierter Schrei entwich ihren Lippen, als sich die brennende Flüssigkeit durch ihre Brüste hindurch schlängelte. Nur, um in kürzester Zeit zu erkalten und auf der oberen Hautschicht auszuhärten.

Jeremy zog ihren Oberkörper ein Stück weit nach vorne, griff mit der Hand an ihren Rücken, öffnete einhändig den BH und ließ diesen an ihren Armen nach vorne hinuntergleiten.

Da sie am Stuhl gefesselt war, wollte er nicht wie bei den anderen Klamotten anreißen, sondern dieses Problem ein klein wenig eleganter lösen.

Die Kerze erfüllte hierbei ganz wunderbar diese Aufgabe.

Erster Träger! Zweiter Träger!

Nackt!

Die Luft roch umgehend nach verbranntem Stoff.

Doch es lag gewiss noch viel mehr darin - Tränen, Schweiß und Körperflüssigkeiten.

Jeremy spürte, wie sein Schwanz zu schmerzen begann.

Diese extreme Härte kannte er vor Emiliana nicht und es war verdammt schwer sich als Mann in dieser Situation zurückhalten zu können.

Zeig mir den Mann, der nicht wie ein wildes Tier jedes verdammte Mal über diese Frau herfallen würde!

Jeremy berichtigte seine eigenen Gedankengänge. *Verdammt noch mal! Zeig mir alle die es würden und ich bringe jeden einzelnen von ihnen mit diesen Händen um!* Dieses extreme Gefühl der Eifersucht war vollkommen neu für ihn.

Eigentlich hatte er ähnliches immer in Filmen belächelt, wenn irgendein Herrscher meinte, dass die Frau von nun an SEIN wäre und niemand anderes dürfte sie jemals mehr auch nur ansehen.

Doch genau das empfand er beim Anblick von Emiliana. *Kein anderer wird sie jemals mehr anfassen! Nie wieder! Sie gehört mir!*

Eine unglaubliche Hitze strahlte nun von seinem Körper aus und mit der rechten Hand umfuhr er zärtlich ihre Brust.

Es gefiel Jeremy, dass sich trotz des Protestes, dem gefakten Weinen, und all ihrem Flehen Emilianas Knospen verräterisch verhärtet hatten.

Ihre Hüften hoben sich vom Stuhl. „Es reicht! Lass mich!"

„Honey, es macht überhaupt keinen Sinn es zu leugnen."

„Was zu leugnen?"

„Das du unsagbar geil bist!"

Emilianas Blick blieb unwillkürlich bei seinem letzten Satz auf der Ausbeulung seiner Hose hängen.

Ihre Gedanken kehrten an die Lake Road zurück, wo das Monster darin ihre Enge noch schmerzvoll in einen Orgasmus der anderen Art gefickt hatte.

Und jetzt steht dieses Ungetüm erneut, nur um mich ...

„Du bist feucht", entfuhr es Jeremy lustvoll mit Blick auf ihre freie Spalte.

Mit der flachen Hand streichelte er seinen Schwanz durch den Stoff seiner Hose.

Dieser Anblick war so verdammt heiß, dass Emiliana die austretende Flüssigkeit aus ihrer Mitte kaum mehr zu verhindern wusste.

Liebe Zeit, ich bin nicht mehr feucht! Nein, ich bin klitschnass! Und gleich werde ich ihn anflehen mir weh zu tun! Was ist nur los mit mir? Man hole einen Exorzisten! Kopfschüttelnd versuchte Emiliana diese skurrilen Gedanken zu verbannen.

Vergebens!

Jeremys Lippen verzogen sich zu einem breiten Lächeln. Noch immer mit der brennenden Kerze in der Hand führte sein nächster Weg zum Kühlschrank.

Er riss das Eisfach auf und holte eine kleine Box hervor. In dieser befanden sich Eiswürfel, die sicherlich für die Getränke an Bord gedacht waren.

Nur nicht in dieser Nacht.

Ich mag das nicht, schoss es Emiliana durch den Kopf.

Das einzige Mal, als Eiswürfel im Spiel waren, endete in einer Katastrophe. Dwayne-Arsch versuchte so krampfhaft das gefrorene kleine Rechteck in seinem Mund zu halten, dass er sich dabei ein Stück seines Schneidezahnes ausbiss. Dass die Lust somit an diesem Abend auch ausgelutscht war, steht außer Frage. Statt eines kühlen, prickelnden Vergnügens auf der Haut, gab es endloses Gejammer und das muss ...

„Was ist los mit dir, Honey? Magst du etwa kein Eis?", fragte Jeremy mit spitzen Lippen.

Emiliana sah darin eine Chance. „Richtig. Ich mag es nicht. Würdest du also ..."

„Schlechte Erfahrung?" Jeremys Augen wurden immer stürmischer, während er ihren Blick gefangen hielt.

Er fuhr fort: „Das liegt dann wohl daran, dass du mit den falschen Typen zusammen warst. Es muss schrecklich sein, wenn ein Mann nicht weiß, wie man eine Frau wie dich behandelt oder gar befriedigt."

Wieder kniete Jeremy sich nieder.

Seine Hand streichelte über die empfindliche Haut der Innenseiten ihrer Oberschenkel, bevor er die brennende Kerze wieder in Schräglage versetzte.

Als die ersten Tropfen langsam von oben herab auf ihren Venushügel tropften, öffnete er den Mund und leckte sich einmal mit der Zungenspitze darüber.

„Ahhh ..., bitte ..., das tut ...,“ wollte Emiliana sich beschweren, doch das heiße Wachs hatte in der Luft genügend Zeit um auf eine angenehme und vor allen Dingen aushaltbare Temperatur abzukühlen.

Wenn sie ehrlich zu sich selbst war, dann brachte jeder Tropfen, der auf ihrer Haut landete, ihre nasse Spalte zum Zucken und auch die Klitoris war enorm angeschwollen.

Wie zur Hölle soll ich mich ihm gegenüber jetzt noch rausreden können?

Jeremy tropfte das Wachs noch mehrere Male über die Schenkel und ihre Mitte.

Schweratmend beobachtete er wie es sogar Linien zeichnete, die nach und nach aushärteten.

Sein Schwanz pochte wie ein wildes Tier, das aus dem Käfig gelassen werden will, gegen den Stoff seiner Hose und er konnte gefühlt auch nicht länger warten.

Er senkte die Kerze.

Emiliana verlor jegliche Kontrolle, als das Wachs auf ihre Schamlippen traf.

„O Gott! Nein! Was tust du? Jeremy ...“, flehte sie, doch da fühlte sie auch schon den nächsten Tropfen auf ihrer Perle.

Sie schrie auf.

Jeremy wollte seine Hand zurückziehen, doch als er leises Stöhnen aus ihrer Kehle vernahm, blieb er bei der Sache.

Er variierte die Tropfen.

Einmal aus nächster Nähe, dabei aber nur einen, dann wieder von weiter oben, doch mehrere auf einmal.

Emiliana konnte sogar das Aushärten der Flüssigkeit auf den betroffenen Hautstellen spüren, was ihre Lust in ungeahnt schmerzhafte Dimensionen steigerte.
Ihr Körper und ihr Geist kämpften gegen diese Wirkung, doch sie wusste, dass es am Ende zwecklos war.
Jeremy holte das Eis zu Hilfe.
Was hat er vor?
Er sah ihr lange in die Augen. „Hot and Cold!"
Emiliana wurde schwindlig, als sie sah, dass er die heiße Flamme einmal zügig über ihre gesamte Mitte zog.
Ihr Hintern bockte auf, wurde jedoch durch die plötzliche Kälte wieder zurück in den Stuhl gedrückt.
„O Gott! Hilfe ...", stöhnte Emiliana.
„Ich helfe dir doch", antwortete Jeremy, während er fühlte, dass der Eiswürfel in seiner Hand mit massivem Druck auf ihre Klitoris zu schmelzen begann.
Dieser eingebildete Arsch, denkt er ist Gott persönlich ...
Jeremy wiederholte mehrfach die Prozedur.
Von heiß zu kalt.
Die Lichter im Raum verschwammen im Wechselbad dieser intensiven Gefühle für Emiliana.
Und wie aus weiter Ferne hörte sie seine erregten Worte: „Komm für mich, wilde Schönheit! Lass es geschehen."
Die brennende Kerze zeigte nun in Schräglage auf Jeremy.
Seine kalte Hand, worin sich die Eiswürfel befunden hatten, klatsche peitschend gegen ihre nasse Spalte.
Mit den Fingern schnippte er vorsichtig das Wachs vom Kitzler.
Dann drückte er das hintere Stück der Kerze in ihre warme Öffnung.
Mit der anderen Hand zog er die Schamlippen weit nach oben und begann sie mit dem Daumen kreisend zu massieren.
„Lass mich dir helfen!"
Mit diesen Worten drückte er die Kerze tiefer in sie hinein.

Jeremy erhöhte das Tempo der Rein- und Rausbewegung. Emilianas Körper wölbte sich in den Fesseln, denn sie wollte am liebsten die Beine zusammenpressen.

Da es kein Entkommen für sie gab, musste sie sich dem drohenden Orgasmus stellen, ob sie es wollte oder nicht.

Schweißperlen bildeten sich zwischen ihren prallen Brüsten, als das Gefühl immer intensiver wurde.

Jeremy beugte sich vor und saugte an ihrer harten Knospe, anschließend an der anderen.

Durch glasige Augen beobachtete Emiliana ihn dabei.

Dann ging alles wieder sehr schnell.

Jeremy besorgte es ihr so heftig, dass außer schreien und stöhnen keine anderen Laute oder Worte mehr über ihre Lippen kommen konnten.

„Durchhalten Honey! Gleich ...! Ja, genau so!" Er fühlte deutlich, wie die Reibung sie von innen heraus einnahm.

Emiliana gab sich dem urgewaltigen Orgasmus unter seiner Regie hin.

Ihr Körper bebte und aus ihrer Mitte schoss zuckend ein Schwall aus purem, klaren Saft.

So heftig war sie mithilfe eines Objektes, sei es ein Vibrator oder gar das Reiben an diversen Gegenständen, noch nie gekommen.

Nicht einmal beim gnadenlosesten Fingern.

Sie hatte davon gehört, dass auch Frauen vaginal abspritzen können, doch dazu musste genau der berühmt berüchtigte G-Punkt gefunden und auch getroffen werden.

Der heilige Gral unter den Taten eines Manns sozusagen.

Jeremy hatte Emilianas heiligste Stätte somit entweiht, geplündert und schamlos benutzt.

Doch sie hoffte bereits, dass er es noch mal tun würde.

Nachdem Jeremy sie von ihren Fesseln befreit hatte, verschwand Emiliana für einige Zeit im Badezimmer.

Als sie splitternackt zurückkehrte, war der Tisch, ihr Platz und auch das Chaos drumherum zumindest provisorisch von ihm beseitigt worden.

Er stand mitten im Raum und hielt ihr einen reinweißen Baumwollbademantel zum Reinschlüpfen hin.

Sie ließ ihn sich anlegen.

Jeremy küsste ihren Hinterkopf und atmete den Duft ihrer Haare ein.

Dann sagte er: „Damit fühlst du dich etwas weniger verwundbar."

„Danke", kam es über Emilianas Lippen. Sie meinte es so.

Jeremy nickte, dann schnappte er sich zwei Weingläser und befüllte diese mit einem betörenden, maskulinen, dichten und kraftvollen Rotwein aus Cabernet Sauvignon und Merlot.

Nachdem beide wieder auf ihren Plätzen saßen würfelte er.

Seine Hand schirmte die Anzahl der Augen ab.

Dann sagte er ruhig zu ihr über den Tisch hinweg. „Eins."

Emiliana nahm einen großen Schluck.

Sie warf die Schultern zurück und ihre wunderschönen Augen verengten sich, während sie überlegte.

Jeremy schluckte hart, denn diese Frau hatte es drauf ihn nervös werden zu lassen.

Anders als all seine Geschäftspartner, die ihm teilweise nicht einmal ein Zucken mit den Lidern entlocken konnten.

Verdammt! Der Blick dieser Frau wirkt durchdringend und das sogar nachdem sie noch immer ein klein wenig benommen von dem Kerzenfick ist. Was zur Hölle haben wir da nur losgetreten, meine wilde Schönheit? Sind das die menschlichen Abgründe, die man nur vom Hörensagen kannte, oder betreten wir beide völlig neues Terrain? Ist mir im Grunde scheißegal, solange deine Kleidung zerknittert und du selbst durchgefickt bis zum Äußersten an meiner Seite …

„Accept!" Ihr Wort schnitt die Luft wie eine scharfe Rasierklinge.

Sie glaubt mir? Aber wieso ...

„Ich möchte gerne den Würfel sehen", forderte Emiliana.

Ihr nächster Griff ging über den Tisch an Jeremys Hand.

Sweet Victory!

Tatsächlich lag der Würfel mit einem Punkt nach oben zeigend vor ihm.

Jeremy runzelte die Stirn.

Noch nie zuvor hatte ihm jemand bei seiner Nummer mit der Eins Glauben geschenkt. Bis heute Nacht.

Aber was wundert mich noch? Schließlich ist alles an diesem kleinen Luder anders.

„Verdammt, da hast du scheinbar großes Glück gehabt."

„Habe ich das?", fragte Emiliana mit einem Hauch von Sex in der Stimme, genau wie auf Staten Island.

Dies reichte aus, dass es Jeremy in der Hose erneut stramm stand.

Sie deutete auf die Seile am Boden. „Darf ich?"

„Nur zu. The Stage is yours", antwortete Jeremy gelassen.

Ihm war alles andere als nach Coolness zumute, doch er wollte sich diese Blöße nicht noch einmal vor ihr geben.

Außerdem hatte er unumstritten verloren.

Und so lief nun mal das Spiel.

Ihr Blick aus großen Augen senkte sich zu seinem Schritt, bevor sie damit begann Jeremy an den Stuhl zu binden.

„Der rechte Knoten ist noch ein wenig locker", witzelte er.

„Ich danke dir!"

Diese Antwort zischte durch seine Ohren und der folgende Schmerz durchfuhr sein Handgelenk wie ein Beil.

Emiliana zog das Seil in diesem Augenblick so straff, dass seine Hand innerhalb weniger Sekunden blau anlief.

„Autsch! Schon in Ordnung. War nur Spaß! Tut mir leid", flehte Jeremy, doch sie zeigte sich unbeeindruckt.

Emiliana stemmte die Hände in die Hüften. „Wenn ich das Spiel richtig verstanden habe, darf der Gewinner tun und lassen, was er gerne möchte. Ist das korrekt?“
Jeremy nickte.
Er war sich plötzlich nicht sicher, ob er nicht doch einen großen Fehler mit dem Angebot dieses Spiels begangen hatte und sie gleich wieder Reißaus nehmen würde.
„Ich habe etwas vergessen zu erwähnen.“
„So? Was denn?“
Jeremy sah ihr tief in die Augen. „Es geht bei diesem Spiel auch um Verantwortung.“
„Verantwortung?“, fragte Emiliana spöttisch.
„Ja“, bestätigte Jeremy schnell. „In meinem Beruf muss ich für mein Handeln tagtäglich die Verantwortung übernehmen. Folglich auch in diesem Spiel. Wenn du also vorhast, die Situation für dich auszunutzen und wieder ...“
„Du denkst ich haue ab?“ fragte sie beinahe beleidigt.
Jeremy überlegte. „Ist es denn so abwegig nach allem?“
„Nein“, bestätigte sie umgehend seine Frage.
Ihre Hände griffen dabei an sein Hemd und rissen es auf.
Natürlich, sie wird mir die Nummer mit der Kerze heimzahlen, was sonst ...
Sie nahm auf dem Tisch vor ihm Platz, genau wie er es zuvor getan hatte.
Ihre Brust wurde dabei nach oben aus dem Bademantel gedrückt, was Jeremy sofort ein mehrmaliges Zucken im Schritt verspüren lies.
Emiliana nutzte diesen Moment um sich weit nach vorne zu beugen und an seinem Ohrläppchen zu saugen. Dann spürte er wie ihre scharfkantigen Zähne leicht in dieses hineinbissen.
Ein Schauder durchfuhr Jeremys Körper.
Wie gerne würde ich sie jetzt auf der Stelle packen, ihren Körper gegen die nächstbeste Wand pressen und ihr die weitgeöffnete Spalte so richtig geil wundficken ...

Zu Jeremys Verwunderung zog sich Emiliana wieder in aufrechte Position zurück.

Sie verschränkte die Arme vor ihren Oberkörper und zog die Augenbraue weit nach oben. „Was hat es mit deinem Onkel auf sich?"

Es folgte eine lange Pause.

Jeremy griff mit der ohnehin bläulichen Hand fest um die Armlehne des Stuhls.

Die Lippen presste er hart aufeinander. „Tu das nicht, Lia!"

„Warum nicht? Ich meine, das Spiel schließt als Bestrafung sicherlich keine unangenehmen Fragen aus. Du warst auf Staten Island wahnsinnig ungehalten darüber. Hast mich sogar bedroht und wurdest dafür von mir sprichwörtlich an die Wand genagelt."

Emiliana schnappte sich eine gefesselte Hand und drehte diese herum. In deren Fläche zeugte eine weißlich schimmernde Narbe noch heute von ihrer Tat.

Sie fuhr fort: „Du sagtest, dass er nichts weiter als ein Monster war, der es nicht anders verdient hatte. Ich meine, immerhin ergaben meine Recherchen zu diesem Zeitpunkt, dass er neben deiner Mutter, Ruth Adams, der einzige Verwandte zu dir ist. Als ich jedoch erfuhr, dass er seit über zwei Jahren wegen dir im Gefängnis sitzt, wurde ich doch ziemlich neugierig. Warum hast du ihm sein Hab und Gut über Marshall-Enterprises nehmen lassen und ihn sogar des Betruges an der Nationalbank von Manhattan bezichtigt?"

Jeremys Augen begannen nervös zu zucken und er wurde zornig. „Verflucht Lia! Such dir eine andere Bestrafung."

Ihre Hand umfasste seinen Kiefer. „Nein, das werde ich nicht tun. Und jetzt antworte!"

Jeremy begann zu pfeifen.

Das hatte er schon als kleiner Junge getan, wenn er irgendetwas nicht hören wollte. Vor allem Streits oder …

Emilianas Finger gruben sich tief in seine Wangen. „Beantworte mir die Frage. Was hat Donald Adams getan?" Jeremy pfiff unbeirrt weiter, während er die Füße fest in den Boden stemmte.

„Wie du willst", fluchte Emiliana leise.

Ihr Griff ging dabei suchend in die Tasche seines Jacketts. Als Jeremy sah, was sie in den Händen hielt, stoppte er und runzelte die Stirn. „Ich wusste, du würdest das Spiel nicht beherrschen. Jetzt die Cops zu rufen wäre ..."

„Niemand holt die Cops", gab Emiliana scharf an ihn zurück.

Somit auch das Wissen, dass er sich, zumindest was sie und ihr Wesen anging, erneut verkalkuliert hatte.

Sie deutete mit dem Finger auf das Display. „Deine Mum wird sich sicherlich freuen mir die Frage nach deinem Onkel beantworten zu dürfen. Gewiss ist sie ..."

„Nein! Bitte Lia! Nein."

Jeremy wurde blass und seine Lippen verzogen sich zu einem dünnen Strich.

Das letzte Wort kam sogar flehentlich aus seiner Kehle.

Emiliana kniff die Augen zusammen. „Was macht das für einen Unterschied, ob du oder sie es mir erklärt? Ich meine, es bleibt somit doch in der Familie."

Vollkommen unerwartet füllten sich Jeremys Augen mit Tränen, was Emiliana von ihm zurückweichen ließ.

Das Bildnis verunsicherte sie.

Eigentlich wollte ich nicht mehr, als ihm einen gehörigen Schrecken einjagen, indem ich seine Mum einmal herzlich über die krummen Geschäfte ihres Sohnes informiere. Stattdessen sitzt dieser ansonsten skrupellose Arsch vor mir und beginnt zu weinen, wenn sein Mummy mit ins Spiel gebracht wird? Oh, nein! Bei aller Anziehungskraft, die er auf mich ausstrahlt, brauche ich in gar keinem Fall ein weinerliches Muttersöhnchen.

Emiliana wartete einige Herzschläge, dann wagte sie einen neuen Vorstoß. „Du sagtest selbst, dass ein Deal ein Deal ist. Und ich wollte lediglich von dir wissen, was es mit deinem Onkel auf sich hat. Da du es mir verweigerst, muss ich …"

Eine Träne ran ihm die Wange entlang, ehe sein Blick starr wurde. „Was willst du hören, Lia?"

Sie trat wieder näher. „Alles! Vor allem, warum du ein Mitglied der Familie in den Knast gebracht hast."

Das Smartphone legte Emiliana auf der Tischplatte ab, dann wartete sie.

Jeremys Schultern sackten herunter und er holte tief Luft. „Weil dieses Schwein es nicht anders verdient hat. Knast ist noch immer zu Milde für Monster wie meinen Onkel, doch es war eine Möglichkeit um ihn aus dem Verkehr zu ziehen."

„Was hat er getan?"

„Lia, bitte …"

„Sag es mir!"

Eine kurze Pause folgte, dann fuhr Jeremy fort: „Er hat nach dem Tod meines Dads die Finanzen übernommen, weil meine Mum keinerlei Ahnung von diesen Dingen hatte. Außerdem sorgte er dafür, dass ich auf eine bessere Schule gehen konnte."

„Klingt fürsorglich", kombinierte Emiliana.

„Oh, das ist es auch. Zumindest solange, wie alles nach seinen Vorstellungen läuft."

Sie biss die Zähne auf die untere Lippe. „Wie meinst du das?"

Jeremys Augen verengten sich. „Ich meine damit, dass mein Onkel uns über den Tisch gezogen hat. Über die Hälfte des Erbes meines Vaters floss in seine eigene Tasche und als meine Mum das eines Tages herausfand und ihn zur Rede stellen wollte, da …"

Zwar stand sein Mund noch immer offen, doch die Wörter wollten ihm partout nicht über die Lippen kommen.

Emilianas Blick verriet, dass sie alles wissen wollte, deshalb war es gut, dass Jeremy wieder zu Worten fand.

„Ich kam an diesem Tag gerade aus der Schule, als ich die beiden in der Küche streiten hörte. Das plötzliche Zerspringen von Porzellan und Glas verhieß nichts Gutes. Da mich ungeheure Angst überkam, schlich ich auf Zehenspitzen bis an die Tür, um hineinsehen zu können. Mein Onkel ertappte mich und bedeutete mir mit einer drohenden Handbewegung, dass ich nach oben auf mein Zimmer gehen sollte, was ich selbstverständlich nicht tat. Stattdessen lief ich direkt in die Küche, um meiner Mum zu helfen, da diese von ihm mit dem Oberkörper über die Spüle gedrückt wurde. Ein Büschel Haare in der Hand meines vollkommen gestörten Arschloch-Onkels, verriet, dass er ihr bereits ziemlich große Schmerzen zugefügt haben musste. Ich schrie ihn an, zerrte an seinem Hosenbein und versuchte sogar ihm in die Hand zu beißen. Klingt lächerlich aus dem Mund eines erwachsenen Mannes, doch verflucht, ich war neun Jahre alt! Was zur Hölle hätte ich anderes tun können?"

Emiliana schwieg.

„Lia, du willst wissen, was dieses Schwein getan hat? Ich sag es dir! Er hat ein Stück weit mein Leben zerstört! Und das Letzte was ich will, ist, jetzt hier weinend vor dir zusammenbrechen, doch die Erinnerung, wenn dein Onkel deine Mum anschreit, dass sie sich nicht so zieren soll, da es, wie du auch gerade so schön sagtest, doch alles in der Familie bleibt, ist hart."

In Emilianas Kopf begann sich alles zu drehen.

Ich wollte ihn brechen, am besten über seine Mum, doch das konnte ich unmöglich wissen. Ich dachte, er wäre der einzige Arsch in der Adams Familie, der sich einfach nimmt was er … Oh, mein Gott! Wie grausam!

Eine unkontrollierbare Wut durchbohrte plötzlich Jeremys Brust. Seine Unterarme spannten sich an und die Adern traten deutlich hervor. „Mein feiner Onkel hatte großes Glück, dass er ins Gefängnis geworfen und ihm all sein Hab und Gut genommen wurde. Denn heute denke ich, dass ich ihn mit diesen beiden Händen hätte umbringen sollen. Vielleicht schon als Kind. Ja Lia, sieh mich nicht so an! Ich hätte mehr tun müssen, aber ich konnte es nicht! Stattdessen musste ich es täglich mit ansehen, dass er sich an meiner Mum verging. Sie schlug, vergewaltigte und sich anschließend von ihr nackt und übersät mit blauen Flecken bekochen ließ. Es war für dieses kranke Schwein eine Art Triumpf sie nach dem Tod meines Vaters beanspruchen zu können, wann immer er wollte."

Emilianas Blick zeugte von tiefem Mitleid.

Nach einer Weile schluckte Jeremy hart, ehe er fortfuhr: „Aber weißt du was das wirklich Schlimme an der Sache ist?"

Sie schüttelte leicht den Kopf, unsicher, ob sie es überhaupt wollte.

„Das Schlimmste ist, dass selbst als ich eingreifen wollte und sogar einmal die Nachbarn und die Cops informiert hatte, meine Mum alles geleugnet hatte. Verstehst du das, Lia? Nein? Ich auch nicht. Ich meine, welche Mutter auf dieser großen weiten Welt, stellt ihren Sohn als Lügner dar und wenn die Cops sich entschuldigend zurückzogen, nahm sie in Kauf, dass mein Onkel mich für diese Anzeige teilweise bewusstlos prügelte."

Schweigen.

Emiliana sah ihm weiterhin tief in die Augen, doch sie brachte kein einziges Wort heraus.

„Mein Onkel ist ein Monster und meine Mum ein Biest. Ich meine, keine Ahnung vielleicht hatte es ihr unterm Strich sogar gefallen, genau wie dir …"

KLATSCH! Die Ohrfeige saß.

Nach kurzem Zögern band sie Jeremys Fesseln los und ließ ihn frei.

Der Deal war vollzogen.

Emiliana kehrte auf ihren Platz zurück und verstand sogar, dass er nach solch einer schlimmen Erfahrung und um sich selbst zu retten, diesen Spruch schlichtweg hinterhersetzen musste.

Für das Ego, oder um sein Gesicht zu wahren, oder ... Scheißegal! Sein Onkel war ein Monster und seine Mum ein Biest! Mehr brauche ich nicht zu wissen.

Ernsthaft? Was zum Teufel stimmt mit uns beiden nicht?

Mit schummrigen Augen erwachte Emiliana in der Dämmerung des Abends.
Erstaunlich, wie schnell sich der Mensch an den Umstand eines fantastischen Wesens, wie eines Vampires, gewöhnen konnte.
Tagsüber schlafen – Und nachts leben und lieben.
Da sie deutlich das Wasser im Badezimmer laufen hörte, schloss sie noch einmal die Lider und ließ den Rest der vergangenen Nacht Revue passieren.

Nach der schrecklichen Geschichte über seinen Onkel, war die Stimmung verständlicherweise zunächst im Keller.
Doch das Würfelspiel sollte noch über zwei Runden gehen.
Emiliana hasste es, wie piepsend sie ihm die Zahl unter ihrer Hand nannte, denn somit war klar, dass er sie erneut mit der schlichten Betitelung *NUTS* ausspielen würde.
Was auf seinen Gewinn folgte, hätte sie niemals erwartet.
Jeremy legte ihr wie zuvor die Fesseln an, doch diese Mal bediente er sich zusätzlich einer Augenbinde.
Dann hörte sie ihn die schmale Treppe nach oben gehen.
Es wurde gesprochen.
Ein Telefonat.
Und als Jeremy zurückkehrte meinte er nur kurz und knapp: „Eine Viertelstunde musst du dich nun leider auf deine Bestrafung gedulden, meine wilde Schönheit."
Das einzige Geräusch, dass Emiliana daraufhin vernahm, war das Öffnen eines Reißverschlusses.
Dann wieder seine Worte. „Erst habe ich dir zugesehen, wie du mit einer einfachen Kerze tief in deiner Spalte zu einem enormen Höhepunkt gekommen bist. Danach hast du mich extrem wütend gemacht. Tja, und jetzt Honey,

werde ich dir die Wartezeit mit leckerem Saft versüßen. Was hältst du davon?"

Emiliana schüttelte den Kopf. „Nein, Jeremy! Das ist nicht fair, denn das hat mit der Strafe wie du sagst nichts zu tun und ich ..."

Langsam, aber sicher hatte Jeremy ihre Widerworte satt, weshalb er in ihr Haar griff und den Kopf ruckartig an seine Mitte presste. „Öffne deine Lippen!"

Die Eichel war nicht mal mehr einen Millimeter von ihrem Mund entfernt, als sie fest die Zähne zusammenpresste.

Er verstärkte den Griff in ihren Haaren.

„Ah ...!", schoss es aus Emiliana heraus und diesen Moment nutzte Jeremy um mit dem Schaft vollends in sie einzudringen.

Dabei drückte er ihr die Zunge soweit nach unten, das weiteres Sprechen ab diesem Moment unmöglich war.

Emiliana würgte und rang nach Atem.

Dann war ihr Wille besiegt.

Ihre Lippen lockerten sich und sie ließ es gehorsam geschehen.

„So ist es richtig, Honey! Nicht nur ich will immer wieder von deinem geilen Saft kosten, sondern auch du sollst etwas von dem dir auch hin und wieder schmerzbringenden Stachel abhaben."

Mehrmals zog Emiliana Luft durch die Nase ein, dann war sie endgültig von seinem adrigen, pulsierenden Glied bis tief in ihre Kehle ausgefüllt.

Jeremy begann keuchend mit den Hüften zuzustoßen.

Schneller und schneller.

Es machte ihn extrem geil, dass sie ihn dabei nicht sehen, dafür aber umso intensiver spüren konnte.

Als seitlich der Speichel aus ihren Mundwinkeln lief, konnte er seine Lust kaum mehr bändigen.

Es war so falsch und fühlte sich auch hier wieder so verdammt richtig an.

Sein Körper versteifte sich, ehe der harte Stab in ihrer Kehle erst massiv pumpte und anschließend explodierte. Emiliana spürte wie ihr Rachen regelrecht von seinem Samen überschwemmt wurde.

Sie schluckte.

Jeremy beugte sich zu ihr herab und küsste ihren Kopf.

Diese Frau ist und bleibt der pure Wahnsinn für mich und am liebsten würde ich sie jetzt ...

KLOPF! – KLOPF! – KLOPF!

Langsam zog er seinen Schwanz heraus und wischte ihn mithilfe einer der auf dem Tisch liegenden Servietten trocken.

Auch ihren Mund säuberte er behutsam, beinahe zärtlich.

Als es wieder klopfte, rief Jeremy: „Ich bin sofort da!"

Dann ging alles wahnsinnig schnell.

Ein Mann und eine Frau betraten das Boot. Sie schienen Jeremy gut zu kennen und waren den Wortfetzen nach zu urteilen selbst ein Paar.

Um Emiliana kümmerte man sich nicht wirklich und es schien auch niemanden zu verstören, dass sie in einem weißen Bademantel gefesselt und mit verbundenen Augen auf einem Stuhl saß.

Für einen kurzen Moment fühlte sie wieder Jeremys vertraute Finger um ihr Gesicht herum.

Dann vernahm sie sein Flüstern in ihrem Ohr. „Lia, es ist so viel einfacher, wenn du dich entspannst und es über dich ergehen lässt. Ich verspreche dir, dass du dich am Ende immer daran erinnern wirst. Akzeptiere den Schmerz. Tu es für mich."

Emiliana spürte die Finger der Frau um ihr Handgelenk.

Es folgte das Geräusch eines vibrierenden Gerätes.

Ein Rasierapparat, schoss es Emiliana durch den Kopf.

Die kurz darauf einsetzenden Schmerzen zeugten davon, dass sie mit ihrer Annahme vollkommen daneben lag.

Emilianas Haut fühlte sich an, als ob eine Katze sich mit ihren Krallen tief im Gewebe verfangen hätte.
Das folgende Ritzen brannte und eine enorme Hitze flutete ihren gesamten Körper.
Sie begann unwillkürlich zu zucken.
„Ruhig Schätzchen, sonst kann ich nicht stechen", gab ihr die Stimme der Frau kaugummikauend zu verstehen.
Stechen? Ein Tattoo? Nicht sein verdammter Ernst!
„Jeremy?"
Keine Antwort.
Sie wusste instinktiv, dass er sich nicht in diesem Raum befand und die unbekannte Frau würde ihr ohnehin keinerlei Gehör schenken, denn - Deal war Deal!
Nach einer guten Stunde waren die beiden auch schon wieder verschwunden.
Als Jeremy ihr die Augenbinde abnahm und anschließend die Seile lockerte, konnte Emiliana sehen, dass nicht nur sie ein weißes Verbandspflaster um das Handgelenk trug, sondern auch er. Beide links.
Mit den Händen umfasste er ihr Gesicht. „Sehr gut, Honey! Und jetzt du."
Emiliana schnappte sich den Würfel.
Sie wusste genau, woran er bei ihrem Kosenamen dachte, warum dann jetzt nicht versuchen dies für sich zu nutzen.
Vorausgesetzt ich gewinne diese Runde ...
Das tat sie.
Mit einer simplen drei und einer verunsicherten Mimik, klagte Jeremy sie erneut mit NUTS an. Hätte er mal lieber ACCEPT gewählt.
Nachdem sie breitlächelnd die Seile zur Hand nahm, wollte sich Jeremy auf den Stuhl setzen, doch eine Order von ihr ließ ihn kurzzeitig innehalten.
„Setz dich auf den Boden. Hände an die Stuhlbeine!"
Er tat es.

Seine Hände ruhten auf dem Boden und ein Bein hatte er locker neben dem anderen aufgestützt.

Verdammt! Ich kann es wirklich nicht kontrollieren, dass ich bereits feucht werde, wenn ich ihn nur ansehe. Die noch brutalere Wahrheit ist, dass er dort sitzenbleiben könnte und in dem Moment, wo er nur die Lippen bewegt, würde sich meine Spalte zusammenziehen und mein Innerstes vor lauter Spannung explodieren. Solange, bis ich selbst nur noch Sternchen vor den Augen tanzen sehe.

Jeremys erwartungsvoller Blick verfing sich mit dem durchdringenden von Emiliana.

Die Luft brannte förmlich, als sie den Bademantel über ihre Schultern abstreifte.

Sie konnte sehen, wie Jeremy sich über die Lippen leckte und sein Schwanz sich durch die Hose hindurch wieder deutlich stramm zu erkennen gab.

Ohne zu zögern ging sie auf ihn zu und drückte ihm den Kopf nach hinten auf die Sitzfläche.

Emiliana stieg über ihn und fixierte die Knie dabei auf den breiten Armlehnen.

Ihre Spalte schwebte in diesem Moment quasi über seinem Gesicht und Jeremy konnte es kaum erwarten ihren Kitzler mit den Zähnen zwischen seine Lippen ziehen zu können.

Was für ein Anblick! Noch nie zuvor habe ich einer Frau, noch dazu einer, bei der mein Schwanz bis zum Zerspringen anschwillt, aus dieser Perspektive mitten in ihre geilen Löcher gesehen. Meine Finger würden diese jetzt nur allzu gerne stopfen, doch ich weiß, dass es ihr Spiel ist, auf das ich mich voll und ganz einlassen werde. Komm schon, Honey! Worauf wartest du? Zeig`s mir!

Ungeduldig schnalzte er einmal mit der Zunge, um ihr zu bedeuten, dass sie sich endlich zu ihm herabsenken sollte.

Verflucht! Er soll nicht mir anzeigen, was ich zu tun habe, sondern ich muss …

Emiliana verwarf den Gedanken, denn sie konnte nicht anders, als sich mit ihrer vor Feuchtigkeit schimmernden Mitte auf sein Gesicht herabzusenken.

Jeremy schloss die Augen, als seine Lippen ihre unteren so umfingen, als würde man sich leidenschaftlich küssen. Ein Aufstöhnen.

Das brachte ihn nur noch mehr auf Touren.

Mit der Zunge leckte er massierend doch betont langsam einmal hart durch die Spalte ihrer Muschi hindurch.

Durch die enorme Spreizung der Beine musste das ein wahnsinnig geiles Gefühl für sie sein, was ihm auch ihr lustvolles Stöhnen und das Kreisen ihres Beckens verriet.

Als er an Emilianas vorderem Loch ankam, fackelte Jeremy nicht lange, sondern fuhr mit der Zungenspitze schnell in sie hinein.

In gleichbleibendem Rhythmus steigerte er ihre Lust damit ins Unermessliche.

Sie stöhnend und beinahe schreiend über sich zu erleben, ließ auch ihn die ersten Tropfen seiner unbändigen Lust an den Stoff seiner Hose abgeben.

In diesem Augenblick thront meine wilde Schönheit wie eine Königin über meinem Haupt. Und das, obwohl sie seit Nächten meine liebste Sklavin ist. Vollkommen fehl am Platz und doch da, wo sie nun einmal unumstritten hingehört.

Emilianas Orgasmus riss ihn plötzlich aus den Gedanken.

Die Welle überkam sie so heftig, dass Jeremy das Pulsieren um seine Zunge herum deutlich spüren konnte.

Nach einer Weile schob sie sich vorsichtig von dem Sessel herunter.

Ihre Beine fühlten sich aufgrund der Überdehnung zittrig an und das heftige Beben in ihrem Unterleib wollte partout nicht abflachen.

Krampfhaft versuchte Emiliana sich dieses nicht anmerken zu lassen.

Nach ein paar Handgriffen war dann auch Jeremy wieder von seinen Fesseln befreit.

Auf seiner Lippe schmeckte er Blut, was bedeutete, dass er sich darauf gebissen haben musste, als er es ihr mit dem kompletten Mund besorgt hatte.

Nackt, verwundbar und wie eine Porzellanpuppe, stand Emiliana beinahe reglos im Wohnbereich.

Jeremy trat nah an sie heran.

Sein Finger schnappte sich eine Haarsträhne und drehte diese locker herum.

„Möchtest du mit mir schlafen?"

Die Worte kamen so sanft und ehrlich über seine Lippen, dass ihre Wangen rötlich aufflammten. „Tu das nicht ..."

„Was nicht tun? Dich höflich darum bitten, dass du auch den Rest dieser Nacht mit mir verbringst? Ich verspreche dir, schon morgen Abend wird alles vorbei sein."

Eine seltsame Enge kroch Emilianas Brust hinunter, dann schien sie zu verstehen.

Morgen will er wieder in sein altes Leben zurückkehren. Was habe ich auch anderes erwartet, schließlich war ich es doch, die sekündlich von ihm Reißaus nehmen wollte. Ich muss mich zusammennehmen und warum nicht noch ein paar schöne Stunden mit ihm verbringen? Genau, das werde ihm sagen, dass es für mich kein Problem ist und ...

In all ihren Überlegungen bemerkte sie zunächst nicht, dass ihr Körper bereits auf ihre eigentlichen Emotionen reagiert hatte.

Emiliana weinte.

Jeremy kniff die Augenbrauen zusammen, dann zog er sie ohne ein weiteres Wort fest in seine schützenden Arme.

Schluchzend stellte sie die Frage, die sei eigentlich niemals auch nur im Ansatz angesprochen hätte.

„Du wirst nach dieser Nacht nicht mich, sondern mein Herz brechen?"

Jeremys Puls beschleunigte sich. „Ja, das werde ich."

Fazit: *Die folgenden Stunden waren phänomenal! Und noch nie zuvor in meinem Leben habe ich mich auf diese Art geliebt gefühlt. Er war einfühlsam und unsagbar zärtlich. Der Akt selbst schien dieses Mal wahrlich unendlich zu sein. Langsam, einnehmend, tief, und intensiv.*
Auch die Küsse gingen nicht nur auf, sondern teilweise bis weit unter die Haut ...
„Guten Abend, die Dame. Das Badezimmer ist jetzt frei. Wäre schön, wenn du dich fertigmachen würdest. Wir wollen doch nicht zu spät zu der Party kommen."
Statt weiter von der vergangenen Zeit mit ihm zu träumen, klappte Emiliana die Kinnlade herunter. „Welche Party?"
„Oh, mein Fehler. Ich sagte dir, dass schon heute Abend alles vorbei sein wird, aber eben erst nach dieser Party."
„Ich möchte auf keine Party und könnte es auch gar nicht, da ich nichts zum Anziehen habe."
Jeremy stand mitten im Schlafzimmer.
Nackt!
Seine Haare tropften und die blauen Augen leuchteten. Dieser Anblick machte es ihr nicht gerade leicht, die Konzentration auf einem hohen Level halten zu können. Mit der Hand wedelte er in Richtung des Badezimmers.
„Ich weiß, aber in dem roten Kleid siehst du schlichtweg umwerfend aus. Es hängt bereits neben dem Schrank und die Pumps sollten noch einmal ihren Zweck erfüllen. Ach, und ehe ich es vergesse: Bitte Lia, trag das Collier auf deiner Haut. Ich habe noch nie zuvor eine Frau gesehen, an die sich Schmuck in solch einer Eleganz um den Hals schmiegt. Solltest du wieder protestieren, dann möchte ich dich noch freundlich daran erinnern, dass die Sachen, bis auf die Schuhe, dir gehören. Es war ein Geschenk. Vergiss das bitte nicht."
Emiliana hob ihren Kopf und starrte ihn lange an.
Jeremy entschied sich dafür sich näher zu ihr zu beugen.
„Also, wirst du heute Abend diese Dinge anziehen?"

Oh, aber sicher doch! Weil du es bist! Selbstverständlich ohne Unterwäsche und ohne ...

Emiliana blinzelte ihre ironischen Gedanken weg. Stattdessen folgte ein kaum hörbares: „Ja."

Jetzt öffnete Jeremy ihr die Badtür wie ein Gentleman. Sie trat über die Schwelle, sah ihm dabei jedoch noch einmal fragend in die Augen.

„Alles wird sich in wenigen Stunden aufgeklärt haben, das verspreche ich dir."

Seine Worte klangen seltsam vertrauenswürdig, doch Emiliana hatte sich geschworen nie wieder einem Mann ihren Glauben zu schenken.

Gerade als sie ihn das wissen lassen wollte, setzte er nach: „Ich weiß, dass es mir weder zusteht, noch dass es für dich verständlich ist, doch bitte hab nur dieses eine Mal Vertrauen zu mir. Egal, was in den nächsten Stunden auch passiert. Um mehr bitte ich dich nicht."

Sie nickte.

Was nicht unbedingt heißen sollte, dass sie es auch später auf dieser ominösen Party tun würde.

Schon beim Überqueren der großen Wiese konnte man das Anwesen von Mr. Tale, das all die Nächte im Schutz der Dunkelheit beinahe wie ein Spukschloss ausgesehen hatte, in strahlendem Glanz erleuchtet sehen.

Mindestens ein halbes Dutzend der schicksten und teuersten Wagen hatte einen Parkplatz rund um dieses herum gefunden und es wurde laute Musik gespielt.

Emiliana zitterte leicht am eingehakten Arm bei Jeremy, was er umgehend mit einer beruhigenden Geste auf ihren Handrücken beheben wollte.

Es funktionierte.

An der Tür musste Jeremy weder klingeln noch klopfen, sondern diese schwang durch einen elektronischen Mechanismus bei Betreten der Fußmatte wie von

Geisterhand nach innen auf. Natürlich nur, weil dies so voreingestellt war.

Jeremy wusste schon immer, dass Joel seine Kunden genau wie seine Gäste gerne mit einer kleinen Showeinlage in Empfang nimmt. So auch heute.

In der Halle blieb Jeremy kurz stehen.

Als er seinen Arbeitskollegen, Mr. Todd, neben einer unbekannten blonden Dame stehen sah, erhob er die Hand. „Hey, Todd!"

Dieser ließ die Frau stehen und kam breit lächelnd angeschlendert.

Die kalten grau wirkenden Augen glitten erst über Jeremy und landeten anschließend ungeniert auf Emilianas Kleid. Langsam schien er alles von ihr wahrnehmen zu wollen, weshalb Jeremy beschloss vor sie zu treten. „Todd, schön dich zu sehen. Wo ist Joel?"

Todd schluckte mehrmals angesammelten Speichel hinunter.

Dann deutete er auf die Treppe. „Der ist oben, soweit ich weiß."

„Danke."

Mit diesem Wort schnappte sich Jeremy Emilianas Hand und zog sie mit sich nach oben.

Hinter einer Tür konnte man mehrere Männer- und Frauenstimmen wahrnehmen, die sich angeregt unterhielten. Hinter der nächsten waren keine Stimmen, dafür eigenartiges Stöhnen zu vernehmen.

Und die letzte Tür des langen Flurs wurde soeben geöffnet. Joel trat heraus.

Er trug einen teuren Anzug und die ersten Knöpfe des weißen Hemdes waren so weit geöffnet, dass man seine muskulöse Brust darunter deutlich erkennen konnte. Hätte er kein Glas Whiskey in der Hand, könnte man meinen, er käme frisch von einer Schlägerei oder einem wilden Fick mit einer Frau.

Beides war jedoch nicht der Fall, denn Joel war allein. Lächelnd kam er auf Emiliana und Jeremy zu. „Meinen besten Repo-Man endlich in meinen bescheidenen vier Wänden des Ferienhauses anzutreffen, hätte ich beinahe nicht mehr für möglich gehalten. Doch siehe da, hier ist er. Und in welch bezaubernder Begleitung. Also ehrlich Jeremy, andere Gäste bringen Wein, Früchte oder gar gutes Zeug zum Rauchen mit, aber dein Geschenk ist wahrlich unschlagbar."

Er versuchte Emiliana die Hand zu reichen, doch Jeremy blockierte sie. „Joel, ich muss mit dir reden!"

„Jetzt?"

„Ich hatte es schon mehrmals in der Firma versucht, wenn du dich erinnerst, und jedes beschissene Mal hattest du mich vertröstet."

Joel legte die Hand auf Jeremys Schulter. „Bleib ruhig. Kein Grund zur Aufregung. Du verstörst mir noch meine Gäste, oder gar die hübsche Dame hinter deinem Rücken."

Emiliana meldete sich zu Wort. „Ich kann auch unten warten, das ist kein Problem ..."

„Das ist ein Problem", entfuhr es Jeremy hektisch. „Bleib einen Augenblick hier stehen. Ich bin gleich wieder da."

Bevor Joel darauf etwas antworten konnte, wurde er von Jeremy wieder in das Zimmer gezerrt, aus dem er ursprünglich herausgekommen war.

„Problem?", wiederholte Joel wütend.

Und es sah auch ganz danach aus, als würde er jeden Moment explodieren.

„Joel, jetzt hör mir doch endlich einmal zu", mahnte Jeremy ungeduldig.

Joel nahm einen Schluck von seinem Whiskey. „Ich bin ganz Ohr."

Nach mehrmaligem Luft holen, fand Jeremy seine Stimme wieder. „Joel, ich weiß nicht, wo ich anfangen soll.

Vielleicht, dass ich dir für alles, was du jemals für mich getan hast unendlich dankbar bin."

„Es war mir immer eine Freude, das weißt du doch", antwortete Joel augenreibend.

Diese waren ziemlich rot unterlaufen, was Jeremy schlussfolgern ließ, dass sein Boss nicht nur Alkohol, sondern sogar bewusstseinsverändernde Substanzen, sprich Drogen, im Blut haben musste.

Mit der Rückhand fuhr sich Jeremy über den Mund. Er musste endlich schaffen, weshalb er hergekommen war.

„Seit ich diese Frau da draußen kenne, bin ich ein anderer Mann. Ich weiß auch nicht, wie ich es dir erklären soll, doch nach all der Zeit, die wir uns jetzt schon kennen, bitte ich dich zum ersten Mal einen Deal platzen zu lassen."

Nun war die Katze aus dem Sack!

Joel griff fassungslos nach der Whiskeyflasche.

Auch Jeremy schob er ein Glas über den Tresen der Bar in diesem Raum zu.

„Eis?"

Jeremy verneinte.

Mit einer undefinierbaren Grimasse runzelte Joel die Stirn. Dann lachte er lautstark los.

„Was ist so lustig?", fragte Jeremy zischend.

Joel winkte ab. „Nichts. Gar nichts. Ich habe mich nur daran erinnert, was der leitenden Grundsatz meines Unternehmens ist und was ich tatsächlich schon alles für dich getan habe, meine Lieber. Ohne Rücksicht auf Verluste, versteht sich."

Jeremy fügte seinem Whiskey nun doch zwei Eiswürfel hinzu, bevor er einen Schluck davon trank. „Ich weiß, was du für mich getan hast und ich werde es auch niemals vergessen, nur die Sache mit Lia, versteh mich nicht falsch, aber ich kann sie dir heute Nacht nicht überlassen."

Joel verzog den Mundwinkel weit nach oben. „Wie wäre es, mein Freund, wenn ich deinen letzten Satz überhört habe und du dich wie geplant auf den Weg nach Hause zu deiner Frau Sara begibst? Betonung liegt auf Frau."

Jeremy konnte kaum fassen, dass Joel im Begriff war, ihm diese eine Bitte in vollen zehn Jahren auszuschlagen, deshalb versuchte er es noch einmal: „Ich habe nicht nach der Welt gefragt und wie ich gehört und gesehen habe, seid du und einige andere Kollegen heute Nacht ohnehin von wunderschönen Frauen umgeben. Ich verstehe auch, dass du sauer auf mich bist, wegen der Deal-ist-Deal-Sache, doch ich bin mir sicher, dass wenn du eines Tages eine Frau liebst, dass du ..."

Wieder schnitt ihm Joel die Worte durch lautes Lachen ab. „Liebe? Du willst mir weiß machen, dass du die kleine schwarzhaarige Schlampe da draußen, noch dazu nach allem, was sie dir angetan hat, liebst? Ich sage dir, das ist der reinste Mindfuck, was die mit dir machen kann. Und nicht du hast sie gefickt, sondern sie dich! Das hat sich seither nicht geändert. Ich sagte dir, mach keine Fehler! Lass sie wissen, wer der Herr im Haus ist und ..."

Die Tür wurde abrupt aufgerissen.

Ein Mann mittleren Alters stürmte Oberkörperfrei und mit offenstehender Hose herein.

Er schien auch für Jeremy kein Unbekannter zu sein.

„Sorry, Adams! Aber ich muss mich kurz mit Mr. Tale unterhalten. Wäre das machbar?"

Da auch im Flur lautes Stimmengewirr zu hören war, hielt es Jeremy für das Beste nach Emiliana zu sehen.

Joel hinderte ihn jedoch mit einem verneinenden Fingerzeig daran, ehe er auf den Mann deutete. „Kilian, was zur Hölle ist los? Entweder du sprichst oder du scheißt Buchstaben, aber wag es nie wieder jemanden aus meinem privaten Bereich zu verjagen, ist das klar?"

Kilian legte den Kopf schief. „Ja doch. Sorry! Aber die Schlampe meinte, dass sie meinen Schwanz nicht in den Mund nehmen müsse, da die Bezahlung nicht stimmt und ich …"

Joel rümpfte die Nase. „Welche?"

Kilian sah in den Flur. „Die, neben der im roten Kleid."

„Pass auf was du sagst", entfuhr es Jeremy gereizt, während er noch immer versuchte, die bizarre Situation zu verstehen.

Ehe Joel wieder das Wort an sich reißen konnte, ertönte lautes Gelächter aus dem Flur.

Die Frau neben Emiliana durchfuhr sich wild die Haare, zog ihren Minirock gerade und stampfte sogar mehrmals mit dem Fuß auf.

Dann erhob sie beide Mittelfinger. „Ihr Schweine könnt euch eure Schwänze gegenseitig in die verdreckten Ärsche schieben!"

Das war zu viel!

Joel schoss an den Herren vorbei und packte die Frau an den langen Haaren.

Ihr Kopf flog in den Nacken und ihre Augen waren weit aufgerissen.

Es folgte ein Schlag in ihr Gesicht.

Keineswegs ein leichter, denn aus ihrer Nase tropfte umgehend Blut.

Bevor Joel erneut die Hand hob, ging Emiliana instinktiv dazwischen. „Lassen Sie die Frau in Ruhe!"

Mit Leichtigkeit streckte er eine Hand nach ihr aus, packte um ihre Kehle und schubste sie wieder zurück an ihren vorigen Platz. „Zu dir komme ich gleich! Nur Geduld."

Zu der aufsässigen Frau, sprach er: „Was machst du hier draußen? Du solltest im Nebenzimmer sein und im Bett liegen, so wie man es von dir erwartet. Und warum zur Hölle willst du seinen Schwanz nicht lutschen?"

Wieder schlug die Frau wild um sich.

Dann schrie sie: „Fick dich, Tale! Du hast mich für einen Ritt bezahlt. Nicht mehr und nicht weniger. Der Kerl hatte seinen Schwanz tief in meinem Arsch und ich soll ihn dafür im Anschluss sauber lecken?"
Sie spuckte auf den Boden. „Never! Das kann er von mir aus selbst tun!"
Jeremy stellte sich dicht neben Emiliana, die sofort nach seinem Oberarm tastete.
Keiner fühlte sich in der Lage zu sprechen.
Denn das, was sich da vor ihren Augen abspielte, glich einem bösen Traum, in dem man sich vor lauter Schock kaum mehr von der Stelle bewegen konnte.
„Hast du das Geld?"
„Welches Geld?", schrie die Frau Joel mitten ins Gesicht.
„Mein Geld", antwortete er ruhig.
Sie griff in den Ausschnitt ihrer Bluse und holte mehrere hundert Dollar Scheine hervor.
Mit einem schnellen Handgriff entriss Joel ihr die Banknoten.
Anschließend zerknitterte er diese wie wertloses Papier, das man falsch beschrieben hatte, in seinen Händen.
Erneut zog er an ihren Haaren, bis der Kopf wieder weit nach hinten geneigt war, ehe er es ihr tief in den Mund steckte. „Schmeckst du das? Das hätte dein nächster Schuss sein können, aber nein, du kleine Schlampe musstest Ärger machen. Noch dazu am heutigen Abend, wo ich wirklich eine Menge anderer wichtiger Dinge zu tun habe, als dir die Regeln zu erklären."
Er ließ ihr Haar abrupt los, dafür schubste er sie mit voller Wucht gegen die Wand.
Emiliana ließ von Jeremy ab und kniete sich neben die etwas benommene Frau.
Leise flüsterte sie: „Alles in Ordnung. Ich werde Sie nach draußen bringen und von dort können Sie dann die Cops rufen."

Joel seufzte frustriert, dann sah er zu Jeremy hin. „Wärst du so freundlich und würdest dein Kätzchen an die Leine nehmen. Ich bin gleich zurück."

Während Joel eine weitere Tür auf dieser Etage aufstieß, zog Jeremy Emiliana am Arm zu sich.

Empört sah sie ihm tief in die Augen. „Wir müssen doch was tun können, ich meine …"

Mit Nachdruck legte er ihr einen Finger über die Lippen. „Psst! Lass mich nachdenken, okay!"

Mit einer anderen Dame, die nur in spärlicher Unterwäsche bekleidet, und deren Make-up schon ziemlich verlaufen war, kehrte Joel in den Flur zurück.

„Kilian!"

„Ja, Boss?"

„Hier!"

Die Frau stürzte regelrecht in Mr. Kilians Arme.

„Geht die für dich in Ordnung?", fragte Joel, während er sich abwartend die Bartstoppeln am Kinn rieb.

Mr. Kilian lächelte breit. „Oh ja, die scheint das Geld wert zu sein."

„Pech nur, dass Ersatzfrauen bei mir keines bekommen", stellte Joel streng klar. „Du kannst dich also bei deiner Freundin Carina bedanken. Vielleicht zahlt sie es dir irgendwann zurück , wenn sie es noch kann."

Mr. Kilian nickte zustimmend, ehe er die neue Frau an seiner Seite mit sich in das Zimmer zerrte, aus dem er kurz zuvor, wie ein Wilder herausgeschossen kam.

Jeremys Augen weiteten sich, als er Mr. Todd und noch zwei weitere seiner Arbeitskollegen am Ende des Flurs stehen sah.

Keiner traut sich gegen Joel etwas zu unternehmen. Oder soll das alles womöglich so ablaufen? O Gott, wo sind wir hier nur reingeraten? Ich habe Lia in große Gefahr gebracht. Deshalb muss ich sie schleunigst von …

Joel trat nahe an Emiliana heran.

Er atmete den Duft ihrer Haare und ihrer Haut tief ein. Dann packte er ihr Kinn. „Süße, sei brav und warte zwei Zimmer weiter auf mich. Das was nämlich gleich geschieht, solltest du besser nicht zu sehen bekommen."
Aus einem Instinkt heraus griff Jeremy nach dem Handgelenk von Joel und schlug dessen Arm von ihr weg. Joel billigte es mit einem bitterbösen Blick, ehe er sich Nase an Nase Jeremy zuwandte. „Pass gut auf was du tust. Das ist nicht dein Spielplatz!"
Mit dem Finger bohrte er tief in Jeremys Brust. „Nur für deine kleine Hure habe ich eine Woche lang auf jeden nur erdenklichen Fick verzichtet. Ich habe brav wie ein Kirchenjunge nur auf diesen Abend gewartet und du weißt ganz genau, dass mir das Abwarten überhaupt nicht liegt. Schon gar nicht, wenn ich etwas haben will. Seit ich das Band gesehen habe, was dir diese alte Nebelkrähe, wie hieß sie doch gleich, Mrs. Fletcher, ja genau, gegeben hatte, sah, war es um mich geschehen. Ich musste deine Lia einfach haben. Allein der Gedanke an ihren süßen, roten Mund um meinen harten Schwanz herum, während ihre Rehaugen mich anflehen, dass ich sie doch bitte verschonen soll, lässt mich augenblicklich hart werden. Und lass dir gesagt sein Adams, nachdem ich sie heute Nacht wundgefickt habe, werde ich sie nicht wie geplant gehen lassen. Nein, sondern nach all deiner Dreistigkeit, dass du zu mir kommst und einen fixen Deal ausschlagen möchtest, noch dazu aus niederen Gründen, werde ich sie das ganze Wochenende bei mir behalten. Zu Beginn der neuen Woche nehme ich sie dann mit ins Büro und wenn mir während des Meetings steil einer abgeht, weißt du, dass deine kleine Schlampe unter meinem Schreibtisch sitzt und mir nach aller Kunst den Schaft lutscht, bis ..."
Genug!
Jeremy kochte innerlich bei all den Worten, die er soeben aus Joels Mund hatte hören müssen.

Ich werde ihn töten, das schwöre ich. Von nun an ist er nicht mehr mein Boss, sondern mein Feind! Jemand, der meiner wilden Schönheit wehtun will. In dieser Sekunde hat er bei mir nicht nur das Ansehen eines CEOs verloren, sondern auch das Recht zu atmen!

Mit aller körperlichen Kraft ging Jeremy auf Joel los. Wildes Gerangel fand im Flur statt, ehe Todd und ein anderer junger Mann dazwischen gingen.

Sie schnappten sich Jeremy und rissen diesen nach hinten von Joel weg.

„Komm runter, Adams! Das hat doch keinen Sinn! Mach dich nicht unglücklich."

„Genau, hör lieber auf Mr. Todd! Oder willst du aus der Fima fliegen?"

Jeremy interessierte sich Null für das Gequatsche dieser Idioten, denn sein Fokus galt einzig und allein Joel. Mit hochroter Wange, da musste Jeremy ihm gewaltig eine verpasst haben, rappelte sich dieser vom Boden auf.

Nachdem er sich durch das Kneifen in den Nasenrücken davon überzeugt hatte, dass nichts im Gesicht gebrochen war, wandte Joel sich blitzschnell zu Jeremy um.

Ein kräftiger Schlag in den Bauchraum und dieser fiel keuchend in sich zusammen.

„Nein! Bitte nicht ...", schrie Emiliana mit vor den Mund geschürzten Händen.

Joel hingegen rief ihr zu. „Was bitte nicht? Das?"

Mit dem Fuß trat er Jeremy mehrmals in die Rippen.

Beschämt sahen Mr. Todd und der junge Mann beiseite. Jedoch hielten sie unbeirrt Jeremys Arme fest und ließen die grausame Tat somit wortlos geschehen.

Joel ließ schweratmend von seinem Opfer ab, um sich die Ärmel seines Hemdes nach oben zu krempeln.

Er sah zu Emiliana, der das blanke Entsetzen mitten ins Gesicht geschrieben stand. „Du hast Mitleid mit dem armen Mr. Adams? Wie kommt es? Ich meine, schließlich war es doch dein Plan gewesen dieses Arschloch, das deiner geliebten Granny alles nehmen wollte, zu brechen. Dumm nur, dass ein einfaches Überwachungssystem dich zur Strecke gebracht hat. Mir dafür eine Menge neuer Fantasien. Wärst du jetzt vielleicht so freundlich und würdest in das Zimmer ...“

„Fick dich, Tale! Komm Süße, wir machen einen Abflug. Das musst du dir echt nicht weiter antun.“

Die Frau, die bis eben noch benommen an der Wand gelehnt hatte, war zu neuem Leben erwacht und scheinbar hatte sie vor, sich und Emiliana, die sie gewiss auch für eine gekaufte Dame hielt, von dem Anwesen fortzubringen.

Joels Blick verdunkelte sich endgültig und die Brauen senkten sich auf das absolute Minimum.

Er riss die Frau von Emilianas Arm, zog sie an den Haaren zur Treppe und stieß sie anschließend die Stufen hinunter.

Todd folgte ihm, was Emiliana dazu veranlasste sich zu Jeremy hinabzuknien und dessen Gesicht behutsam in ihre Hände zu nehmen.

Dem jungen Mann sah sie zornig in die Augen, was diesen sofort veranlasste die Hände von Jeremys Arm zu lösen.

Zwischenzeitlich schubste Joel unten an der Tür die Prostituierte über die Schwelle unsanft nach draußen.

„Hau ab, du dreckige Nutte!“

Mr. Todd äußerte sein Bedenken. „Aber Mr. Tale, was, wenn sie zu den Cops ...?“

„Cops?“, unterbrach Joel und verfiel in irres Gelächter. „Unsere liebe Carina ist froh, wenn sie selbst keine Schwierigkeiten mit den Cops bekommt. Warum sonst kommt sie beinahe jedes verfickte Wochenende aufs Neue mit uns nach Swan Lake? Mach dir also um diese Bitch keinerlei Sorgen.“

Mit dem Fuß trat er noch einmal nach ihrem Hinterteil.

„Sollte sie doch singen wie ein Vögelchen, dann werden wir sie finden. Im schlimmsten Fall töten wir diese schäbige

Drogenbraut. Das wird sicherlich riesigen Spaß machen. Wir haben schon lange niemanden mehr ..."

Lautes Schreien durchdrang plötzlich die Stille der Nacht.

„Mr. Tale! Mr. Todd! Kommen Sie schnell!"

Im Sprint eilten die beiden die Treppe wieder nach oben.

„Was ist passiert?"

Der junge Mann deutete auf eine der Türen. „Sie haben sich eingesperrt."

„Eingesperrt?", fragte Mr. Todd ungläubig. „Aber das ist unmöglich, da wir die Schlüssel entfernt haben, falls eines der Mädchen auf dumme Gedanken kommen sollte."

Joel zuckte mit den Schultern.

Dann betrat er wieder den Raum mit dem Tresen und der Bar.

Mr. Todd folgte ihm, nachdem er dem jungen Mann die Anweisung gab, auf die noch immer wartenden Damen im Nebenzimmer Acht zu geben.

Mit der Faust donnerte Joel jetzt gegen eine schmale Tür. Diese verband den Raum mit dem, worin sich Jeremy mit Emiliana angeblich verschanzt hatte.

„Adams! Lass diesen Schwachsinn! Und glaube mir, meine Geduld ist wahrhaftig jeden Moment am Ende angelangt."

Was Joel zu diesem Zeitpunkt nicht sehen konnte, war, dass Jeremy die einzigen beiden Türen, die in diesen Raum führten, mithilfe von zwei Silbergabeln verriegelt hatte.

Alter Trick, den er des Öfteren als Teenager im Haus seiner Mutter anwandte und den ihm sein Dad noch zu Lebzeiten beigebracht hatte.

Emiliana staunte nicht schlecht, als er sich das Besteck vom Tisch schnappte, wo scheinbar kurz zuvor noch zwei Personen dinierten.

Behände bog er die Zacken der beiden Gabeln auf der massiven Holzplatte um.

Zum Glück hatte Joel mal wieder keine Kosten gescheut und es wurde das gute Tafelsilber an die Gäste verteilt.

Dieses ließ sich sehr leicht formen, wo hingegen bei Edelstahl ein hoher Kraftaufwand oder gar eine Zange von Nöten gewesen wäre, um dieses MacGyver-Werk in annähernd vergleichbarer Zeit zu vollbringen.

Als Jeremy den jungen Mann vor der Tür nach Todd und Tale rufen hörte, brach er die Gabeln durch mehrmaliges hin und her biegen an deren Hals.

Das vordere Stück mit den gebogenen Kanten führte er in das Schließfach ein, schloss die Tür, und klemmte umgehend den gebrochenen Stiel waagrecht von innen dazwischen.

Noch ehe Joel die Klinke herunterdrücken konnte, wiederholte er die Prozedur auch an der zweiten Tür.

Für Außenstehende hatte es jetzt folglich denselben Effekt, als hätte man von innen einen Schlüssel benutzt.

Die Tür ging nicht auf.

Emiliana kratzte sich nervös über den Daumen. „Jeremy? Was geht hier eigentlich vor?"

„Ich weiß es selbst nicht."

„Du weißt es nicht?"

„Ganz genau!"

Emiliana schlug empört die Hände gegen die Hüften. „Ich wusste gar nichts von einer Überwachungskamera im Haus der Fletchers und auch nicht, dass die alte Nebelkrähe es den Cops übergeben hatte. Danke, jetzt weiß ich, wieso es für dich einen Freispruch par exellence gehagelt hatte. Aber dass du mich tatsächlich an deinen Boss verkauft hast, das kann ich nicht glauben."

„Brauchst du auch nicht zu glauben! Und jetzt bitte, lass mich nachdenken", bat Jeremy in sehr hektischer Tonlage.

Wieder klopfte es gegen die Tür.

Joel schrie: „Hey Jeremy, warum lädst du Todd nicht zu einem Drink ein? Ich nehme mein Mädchen und dann wars das! Vielleicht bin ich dann bereit dir den Fehler im Flur zu vergeben und zu vergessen. Alles läuft nach Plan!"

Die Worte erschreckten Emiliana, doch sie blieb ruhig. Jeremy, der mit dem Rücken zusätzlich gegen die Tür lehnte, lachte leise. „Joel, zum ersten Mal gibt es, seit ich dich kenne, eine Grenze für dich, denn diese Frau wirst du nicht bekommen. Und wie es aussieht, hat mir dieser Abend deutlich gezeigt, dass ich nicht nur einen Fehler, sondern gleich mehrere auf einmal begangen habe. Schwerster davon, in dir so etwas wie einen Freund gesehen zu haben."

Auch Joel lehnte sich von der anderen Seite mit verschränkten Armen gegen die Tür. „All die Jahre, all die Fälle und all das Geld, bedeutet dir plötzlich nichts mehr?"

Jeremy zog eine Augenbraue weit nach oben. „Tat es das denn jemals so wirklich?"

Wieder lachte Joel. „Ich hatte dich gewarnt, dass Frauen wie Emiliana Brooks immer für eine Überraschung gut sind. Sie haben stets ein Ass im Ärmel, das du höchstens mit einem Pair of Kings ausspielen könntest. Lass uns also in dieser, sowie in beruflicher Sicht, nichts über den Zaun brechen. Schon gar nicht wegen einer Pussy!"

„Spar dir den Atem, Tale!"

„Wie du willst Adams! Ich bot dir Frieden an, du hingegen machst dich bereit für einen Krieg. Werde ich eben zu härteren Mitteln greifen müssen. Eigentlich wollte ich mit deiner Göre nur ein wenig Spaß haben, dann wäre sie unbeschadet zu dir zurückgekehrt. Doch jetzt werde ich Dinge mit ihr tun, die sie niemals mehr vergessen wird. Niemals, hörst du! Süße, wenn du mich hören kannst, dann bedanke dich schon mal ganz artig für die bevorstehende Hölle, die dir soeben von Mr. Adams auf ein Maximum an Schmerz und Gewalt eingeheizt worden ist."

Jeremy zischte wütend durch die Zähne. „Was hast du vor?"

Joels Stimme wurde leise. „Das werdet ihr gleich sehen."

Er wandte sich von der Tür ab und es folgten Schritte. Todd hustete mehrmals. „Mr. Tale, ist das notwendig?"

„Ich bitte dich, sei kein Weichei! Im Krieg ist schließlich alles erlaubt. Und nicht ich habe diesen losgetreten. Schon vergessen?"

Kopfschüttelnd bestätigte Mr. Todd die Frage.

Joel sah ungeduldig auf seine schwarze Rolex Submariner.

10.36 p.m.

„Zeit mit dem Spielen aufzuhören und die Kinder ins Bett zu bringen, damit Daddy mit Mummy ein wenig Erwachsenenzeit verbringen kann. Und wer könnte das wohl besser als die Eltern selbst?"

Abwartend sah Joel zu der schmalen Tür hin. Anschließend fuhr er laut fort: „Ganz genau. Die gute, alte Granny!"

Emiliana blinzelte mehrmals mit den Augenlidern und der Mund stand ihr beim letzten Wort weit offen.

Sie begann zu stammeln. „Jeremy ..., was ..., ich ..., was meint er?"

Jeremy erhob den Arm, um ihr zu bedeuten, dass dem Mistkerl momentan jedes Mittel recht war, nur um die beiden aus dem Raum locken zu können.

Joel sah erneut auf die Uhr.

10.45 p.m.

Nach einem großen Schluck aus der Whiskey-Flasche rief er: „Süße! Es stimmt, ich werde deinen Körper verletzten, aber ob es auch deine Gefühle sein müssen, das kannst ab jetzt nur du allein für dich entscheiden. Ich gebe dir volle drei Minuten dafür. Solltest du bis dahin deinen Arsch nicht hier in meinem Zimmer haben, wird deine arme Granny von nun an für all deine Fehler geradestehen. Aber das kennst du ja bereits, dass deine Großeltern bedingungslos für dich einspringen, wenn es brenzlig wird, nicht wahr?"

Wütend näherte sich Emiliana Jeremy, der noch immer das Gewicht gegen die Tür stemmte. „Lass mich raus!" Sein Blick wanderte über ihr Gesicht. „Bitte Lia, hör nicht auf ihn! Das ist alles gelogen und auch die Sache mit dem Deal ist nur ein Missverständnis. Vertrau mir!"

Wieder lachte Joel. „Es war kein Missverständnis, sondern von langer Hand geplant dich auf das Boot zu bringen. Hör mir gut zu, Emiliana! Ich schlage vor, du kommst raus und wir reden zunächst über alles. Ich schwöre bei Gott, dass ich dir reinen Wein einschenken werde. Dann erst ficke ich dich! Und wer weiß, vielleicht kann ich dir mit diesem Akt in dieser Nacht sogar ein wenig Trost über die schäbigen Lügen der Männer und die bösen Wölfe in dieser Welt geben. Was hältst du davon?"

Bevor Emiliana antworten konnte ließ Jeremy von der Tür ab und legte seine warmen Hände auf ihre Schultern. Der vertraute Geruch seines Aftershaves umhüllte sie und vor lauter Erleichterung hätte sie am liebsten geweint.

Auch in Jeremys Magengegend rumorte es heftig.

Nicht nur wegen des Schlages von Joel, sondern viel mehr wegen des widerwärtigen Gefühls über die sich immer mehr zuspitzende Situation.

Ich muss Joel unter Kontrolle kriegen. Er ist gefährlich ...

Jeremy schob Emilianas Haar beiseite und sah ihr tief in die Augen.

Dann rief er: „Sie hält überhaupt nichts davon!"

Joel kniff die Augen zusammen.

Ein weiterer Schluck des Whiskeys ran seine Kehle hinab, während er Todd ungläubig anstarrte, in der schlichten Annahme sich verhört zu haben.

Zur Tür gewandt antwortete er: „Noch zwei Minuten!"

Emiliana fühlte sich hilflos, als Jeremy den Blick von ihr abwandte, um sich erneut im Raum umsehen zu können.

Der Muskel in seiner oberen Wange zuckte, was bedeutete, dass er unter massivem Stress stand.

Verständlich, denn schließlich hatte niemand mit solch einem Desaster rechnen können und das alles nur wegen eines Deals unter zuvor gedachten Kollegen, wenn nicht sogar Freunden.

Mit der Freundschaft war es wohl hiermit vorbei, doch was soll Jeremy gegen den amtierenden CEO von Marshall-Enterprises und dessen arschkriechende Männer, noch dazu in dessen eigenen vier Wänden, ausrichten können?
Emilianas Frage in ihrem Kopf kam nur zu einer einzigen Antwort und die lautet: *NICHTS!*

Sie öffnete den Mund um anzubieten, dass sie in das Nebenzimmer gehen würde, und wenn es sein musste auch den Deal über sich ergehen ließe, falls damit auch nur der Hauch einer Chance bestand, dass Jeremy es ohne weitere Schläge oder gar Knochenbrüche von diesem Ort wegschaffen würde.

Jeremys Blick zeugte umgehend davon, dass er es schon bei ihrem bloßem Einatmen durchschaut hatte.

Er zischte sie leise, doch ziemlich scharf von der Seite an: „Denk nicht mal dran!"

Eine Hand über ihren Lippen erstickte ihre aufkommenden Widerworte im Keim und brachte ihren hübschen Mund umgehend zum Schweigen.

Wieder drang Joels Stimme durch die Tür zu ihnen durch. „Noch dreißig Sekunden!"

„Und dann wirst du was tun?", rief Jeremy derbe zurück.

„Deinen Männern, die in meinen Augen ab heute keine Kollegen mehr sind, die Order erteilen die Türen aufzutreten? Ich dachte immer du hältst so viel auf die Tatsache, dass ein Mann seine Schlachten allein schlagen sollte. Und jetzt sieh dich an, Tale! Du bist nichts weiter als ein weinerliches Weichei!"

Das Glas zerschmetterte im anderen Raum an der Wand.

Joel lachte, dann schrie er: „Deine psychologische Art der

Kriegsführung kannst du dir weit in deinen Bürokraten-Arsch schieben, Adams!"

Sein Blick fiel auf die Submariner. „Time out!"

Von Todd war in diesem Moment ein tiefes Seufzen zu hören. Denn scheinbar wusste dieser, was gleich folgte. Ohne ein Wort zu sagen verließ er den Raum.

Als er wieder zu Joel eintrat hörte man ein hohes Wimmern, dass eindeutig von einer Frau stammte. Wahrscheinlich war ihr Mund geknebelt worden.

„Emiliana, sieh mal wer da ist."

Joels Tonlage klang um einige Dezibel tiefer als zuvor und es folgte ihm eine weitere Stimme.

„Emiliana?"

Diese Frage um ihre Person ließ Emilianas Herz für den Bruchteil einer Sekunde aufhören zu schlagen.

Blankes Entsetzen stand ihr ins Gesicht geschrieben.

„Granny?"

Mit aller Kraft schob sie sich an Jeremys Körper vorbei, riss das Gabelende aus den Zacken und öffnete die Tür. Joel lächelte.

Todds Blick blieb unverändert, jedoch gefährlich ruhig. Jeremy, der umgehend auf seinen Boss losgehen wollte, stoppte, als er sah, dass tatsächlich die arme, alte Mrs. Brooks zwischen den beiden Herren stand.

Das Tuch, mit dem sie zuvor geknebelt worden war, hing schlaff um ihren Hals und eine schwarze Augenbinde hinderte sie daran etwas sehen zu können.

„Ihr miesen Schweine!"

Mit diesen Worten ging Emiliana schnell und ohne Furcht auf ihr Großmutter zu, doch Joel packte sie am Oberarm und zog sie zu sich heran.

Jeremy beugte sich vor, um eingreifen zu können, doch Todds Griff um die ältere Frau wurde augenblicklich so fest, dass diese wieder lautstark zu wimmern begann.

Jeremy stoppte.

Joel ignorierte alles um sich herum. Er sah nur Emiliana.
Mit den Fingern umfasste er ihren Kiefer, ehe er mit der
Zunge hart zwischen ihre Lippen drang und sie küsste.
Sie biss zu.
Mit weit aufgerissenen Augen ließ er von ihr ab.
Die Haut um seine Unterlippe schwoll an und erste
Tropfen Blut perlten an die Oberfläche.
Joel lächelte.
Dann holte er aus und Emilianas Kopf schnellte zur Seite.
„Blöder Wichser!", schrie Jeremy und jeder Muskel seines
Körpers war zum Zerreißen gespannt.
Doch Joel konzentrierte sich bereits wieder auf Emiliana.
„Habe ich nun deine Aufmerksamkeit?"
Ihre dunklen Augen funkelten ihn böse an. „Bastard!"
Durch Spucken in Joels Gesicht besiegelte sie ihr Wort.
Angewidert von dieser Aktion wischte er sich mit dem
Handrücken darüber.
Seine Hand griff um ihre Kehle. „Siehst du deine arme
Granny dort stehen? Möchtest du, dass ihr an deiner Stelle
etwas zustößt?"
Joel drückte Emilianas Oberkörper weit nach unten über
den Tresen.
Als er im Augenwinkel sah, dass Jeremy ihn von der Seite
aus angreifen wollte, zog er darunter eine 9MM-Beretta
hervor.
Jeremy wich mit erhobenen Händen zurück.
Seine Atmung verdreifachte sich. „Meine Güte Joel! Was
geht nur in dir vor? So kenne ich dich überhaupt nicht."
Dieser beugte sich weit über Emiliana, sah dabei jedoch
Jeremy weiterhin in die fragenden Augen. „Du weißt vieles
nicht, Adams! Und ich brauche auch deine verfickte
Erlaubnis nicht, um mir zu nehmen, was ich gerne
möchte. Bei deiner Frau habe ich schließlich auch nicht
gefragt. Nein, mein Lieber! Dein Weib kam zu mir ins Büro
und hat sich wegen dir die Augen ausgeheult. Es war mir

ein Vergnügen sie für dich zu trösten. Allerdings stehe ich, genau wie du, nicht auf die Blümchen-Sex-Nummer. Deshalb freue ich mich schon so lange auf heute Nacht. Ich meine, sieh sie dir an!"

Mit dem Lauf der Waffe strich Joel über Emilianas Hals. Als er in ihrem Dekolleté angelangt war, rief Jeremy: „Stopp!"

„Oder was?", wollte Joel umgehend wissen.

„Joel, du hattes deine Show! Das Theater geht eindeutig zu weit, findest du nicht auch?"

„Hört, hört!" Joel schien sich köstlich zu amüsieren. „Unser guter Jeremy denkt, das alles sei nur Schauspiel."

Plötzlich rief Emiliana: „Granny? Alles in Ordnung?"

Die alte Dame begann an Todds Seite unwillkürlich zu zittern.

Antworten konnte sie nicht.

Joel ließ von Emiliana ab und trat neben Mrs. Brooks. Kopfnickend erklärte er: „Das ist nicht schlimm. Scheinbar lässt nur die Wirkung der Spritzen nach."

„Der Spritzen?", fragte Emiliana voller Entsetzen.

„Ja. Dieselben mit denen dich der liebe Jeremy dort auch kidnappen konnte. Das Zeug ist gut, aber es hält nicht lange, was es verspricht. Als du gestern mit dem Wagen aus der Garage geflohen bist, konnte ich eins und eins zusammenzählen. Du würdest deine Granny abholen und mit ihr zusammen Manhattan für immer den Rücken kehren. Somit kann dir keiner mehr mit irgendwas in deinem Leben drohen, nicht wahr?"

Vorwurfvoll traf sich Emilianas Blick mit dem von Jeremy. *Was hat er seinem Boss eigentlich nicht von mir erzählt?*

Wieder sprach Joel: „Wach auf, kleine Emiliana! Das Leben ist kein sonniger Ort, sondern nur ein großer Spielplatz für die, die es wagen einen hohen Einsatz zu leisten. Gewinnen oder verlieren!"

Jeremy versuchte noch einmal, die Sache irgendwie zu einem friedlichen Ende zu bringen. „Joel, ich bitte dich. Du stehst unter Alkohol und Drogen …"

Doch der CEO erhob umgehend die Hand, in der er die Waffe hielt.

Für ihn schien es nur eine weitere Beleidigung in seiner Kompetenz oder gar Männlichkeit zu sein, dass man ihm ständig dazwischenfunkte.

„Im Gegensatz zu dir weiß ich, wo ich im Leben stehe, Adams!"

Fürs Erste nickte Jeremy nur.

Joel entspannte sich ein wenig. „Gut, da das endlich geklärt ist, sei jetzt bitte so vernünftig und fahr nach Haus zu der Bitch, die dir sogar ganz offiziell auf einem Stück Papier gehört. Fick sie ordentlich, dann passieren auch deutlich weniger Ausrutscher mit anderen Männern. Wir sehen uns am Montag in gewohnter Frische. Dann vergessen wir all das, was geschehen ist. So, als wäre es nie dagewesen. Was hältst du davon?"

Jeremys Kehle zuckte. „Joel, wir sind noch immer zu keiner Übereinstimmung gekommen."

Emilianas Blick blieb starr auf ihre Granny gerichtet, die zum Glück nicht sonderlich viel von der gefährlichen Situation mitzubekommen schien.

Dann wanderten ihren Augen zu der Whiskyflasche.

Einen Moment lang überlegte sie, ob sie diese Joel rein aus Gehässigkeit über den Kopf ziehen sollte, entschied sich aber aus Angst, was daraufhin passieren könnte, dagegen.

Plötzlich packte Jeremy Joels Kopf und zwang ihn dazu, ihm direkt in die Augen zu sehen. „Dich zu töten, noch dazu in deinem eigenen Haus, ist die Sache nicht wert. Deshalb schlage ich dir einen allerletzten Deal vor. Ich schnappe mir die beiden Frauen und marschiere mit ihnen hier raus, so als wäre nie etwas gewesen. Du lässt ab jetzt deine dreckigen Finger von Emiliana und sollte ich noch einmal mitbekommen, dass du auch nur ihren Namen in den Mund genommen hast, werde ich dich jagen, nein, ich werde dich heimsuchen und dann töte ich dich, verstanden? Haben wir also einen Deal, Tale?"

Noch nie zuvor hatte Jeremy seinen Boss in dieser Art und Weise angesprochen.

Doch er war sich ziemlich sicher, dass bellende Hunde bekanntlich nicht beißen.

Dass er sich darin leider schwer getäuscht hatte, zeigte bereits die nächste Situation.

Joel hielt die Waffe an Jeremys Schläfe.

Todd zuckte erschrocken und auch Emiliana stockte der Atem.

Wie ein Psychopath leckte Joel sich über die verwundete Lippe, ehe er langsam sprach: „Deal!"

Erleichtert atmete Jeremy aus, als sich die Hand mit der Barett von seinem Kopf in Richtung des Bodens senkte.

„Sehr gut, Joel. Dann lass uns ..."

Weiter kam er nicht, denn ein lautes Geräusch drang plötzlich unheilvoll durch sämtliche Fasern des Raumes.

Ein Schuss!

Ein Schrei!

Stille!

Mrs. Brooks Körper fiel leblos in Todds Armen zusammen.

Emiliana eilte unbeirrt zu ihrer Granny und sackte vor ihr auf die Knie.

Sie weinte, schluchzte und stand kurz vor einem Kollaps.

Zufrieden sah Joel auf. „Was jetzt, Adams?"

Jeremy konnte kaum mehr denken, denn das war zu viel.

„Joel ..., wie konntest du nur? Wir hatten einen Deal?"

„Ganz genau! Und jetzt sind wir quitt! Ich meine, wie fühlt es sich an, wenn ein Deal nicht eingehalten wird? Beschissen, nicht wahr?"

Jeremys Kopf drohte jeden Moment zu platzen, als ihm bewusst wurde, dass er indirekt für den Tod der alten Mrs. Brooks verantwortlich war.

Ich wollte nicht mehr, als Emiliana von diesem kranken Spinner auslösen, da es ein Fehler war mit ihm um ihren Körper zu dealen. Jetzt bin ich schuld, dass ein Mensch sein Leben verloren hat und …

„Was tust du da?"

Joels Frage riss ihn augenblicklich in den Raum zurück. Der Fokus aller Anwesenden galt nun nicht mehr dem Leichnam in Todds Armen, sondern Emiliana.

Ihr Atem ging schnell und ihre Hände waren zu Fäusten geballt. Die Blässe in ihrem Gesicht und das Rot auf ihren Lippen ließ sie wieder wie eine wunderschöne Porzellanpuppe aussehen.

Kein Wunder, dass sie nahezu jeder Mann besitzen wollte. Sie war die Madonna unter den Frauen, mit einer ungezügelten Wildheit und dem gewissen naiven Charme.

Jeremy wurde von ihren Worten aus den Gedanken geholt.

„Fahrt zur Hölle!"

Joel leckte sich über die Lippe, ehe er zu Jeremy sagte: „Du hattest recht, sie ist verdammt scharf! Vor allem, wenn sie wütend ist. Ihre Augen blitzen im Schein des Lichtes wie ein Diamant und ich …"

„Joel! Halt endlich dein verdammtes Maul", entfuhr es Jeremy böse.

Joels Augen senkten sich, dann sah er zu Jeremy hin. Das Blut auf seiner Lippe war getrocknet. „Ich habe alles für dich getan, Adams! Und du …"

Er stoppte mitten im Satz, als er sah, dass Emiliana die Tür aufriss und hektisch in den Flur hinausstolperte. Joel sah zu Todd.

Dann legte er die Mündung auf dessen Schläfe und noch ehe dieser sein Erschrecken darüber äußern konnte, hatte er eine Kugel im Kopf.

Todds Körper sackte zusammen mit dem von Mrs. Brooks auf den Boden.

Zwei Leichen! Bitte lieber Gott, lass mich aufwachen, dachte Jeremy voller Entsetzen, doch als seine Augen erfassten, dass Joel im Begriff war Emiliana hinterherzujagen, nahm auch er die Verfolgung auf.

In der Küche trafen sie sich alle wieder.

„Du kleines Luder, wenn du dich weiter widersetzt, dann schwöre ich, dass ich dich erst töten und dann ficken ...", rief Joel keuchend, zog jedoch die Waffe weit an seinen Körper heran.

„Ist das dein Ernst?", lautete seine nächste Frage.

„Mein voller Ernst!"

Emilianas Worte trafen Joel wie ein Faustschlag.

Und auch Jeremy konnte nicht fassen, dass diese Frau vor seinen Augen soeben die Zuleitung der Gasflaschen, welche sich eigentlich fest verbaut unterhalb der Spüle befand, in ihren Händen hielt.

Gas strömte aus.

Das läuft in eine komplett falsche Richtung, dachte Jeremy, als Joel rief: „Das wagst du nicht!"

„Ach nein?" Emiliana griff auf der Anrichte nach dem Electro-Lighter.

Dieses Gerät fungierte wie ein gewöhnlicher Herdanzünder.

Ein Funke würde ausreichen, um ...

„Jeremy!" Joel gestikulierte in Emilianas Richtung. „Bring sie zur Vernunft!"

Dieser nickte.

Schützend hielt er sich einen Arm vor Nase und Mund, ehe er sich ihr langsam näherte.

Emiliana begann zu husten. „Bleib weg, du kranker Bastard! Ich habe dir vertraut! Stattdessen hast du diesem miesen Schwein alles von mir erzählt, sogar darüber wie es auf Staten Island abgelaufen war. Dann hast du mit ihm einen Deal ausgehandelt, dass ich, nachdem du mit mir fertig bist, sein nächstes Fick-Spielzeug werden sollte, ja?" Jeremy senkte den Arm. „Nein, nein, nein! Ich weiß, dass alle Puzzleteile dich zu dieser Schlussfolgerung führen, doch glaube mir, so ist es nicht gewesen."

Hilfesuchend starrte Jeremy zu Joel.

Der CEO nickte bestätigend.

So lief das des Öfteren bei Meetings ab, und da Joel keine große Lust aufs Sterben hatte, schien ihm das im Augenblick die beste Lösung zu sein.

Noch einmal wiederholte Jeremy: „Emiliana, nein!" Beinahe konnte er schon ihren Arm greifen.

Mit glasigen Augen schrie sie: „Lügner! Du kannst mich mit deinem sinnlosen Gerede nicht mehr aufhalten!"

Jeremy wechselte die Taktik. „Ich will dich nicht aufhalten. Doch bevor du das tust, möchte ich, dass du mir in die Augen siehst und mir Glauben schenkst. Bitte Lia, lass mich nach allem was wir zusammen erlebt haben, nicht mit dem Wissen sterben, dass du mir nicht glauben kannst."

Emiliana hustete, dann wurde sie hysterisch. „Ich kann dir nicht glauben! Du hast mich verkauft, wie ein Stück Fleisch auf dem Markt und du wolltest anschließend zu deiner Sara zurück ins Bett kriechen, während der schleimige Typ mit mir machen kann, was er will? Und am Ende soll ich ausgerechnet dir trauen?"

Jeremys Ausdruck wurde starr. „Ich kam hierher um meinen Fehler um den Deal auszubessern. Es hat nicht wie geplant funktioniert, und ich wusste auch von all diesen kranken Spielen auf diesem Anwesen nichts. Das kann dir mein feiner Boss freundlicherweise sicherlich bestätigen."

Wieder nickte Joel.

Jeremy keuchte, dann fuhr er fort: „Was Sara oder mein Leben anging, sagte ich dir offen und ehrlich, dass ich dir das Herz brechen werde. War es nicht so?"

Emiliana liefen nun zahlreiche Tränen über die Wangen.

„Verflucht Jeremy! Ja ..., es war so!"

Jeremy trat vor um den Tank der Gasflasche zuzudrehen.

Schützend zog er Emiliana an seine Brust.

Sein Blick galt allerdings Joel.

Dieser atmete erleichtert aus, ehe er lachte wie ein Clown.

„Holy Shit! Ihr beiden seid so dermaßen gestört, dass euch die Menschheit mit hoher Wahrscheinlichkeit nicht vermissen wird. Und jetzt ab nach oben, damit ich ..."

Er hielt inne, als eine Stimme neben ihm fragte: „Was zum Teufel ist eigentlich los? Man hört euch bis oben schreien."

Kilian war mit einem Handtuch um die Hüften dazugekommen.

Seine Haltung verriet, dass er einen enorm hohen Pegel an Alkohol im Blut haben musste, weshalb sein Reden auch mehr einem Lallen glich.

Die nächste Handlung folgte schnell und unaufhaltsam.

Killian sah grinsend in die Gesichter.

Dabei führte er eine Hand an den Mund, um sich eine Zigarette zwischen die Lippen zu schieben und in der anderen hielt ein Feuerzeug bereit.

Jeremy hielt den Atem an und presste Emiliana um einiges stärker an seine Brust.

Joel schrie: „Kilian! Nein! Du ..."

Doch dieser verstand nicht.

Ein Dreh!

Ein Funken!

Eine Explosion!

Wir waren unterschiedlich im Leben. Und doch gingen wir alle gemeinsam in dieser Nacht in Flammen auf!

Der letzte Gedanke, den Jeremy fassen konnte, war –

Willkommen in der Hölle!

BREAKING NEWS:

Bei einer Gasexplosion in einem Anwesen der Ortschaft
Swan Lake sind vor wenigen Minuten mehrere Partygäste
ums Leben gekommen.
Das NYPD riegelte den Bereich ab und man beauftragte
umgehend einen Statiker, der bereits Entwarnung gab.
Die Druckwelle war so massiv, dass Türen von ihren
Angeln gerissen und Panzerglasscheiben aus ihrer
Verankerungen gesprengt wurden.
Nur ein Mann hatte laut Berichten der Notärzte großes
Glück gehabt, da er durch exakt solch ein Fenster in den
angrenzenden Pool geschleudert wurde.
Die Feuerwehr und die Rettungskräfte befinden sich noch
immer im Großeinsatz.

Scott Thomson und das Wetter ...

Mrs. Fletcher stellte das Radio ab.
Dann sah sie auf den Beifahrersitz und begann zu lächeln.

Wie fühlen Sie sich heute?", lautete die Frage des leitenden Chefarztes bei der Morgenvisite.

„Es geht schon, denke ich", bekam er rau zur Antwort. „Der Hals scheint noch Schwierigkeiten zu bereiten und am Rücken haben Sie leichte Verbrennungen davongetragen, die vom kühlen Wasser des Pools umgehend abgeschwächt wurden. Laut den Ergebnissen des Labors können Sie, wenn Sie das möchten, schon heute Nachmittag die Klink verlassen."

„Das wäre großartig."

Der Chefarzt reichte die Hand. „Alles Gute. Ich sage Ihrer Frau, dass sie Sie jetzt besuchen kann."

Ich unterdrücke gerade den boshaften Drang ihm zu sagen, dass er sich das auch gerne sparen kann, doch was würde das nützen? Überhaupt ...

Die Tür ging auf.

„Schatz! Oh, mein Gott! Die haben mich gestern nicht mehr zu dir gelassen. Ich bin so froh, dass du lebst!"

Speicheltropfen flogen von ihren beigen Lippen und ihre Augen waren weit aufgerissen.

„Hallo Sara, schön, dass du da bist."

Sie drückte Jeremy einen Kuss auf die Stirn. „Was hat der Arzt gesagt?"

Er schürzte den Arm darüber. „Er meinte, dass ich später nach Hause kann."

„Was? Ehrlich?" Sara klatschte vor Freude wie eine kleines Mädchen in die Hände. „Das ist großartig."

Jeremy nickte, doch sein Blick galt dem großen weißen Fenster des Raumes.

Wie aus weiter Ferne hörte er, dass Sara ihr Smartphone aus der Tasche zog und bei EDUARDO für heute Abend einen Tisch reservierte.

„Ola Eduardo! Ja, ähm, Sara Adams am Apparat. Ich würde gerne für zwei Personen ...“

Jeremy schloss die Augen.

Blut rauschte durch seine Ohren, als er den Schmerz nicht nur in seinen Gliedern, sondern auch deutlich in seinem Herzen spürte.

Die Atmung ging zittrig, während die Bilder der letzten Nacht immer klarer vor seinem inneren Auge wurden.

„Emiliana! Emiliana! Sieh mich an! Bitte, Lia, sieh mich an!“

Mit aller Kraft, die noch in ihm steckte, schüttelte er ihren nassen Körper.

In dem Moment als das Anwesen bereits lichterloh in Flammen stand, sah sie ihm direkt in die Augen.

„Wo bin ich?“

„Im Pool!“

„Im Pool?“ Ihr Blick haftete auf der gigantischen Feuershow. „Aber Jeremy, wie ...“

„Keine Zeit für Erklärungen. Wir müssen schleunigst raus, ehe uns noch mehr Glassplitter um die Ohren fliegen.“

Emiliana folgte ihm zur Treppe, wo er zuerst aus dem Wasser stieg, um sie anschließend am Arm zu sich an den Rand ziehen zu können.

Der nächste Weg führte sie an die vordere Seite des Hauses.

Dort stand sein Wagen.

Als er keine Anstalten machte auf diesen zuzugehen, wurde Emiliana mulmig zumute. „Hast du keinen Schlüssel?“

Jeremy nahm ihr feuchtes Gesicht, samt dem langen nassen Haar, zwischen seine Hände.

„Meine wilde Schönheit! Du wirst mich jetzt verlassen. Ich muss einiges Regeln und ..."

„Auf keinen Fall! Jeremy das geht nicht, ich ..."

„Hör mir zu, Emiliana! Die Cops werden dich festnehmen, sobald sie hier eintreffen. Ich kann die nächsten Tage aber versuchen die Anzeige gegen dich zurückzuziehen, dann steht dir im Leben nichts mehr im Wege."

„Welchem Leben?"

Jeremy sah sie verdutzt an. „Deinem Leben."

Emiliana biss die Lippen fest zusammen. „Ich habe keins."

„Doch, das wirst du haben."

Sie zog an seinem Arm. „Ich habe niemanden mehr auf dieser Welt! Warum hast du mich nicht zusammen mit meiner Granny verbrennen lassen?"

Sirenen waren in der Ferne zu hören.

„Bitte, Lia! Lass uns ein anderes Mal darüber reden."

„Und wann soll das sein?"

„Ich weiß es nicht, aber ein Scheck sollte dir fürs Erste ..."

KLATSCH!

Jeremy rieb sich die Wange, während Emilianas Hand pochte, doch das hatte gut getan.

„Du bist ein richtiger Arsch, weißt du das?"

„Angenehm Adams, beginnt auch mit A."

„Du bist so ein ...", weiter kam sie nicht, denn er zog sie fest an sich und küsste sie leidenschaftlich.

Dieser Akt musste ein gigantisches Bild abgegeben haben. Ein Mann und eine Frau, küssend, während hinter ihnen das Feuer alles verschlingt, was diesem in die Quere kommt – filmreif!

Plötzlich schlug ihm Emiliana auf die Brust. „Stopp! Hör einfach auf."

Jeremy verstand.

Endlich entdeckte er jetzt auch den Wagen, auf den er schon die ganze Zeit über gewartet hatte.

Ein weißer Mercedes kam mit quietschenden Reifen vor den beiden zum Stillstand.

Das Fenster wurde heruntergelassen.

„Ganz schön heiß hier draußen um diese Jahreszeit!"

So lauteten die ersten, doch mit einer für die Situation mit wahnsinniger Gelassenheit ausgesprochenen Worte von Mrs. Fletcher.

Jeremy riss die Beifahrertür auf.

Dann sah er zu einer versteinerten Emiliana hin.

„Einsteigen Honey! Du wirst sehen, es wird alles gut werden."

Was Jeremy anschließend noch sehen konnte, waren die Rücklichter des Wagens, als dieser im Innenhof wendete.

Kurz darauf verschwand dieser geisterhaft zwischen den dichten Baumreihen in der Schwärze der Nacht.

Mit dieser Erinnerung verabschiedete sich Jeremy von Swan Lake.

Denn auch sein neues Leben erwartete ihn bereits.

Restaurant EDUARDO - 8.20 p.m. :

„Das Essen war köstlich, findest du nicht auch, Schatz?"

Sara funkelte mit ihren Augen wie schon lange nicht mehr.

Jeremy hingegen steckte die Kreditkarte zurück in sein Portemonnaie und verstaute es in der Gesäßtasche.

Dann hob er die Brauen. „Es war sehr lecker. Wie immer."

Plötzlich schnappte sich Sara seine Hand.

Sie begann zu schniefen. „Jeremy, ich bin so froh, dass du es heil aus Joels Haus raus geschafft hast. Gott, sei seiner Seele gnädig. Er war ein guter Mann."

Jeremy lächelte in sich hinein.

Sara strich mit dem Daumen über seinen Handrücken, dann fuhr sie fort: „Mir ist klar geworden, dass wir die letzten Jahre unsere Ehe ziemlich vernachlässigt haben.

Und egal, welche Fehler du oder ich jemals begangen haben, möchte ich diese mit heute Abend ein für alle Mal aus unserem Leben streichen. Ich möchte ganz von vorne mit dir beginnen. Was hältst du davon?"
Jeremy seufzte: „Ich werde sicherlich alles dafür tun, um noch einmal von vorn beginnen zu können, liebe Sara."
Sie wischte lächelnd eine Träne von der Wange. „Das freut mich wirklich sehr. Und am meisten, dass du durch diesen fürchterlichen Unfall, nun ja, wie soll ich es ausdrücken, ohne in der Hölle dafür zu schmoren?"
Jetzt kommt es! Der eine Satz, der alles verändert! 3 ..., 2 ..., 1 .... SARA! Jeremy nahm wieder ihre Stimme wahr.
„Nun, alles was ich damit sagen will, ist, dass du ab nächster Woche der neue CEO von Marshall-Enterprises sein wirst. Vollkommen verdient, nach alle den Jahren versteht sich."
Ich frage mich, ob manche Frauen tatsächlich nur das Geld an einem Mann messen. Sobald das Konto stimmt, stimmt auch die Beziehung.
„Sara, hör zu. Ja, ich werde gewiss der neue CEO sein. Dass dir die Stelle und auch Joels Büro ziemlich gut gefallen haben, das hat man schon oft gemerkt."
Unruhig rutschte sie auf ihrem Stuhl hin und her.
Diese Anspielung war Sara sichtlich unangenehm und eine verräterische Röte kroch ihr über beide Wangen.
Sie räusperte sich. „Meine Güte, Jeremy. Wir alle haben unsere Leichen im Keller. Aber ab heute wird das anders. Versprochen."
„Versprochen?", fragte Jeremy und erhob dabei sein Glas.
„Versprochen", bestätigte Sara.
„Cheers!"
Mit diesen Worten schloss Jeremy das Abendessen ab und half Sara dabei in ihre Jacke zu schlüpfen.
Auf der Heimfahrt strich sie mit der Hand über seinen Oberschenkel.

Hauchend flüsterte sie: „Ich werde dich gleich nach aller Kunst verwöhnen. Dann können wir die vergeudeten Tage nachholen. Ich bin so gespannt wie ein richtiger CEO sich im Bett verhält. Rrr!"

Das Tigergeräusch am Ende des Satzes bescherte Jeremy umgehend einen Schauder, nur leider keinen wohligen. *Früher ging es bei den Männern um Gefahr, Macht oder ganz banal darum, wer Feuer gemacht hatte. Heute geht es nur noch hohl und belanglos um das liebe Geld. Alles geschieht im Leben aus einem bestimmten Grund. Vielleicht auch das.*

Jeremy parkte den Wagen in der Auffahrt.

„Willst du deinen Liebling denn nicht lieber in die Garage bringen? Es ist Regen für heute Nacht gemeldet."

„Danke Sara, aber der Wetterbericht hat nicht immer recht. Und ein bisschen Wasser kann nicht schaden, schließlich haben die Cops mir den Wagen heute Vormittag komplett verdreckt vor die Klinik gestellt."

Sara lachte. „Du und dein Auto. Liebst es mehr als mich."

Jeremy stieg aus.

Dann kam er um den Wagen herum und öffnete Sara die Beifahrertür.

„Danke, der Herr", ihre Stimmung war noch immer auf Sex ausgerichtet.

„Bitte, nach Ihnen", witzelte er und ließ ihr den Vortritt auf das Haus zu.

An der Eingangstür sah sie sich noch einmal nach ihm um, denn er verhielt sich ziemlich merkwürdig.

„Schatz, möchtest du nicht die Alarmanlage …" Sara winkte ab. „Ach, egal ich mach das schon."

Ihr Finger gab den ihr bekannten Code ein - Bestätigen! Nichts!

Jeremy lächelte. Sara auch.

Wieder tippte sie die Zahlen - Bestätigen! Nichts!

„Jeremy, so viel Wein habe ich nun auch wieder nicht getrunken. Ich verstehe das nicht."
Plötzlich wurde die Tür von innen geöffnet.
„Guten Abend, Mrs. und Mr. Adams! Vielleicht kann ich bei dem vorliegenden Problem behilflich sein und etwas Licht ins Dunkel bringen."
Sara erkannte den Mann.
Es handelte sich um den Anwalt, den Jeremy in dem Fall gegen diese verrückte Frau auf Staten Island, als Verteidiger erhalten hatte.
Sie und ihre Eltern sahen das zwar gar nicht gerne, doch Joel Tale bestand darauf, dass es ein Jurist von Marshall-Enterprises ist, der den Fall fest in seine Hände nimmt.
„Ich verstehe es noch immer nicht. Jeremy, was geht hier vor sich?"
Jeremy reichte dem Mann die Hand. „Ich danke Ihnen für all ihre Hilfe in den letzten Tagen. Bitte klären sie Sara über alles auf. Wir sehen uns dann wie besprochen in zwei Wochen in meinem Büro wieder."
„Sehr gerne, Sir. Es war und ist mir ein Vergnügen."
Der Anwalt reichte ihm einen Rollkoffer nach draußen.
„Guten Flug, Mr. Adams!"
Saras Hände zitterten vor Zorn und Unverständnis.
„Jeremy, was soll das werden?"
Er verstaute das Gepäckstück im Kofferraum, dann sah er böse zu Sara hin. „Etwas, das ich schon längst hätte tun sollen. Ich trenne mich von dir! Du hast zwei Wochen, um all deinen Schund aus meinem Haus zu räumen. Danach lass ich es von Grund auf renovieren."
„Das wagst du nicht", schrie sie ihn aus voller Kehle an.
„Sara! Ich habe es bereits getan!"
Ihre Augen begannen wild zu flattern. „Ich werde meinen Anwalt einschalten und dann werden wir ja sehen. Ich lasse mich scheiden! Und dann …"

„Mrs. Adams, wenn sie mir bitte ins Haus folgen würden. Und seien Sie unbesorgt, Mr. Adams hat die Scheidung bereits formell bei Gericht eingereicht. Darüber sollten Sie in den nächsten Tagen Post vom zuständigen Gericht bekommen. Ich bin hier, um mit Ihnen abzuklären, was ihre persönlichen Sachen sind, damit wir diese deutlich für die Möbelpacker kennzeichnen können."

Dankendes Nicken von Jeremy, ehe er in den Wagen stieg.

Als er den Motor anließ, konnte Sara in all ihrer Wut nicht länger an sich halten.

Sie begann ihn wüst auf offener Straße zu beschimpfen.

„Du verschissener Dreckskerl! Du Sohn einer Hure! Fick dich ins Knie!"

Ein Schuh traf dabei sogar die Heckscheibe, doch Jeremy trat unbeirrt aufs Gas.

Ein Blick auf den Bordcomputer verriet ihm die Uhrzeit.

10.39 p.m.

Könnte knapp werden, doch ich darf in gar keinem Fall diesen Flieger verpassen.

Manhattan Regional Airport - 11.01 p.m. :

Zum gefühlt hundertsten Male sah Jeremy auf sein Smartphone.

Das Boarding war in vollem Gange und es würde ab jetzt weniger als eine halbe Stunde dauern, bis sich das Gate schloss und der Flieger sich in die Lüfte erheben würde.

Ein Steward kam mit besorgter Miene auf Jeremy zu.

„Kann ich Ihnen helfen, Sir?"

„Nein, alles bestens, danke."

„Wirklich? Es geht mich auch gewiss nichts an, doch auf Leitung drei wartet seit wenigen Augenblicken im Check-In-Bereich ein Telefonat auf Sie."

„Auf mich? Aber das ist unmöglich ..."

Der Steward legte den Arm auf Jeremys Schulter ab.
„Wenn Sie Mr. Jeremy Adams sind, dann ist das Gespräch definitiv für Sie."
Noch einmal sah Jeremy auf die Uhr.
11.19 p.m.
Er folgte dem Steward und als dieser sich wieder anderen Fluggästen widmete, nahm er den Hörer dicht ans Ohr.
„Hallo?"
„Hey Mr. Loverboy."
„Honey! Wie schön deine Stimme zu hören, aber findest du nicht, dass du längst ..."
„Am Flughafen sein solltest?"
Jeremy verdrehte ungläubig die Augen. „Zum Beispiel."
Kurze Pause.
„Hör zu, Jeremy. Mrs. Fletcher hat mir von all deinen Plänen erzählt und ich fühle mich wirklich sehr geehrt. Auch ein Urlaub auf den Bahamas wäre traumhaft schön, doch ich kann nicht."
Seine Hand griff fester um den Hörer. „Du kannst nicht?"
Das Gespräch glich wahrhaftiger Folter, denn mit solchen Worten hätte Jeremy im Leben nicht gerechnet.
Ich habe jeden einzelnen der vergangenen Tage, damit verbracht, wie ich mein Leben so verändere, dass diese Frau in meine Welt treten kann. Vom Büro aus habe ich stundenlang mit dem Rechtsverdreher gequatscht und als alles unter Dach und Fach schien, zwei Tickets auf die Bahamas gebucht. Es sollte eine unvergessliche Zeit unter Palmen und strahlender Sonne werden. Gut, den Deal mit Joel zu lösen hatte ich mir leichter vorgestellt und dass es am Ende sogar zu diesem traumatischen Ereignis kam, konnte niemand vorher auch nur im Ansatz erahnen. Die Sache mit Mrs. Fletcher hingegen war von langer Hand geplant. Sie wäre so oder so am Anwesen aufgetaucht, um Emiliana noch an diesem Abend in Sicherheit zu bringen. Zumindest, bis ich gewisse Dinge endgültig geregelt hatte.

Dass diese Frau selbst eine Explosion nicht aus der Fassung bringen kann, muss an ihrem Temperament liegen. Für Geld hatte sie mir nämlich keinesfalls geholfen, sondern aus Menschlichkeit. Genau, wie mit dem Videoband. Man darf sich eben niemals in Menschen täuschen ..., aber was, wenn ich mich am Ende in Emiliana getäuscht habe?
Wieder erklang ihre Stimme.
Durch das Telefon hörte sie sich verdammt sexy an.
„Jeremy, ich will deine Gefühle nicht verletzen und gewiss will ich wegen den paar Tagen und Nächten keine Nervensäge, oder gar ein Hindernis in deinem Leben sein."
Jeremys Lid zuckte. „Das ist ein Scherz, oder?"
Emiliana holte tief Luft. „Du hast doch nicht wirklich gedacht, dass wir zusammen sein können nach allem."
Jeremy winkte hektisch dem Steward.
Er bedeutete ihm mit einer zerreißenden Handbewegung an, dass er ihn sofort von der Passagierliste streichen soll. Dann zischte er in den Hörer. „Was ist los mit dir? Ich meine, da biete ich dir ein gutes Leben an und du ..."
„Gutes Leben? Jeremy, mach dich bitte nicht lächerlich. Du bist der Grund, warum mein Leben auf dem Kopf steht und ich keinen einzigen Menschen mehr auf diesem verdammten Planeten habe, den ich liebe oder dem ich vertrauen kann."
Das hatte gesessen!
„Lia, du musst nicht gleich gemein werden, findest du nicht auch? Pass auf, ich werde jetzt nach Staten Island kommen und wenn Mrs. Fletcher uns einen Raum überlässt, dann können wir in Ruhe über alles reden. Ich bin mir sicher, dass ..."
„Spar dir die Mühe! Ich bin nicht mehr auf Staten Island."
„Was?" Jeremy sah auf sein Handy.
Eine Nachricht von Mrs. Fletcher. „Tut mir leid, mein Junge, aber deine kleine Floristin verließ vor wenigen

Minuten unser Haus. Sie hat einen extrem sturen Kopf und wollte partout nicht auf mich hören."

Jeremy tippe das simple Wort „DANKE" und sendete es ab.

Er fragte in den Hörer: „Wo denkst du, dass du hingehst?"

Schweigen.

„Dann werde ich eben meine Anzeige wieder aufleben und dich umgehend von den Cops suchen lassen. Wie gefällt dir das?"

„Tu was du nicht lassen kannst!"

Jeremy änderte bei ihren Worten seine Haltung.

„Womit zur Hölle habe ich es bloß verdient, dass du so mit mir sprichst?"

Er weigerte sich vehement zuzugeben, dass sich ihre vollkommen unerwartete Abwehr in diesem Augenblick dennoch verdammt geil anfühlte.

Was ist los mit mir? Was hat diese Frau aus mir gemacht? Ihre Anziehung wirkt jedes Mal noch extremer auf mich, sobald sie mich bekämpft und von sich stoßen will.

Ohne ihre Antwort abzuwarten klemmte Jeremy den Hörer fest zwischen Schulter und Kinn ein.

Er lauschte einige Herzschläge lang ihrem verführerischen Atmen.

Jeremy schluckte schwer, ehe er flüsternd, doch sehr betont zu sprechen begann: „Meine wilde Schönheit, hast du Angst vor mir?"

Emilianas Atmung verdoppelte sich, ebenso der Puls. Sie biss sich fest auf die untere Lippe, denn die Lust drang ungeniert bis tief in ihren Unterleib vor.

Wie gerne würde ich ihm dabei jetzt in die Augen sehen ...

Ihr Ohr nahm wieder seine Stimme wahr.

„Angst ist wichtig. Sie hält uns am Leben und schützt uns vor Schmerzen. Du kannst dich aber vor mir nicht mehr in Sicherheit wiegen, denn du hast längst gelernt, dass Schmerz auch unheimlich luststeigernd ist. Deine Lust ist meine Erektion, Honey!"

Emilianas Herz pochte wild in ihrer Brust und sie begann Sternchen vor den Augen zu sehen.

Dennoch konnte sie partout den Hörer nicht auflegen.

„Jeremy, bitte. Du kannst nicht …"

„Psst!", schoss es umgehend aus seinem Mund heraus.

„Sag mir nicht, was ich tun kann und was nicht! Und glaub mir, ich werde alles Mögliche noch mit dir tun. Nichts und niemand wird mehr zwischen uns sein, das verspreche ich dir! Vergiss nicht, ich bat dich bereits darum, mir Glauben zu schenken, doch deine heutige Aktion hat mir deutlich gezeigt, dass du es nicht kannst. Also liegt es von nun an mir, es dir mit Taten zu beweisen."

Das war zu viel für Emiliana.

Schließlich wollte sie ihn mit ihrer Aktion endgültig aus ihrem Kopf, ihrem Leben und vor allem aus ihrem Herzen verbannen.

Bis in letzteres hätte Mr. Adams ohnehin niemals vordringen dürfen.

Über einen MINDFUCK hinwegzukommen ist schwierig, doch möglich. Ein HEARTFUCK hingegen kann tödlich sein!

Ihre Gedanken endeten, als Jeremy mit enormer Dominanz klarstellte: „Ich wollte mit dir die Welt teilen, doch du bist nicht gekommen. Es wird folglich allerhöchste Zeit, dass ich dich in mein Leben hole. Ob du es willst oder nicht! Und von diesem Moment an wirst du mir gehören, meine wilde Schönheit. Mir allein!"

Emiliana nahm die Worte tief in sich auf.

Nein, Sie inhalierte diese regelrecht, ehe ihr Temperament wieder die Kontrolle für sie übernahm.

Es folgte ein verführerisches Lachen. „Dann komm und hol mich, wenn du denkst, dass du das kannst!"

Jeremy sah wie sich das Gate schloss.

„DEAL!"

AUTORIN
/SCHRIFTSTELLERIN

Autoren-Profil

Persönlich:
Tanja Wagner, geboren 1983 in
Dachau, ist verheiratet und stolze
Mama von zwei wundervollen Kindern.
Ihre Familie und ihre Freunde sind für
sie das Wichtigste.

Beruflich:
Nach Abschluss der Mittleren Reife
hat sie die Ausbildung zur
Versicherungskauffrau erfolgreich
abgeschlossen. Neben dem Beruf hat
sie als Ausgleich mit dem Schreiben
angefangen - es erfüllt ihr Leben.

Weitere Bücher der Autorin:

LOVE - ACTION - THRILL:

FRANKY O. - Donner im Herzen / Band I

FRANKY O. - Feuer im Herzen / Band II

FRANKY O. - Spuren im Herzen / Band III

URBAN - FANTASY:

ZWISCHENERDE - Wächter der Balance

LOVE - THRILL - ROMAN:

BODYGUARD - Liebe zwischen Büchern

EROTIK - THRILLER:

8 DAYS – Emiliana